www.ingramcontent.com/pod-product-compliance
Lightning Source LLC
Chambersburg PA
CBHW040226170726
48295CB00014B/824

هندوستاں ہمارا

افسانے

بلونت سنگھ

غزل سرا ڈاٹ آرگ

ریاست ہائے متحدہ امریکہ

Copyrights

All rights reserved. This is a reproduction of the original book published in 1947 as a tribute to the author. Short stories included in this book are in public domain, however no part of this book may be reproduced or transmitted in any form or by any means, electronic or mechanical, including photocopying, recording, or by any information storage and retrieval system, without permission in writing from the publisher.

GHAZALSARA DOT ORG, LLC

TITLE:	Hindustan Hamara
SUBTITLE:	Short Stories
AUTHOR:	Balwant Singh
FORMAT:	Paperback
COVER ART:	MM
PUBLISHED BY:	GhazalSara Dot Org, LLC
	Yawar Maajed
PUBLISHED:	December 2024 (First Edition)
ISBN:	978-1-957756-20-2
CONTACT:	ghazalsara.org@outlook.com

Scan this QR Code with your phone now!

<u>Printed and bound in the U.S.A.</u>

فہرست

ہندوستاں ہمارا

ہم بلبلیں ہیں اس کی یہ گلستاں ہمارا

اقبال

جگجیت سنگھ اپنی بیوی کی تلاش میں تھا۔ بھلا اتنے بڑے جوڑ میلے میں ایک عورت کو ڈھونڈ نکالنا بھی کوئی آسان کام تھا۔ سکھوں کا جوڑ میلہ ایک برس میں ایک ہی مرتبہ لگتا تھا۔ گورو ارجن دیو جی مہاراج کی یاد میں بڑے بڑے دیوان لگتے۔ پنجاب کے دور افتادہ مقامات سے پریمی سکھ جوق در جوق آتے۔ دو دن تو اس جگہ تل پھینکنے کو جگہ نہ ملتی تھی۔ مرد، عورتیں، بچے، بوڑھے سبھی جمع ہوتے تھے۔ اتنی بھیڑ میں بھلا جگجیت سنگھ کی بیوی کا کیا پتہ چل سکتا تھا۔

لیکن وہ بیوی کو ڈھونڈے بغیر واپس نہ جا سکتا تھا۔ وہ کچھ عرصہ تک برما کے محاذ پر جانے والا تھا۔ اس نے بمشکل دو ہفتے کی چھٹی حاصل کی تھی۔ وہ چاہتا تھا کہ ان چھٹیوں میں وہ اپنی بیوی کو ہمراہ لے کر شملے چلا جائے۔ اس کی بیوی کی خواہش تھی کہ وہ کسی پہاڑی مقام کی سیر کرے۔ ہز میجسٹی کی فوج کا لفٹننٹ ہونے کی حیثیت سے نہ معلوم کتنے عرصے تک اسے اپنی قوم اور ملک کی خدمت کرنی پڑے۔ ہندوستان کی خاک پاک کو لالچی اور خونخوار دشمنوں سے بچانے کے لیے نیز ہندوستان کی آزادی برقرار رکھنے کے لیے نہ معلوم کب تک اسے شمشیر بکف رہنا پڑے۔ ان حالات میں اس نے مناسب سمجھا کہ چند روز اپنی بیوی کی صحبت میں کسی پرفضا مقام پر گزارے۔

وہ آج ہی گھر پہنچا تھا لیکن بیوی موجود نہ تھی۔ صرف ماں بیٹھی چرخہ کات رہی تھی۔ گھر پہنچتے ہی اس نے ادھر ادھر دیکھنا شروع کیا۔ وہ منہ سے کچھ کہنے سے شرماتا تھا۔ شادی کو زیادہ عرصہ نہیں ہوا تھا۔ ماں بھانپ گئی۔ سوت کے ساتھ نئی پونی لگا کر بولی، ''لڑکیاں جوڑ میلے پر گئی ہیں۔ میرا بھی جی چاہتا تھا لیکن میلے کے دنوں میں گھر اکیلا چھوڑ کر جانا مناسب نہیں، اس لیے میں نے آج انہیں بھیج دیا۔ کل میں خود جاؤں گی۔'' پھر ماں نے بلائیں لے کر کہا، ''اچھا اب نہا دھو کر کچھ کھا پی لو۔''

''لیکن وہ کب آئیں گی ماں؟'' ماں ہنسنے لگی۔ ''چھوکریاں ہیں کون کہہ سکتا ہے کب آئیں۔ مجھے امید ہے کہ وہ شام سے پہلے نہیں آئیں گی۔ آج دوپہر کا کھانا بھی وہ لنگر ہی سے کھائیں گی۔'' جگجیت سنگھ عجلت میں تھا۔ اس نے ماں کو اپنا سارا پروگرام بتایا۔ ماں کہنے لگی اب وہ تیرے ساتھ پہاڑ پر نہیں جا سکتی۔

''نہیں جا سکتی۔۔۔؟ کیوں؟''

''احمق!'' اس کی ماں پرمعنی انداز میں ہنسنے لگی، ''کہہ جو دیا وہ نہیں جا سکتی۔'' وہ کچھ نہ سمجھا۔ لیکن وہ بلا کچھ کھائے پیے بیوی کی تلاش میں نکل کھڑا ہوا۔

شادی ہوئے چار پانچ مہینے ہی گزرے تھے۔ شادی کے بعد ایک ماہ کے قریب وہ اپنی بیوی کے ساتھ رہا۔ پھر اسے ملازمت پر جانا پڑا۔ اب یہی ایک موقع تھا۔ اس کے بعد نہ معلوم کب ملاقات ہو یا نہ ہو۔ اسے اپنی بیوی سے اتنی ہی محبت تھی جتنی کسی نوعمر جوشیلے نوجوان کو ہو سکتی ہے۔ اسے اس کا خوبصورت تیکھے خدوخال والا چہرہ بخوبی یاد تھا۔ اسے یقین تھا کہ وہ جہاں کہیں بھی ہوگی وہ اسے پہچان لے گا۔

بھیڑ میں سے رستہ بناتا ہوا وہ چلا جا رہا تھا۔ پہلے وہ خیموں کے عارضی بازار میں سے ادھر ادھر نظریں دوڑاتا ہوا گزر گیا۔ اس کی بیوی چٹپٹی چیزیں کھانے کی بہت شوقین تھی۔ اس نے دور چاٹ والے کی دکان پر چند عورتوں کا جمگھٹا دیکھا۔ وہ لپک کر وہاں پہنچا۔ عورتوں کی خاصی بھیڑ لگی ہوئی تھی۔ ان میں اس کی بیوی شامل ہو یا نہ ہو۔ اگر وہ یوں ہی نظر اٹھا کر کسی غیر مرد کو دیکھ لے تو وہ ہاتھ دھو کر

اس کے پیچھے ہی پڑ جائے۔ چنانچہ وہ دو پیسے کے دہی بڑے لے کر ایک طرف کھڑا ہو گیا اور کھڑکیوں سے عورتوں کا جائزہ لینے لگا۔ لیکن ان میں اس کی بیوی موجود نہ تھی۔

وہاں سے نکلا تو پرے مچھلی بیچنے والے کی دکان نظر آئی۔ اسے معلوم تھا کہ اس کی بیوی مچھلی کے پکوڑے یا تلی ہوئی مچھلی بھی بڑی رغبت سے کھاتی تھی۔ ممکن ہے وہاں بیٹھی پر انگلیاں چاٹتی ہوئی سی سی کر رہی ہو۔ اس کی بیوی ابھی نو عمر لڑکی ہی تھی۔ یہی سولہ سترہ کا سن تھا۔ بڑی چنچل اور طرحدار۔ اسے دیکھ پائے گی تو بھلا وہ کس انداز سے مسکرانے لگے گی۔ وہ بھاگا بھاگا پہنچا۔ لیکن اس کی بیوی اس جگہ بھی موجود نہ تھی۔ اسی طرح بھاگم بھاگ اس کی پگڑی بھی ڈھیلی ہو گئی۔ گردن کی جلد سرخ ہو گئی۔

بڑے گوردوارے کے ارد گرد دور تک علیحدہ علیحدہ شامیانوں کے نیچے دیوان لگے ہوئے تھے۔ ان دیوانوں میں مرد بھی شامل تھے عورتیں بھی۔ اس نے سوچا ممکن ہے وہ کسی دیوان ہی میں بیٹھی ہو۔ وہ بھاگا بھاگا ایک دیوان میں گھس گیا۔ اسٹیج پر نئی روشنی کا ایک سکھ جینٹل مین کھڑا ہوا تھا۔ وہ سکھ قوم کے کسی مسئلہ پر جدید روشنی میں بحث کر رہا تھا۔ وہ ایک چھوٹے سے قد کا مختصر سا آدمی تھا۔ اگرچہ وہ بڑے جوش میں بول رہا تھا لیکن یہ بات روز روشن کی طرح عیاں تھی کہ دیہاتوں سے آئے ہوئے اکھڑ سکھ اس کے لکچر میں خاص دلچسپی نہیں لے رہے تھے۔ اس کی کمزور پتلی پتلی بازیں اور چھوٹی چھوٹی کسی ہوئی مٹھیاں، اس کی باریک زنانہ آواز اور پھر اس کی اردو ملی پنجابی بولی یا پنجابی ملی اردو سونے پہ سہاگا کا کام کر رہی تھی۔

’’میں آپ نوں یقین دلاتا ہوں۔ بلکہ ہم ایسی بات پر مجبور ہو گئے ہیں۔ اس یہ نتیجہ نکالنے میں حق بجانب ہیں کہ سکھ قوم بڑی بہادر قوم تھی اور ہُن بھی ہے، لیکن سکھ راج نیتی کے معاملے وچ کورے ہی ہیں۔ سیاست میں کوئی ٹاواں ٹاواں آدمی سمجھدار بھی نظر آ جاندا ہے پر اس بات کی پنتھ نوں ہمیشہ ہی کمی رہندی ہے۔۔۔ لینے جے آپ بگھیل سنگھ کی گل پر غور کرو۔ بگھیل سنگھ نے دلی پر قبضہ کر لیتا۔ دلی پر پنتھ کا نشان لہران لگ پیا۔ تو خالصہ صاحبو! دیوالی کے دن آ گئے۔ سب سکھوں نے کہا کہ ایس

دیوالی امرتسر منا ونی ہے جی۔ اس گل نوں سن کر بگھیل سنگھ جی بولے، خالصہ جی بات ہم سویکار کرتے ہیں۔ ہن خالصہ جی امرتسر جی کی طرف کوچ کر دیو۔ اس وقت کسے نے کہیا، سردار صاحب! دلی دا کیا بنے گا؟ سردار بگھیل جی کہن لگے، پھر فتح کر لیس گے۔ تو جی جیکارے بلاندے اور واپس امرتسر آن دھمکے۔۔۔۔،،

جگجیت سنگھ اچک کر عورتوں کی طرف دیکھتا رہا۔ اسے اپنی بیوی کہیں بھی نظر نہ آئی۔ بیچارا بہت پریشان تھا۔ وہاں سے ہٹ کر بھیڑ میں دھکے کھاتا ہوا چلا جا رہا تھا۔ کوئی عورت اس کی نظر سے نہ بچتی تھی۔ وہ اور ایک دیوان میں جا نکلا۔ وہاں بھی لیکچر ہو رہا تھا۔ یہ لیکچر دینے والے سردار صاحب خوب لمبا سالٹھ ہاتھ میں تھامے ہوئے تھے۔ وہ بڑے جوش میں بول رہے تھے۔ ان کی آواز گرج دار تھی اور صورت سے رعب ٹپکتا تھا۔ اس نے اپنے منہ کے دہانے کے آگے سے اپنی گھنی اور بڑی بڑی موچھیں ہاتھ سے ہٹاتے ہوئے کہا،

''پنتھ جیو! مجھے ایک بڑے ودوان پروفیسر نے یہ بات بتائی تھی۔ وہ کہتے تھے کہ ہندوستان کی ہسٹریاں لکھنے والے سب انگریز مصنف اس بات کو تسلیم کرتے ہیں کہ اس زمانہ میں انہیں مشرق میں سب سے سخت دشمن سکھ ہی ملے تھے۔ یہ بات کٹر سے کٹر انگریز بھی تسلیم کرتے ہیں۔۔۔۔ آخر یہ جوش اور طاقت سکھوں میں کہاں سے آ گئی؟ یہ شری گرو کلغی دھر کا بھرا ہوا جوش ہے اور یہ سب شری گورو ارجن دیو جی مہاراج جی کی قربانیوں کا نتیجہ ہے۔۔۔۔ میں آپ کو ایک مزے کی بات سناتا ہوں۔،، یہ کہہ کر وہ ذرا زور کے ساتھ کھانسا۔

جگجیت سنگھ عورتوں کے جھرمٹ کے قریب چلا گیا، ''یہ مہاراجہ رنجیت سنگھ کے زمانہ کی بات ہے۔ اس وقت مہاراجہ جی کے جرنیل ہری سنگھ نلوے کی دھوم مچی ہوئی تھی۔ یہ وہی نلوا تھا جس نے کابل قندھار تک سکھوں کی تلوار کا سکہ بٹھا دیا تھا۔۔۔ پٹھان مائیں اپنے روتے ہوئے بچوں کو اس کا نام لے کر چپ کراتی تھیں۔ انہیں دنوں کی بات ہے کہ انگریزوں نے کلکتہ میں ایک کانفرنس بلائی۔ اس میں

ہندوستان کے بڑے بڑے حکمراں یا ان کے نمائندے بھی مدعو کیے گئے۔ مہاراجہ رنجیت سنگھ نے نلوے کو روانہ کر دیا۔جس دن پہلی میٹنگ ہونے والی تھی سردار ہری سنگھ نلوا وقت سے کچھ پہلے ہی وہاں جاکر بیٹھ گئے۔ ہری سنگھ بہت بھاری ڈیل ڈول والا شخص تھا۔صورت ایسی ہیبت ناک اور پر جلال تھی کہ دیکھ کر دل تھرا جاتا تھا۔ آنکھوں میں ایسی تیزی تھی کہ کوئی شخص اس سے آنکھ نہیں ملا سکتا تھا۔

خیر ! اس میٹنگ میں سبھی لوگ جمع ہونے شروع ہو گئے۔ جو کوئی نلوے کو دیکھتا حیرت سے اس کی آنکھیں کھلی کی کھلی رہ جاتیں۔ میٹنگ کی کارروائی کا وقت آن پہنچا لیکن حاضرین کو جیسے سانپ سونگھ گیا ہو۔ ہر طرف خاموشی طاری تھی۔ ہری سنگھ نلوا کچھ دیر تک تو منتظر رہے پھر وہ کچھ برا مان گئے اور اسی دن پنجاب کی طرف روانہ ہو پڑے اور لاہور پہنچ کر مہاراج سے اس بات کی شکایت کی۔ مہاراج نے اسی وقت انگریزوں کو چٹھی لکھی کہ آپ لوگوں نے ہمارے نمائندے کی تضحیک کی ہے۔ وہ آپ کی کانفرنس میں شامل ہوا اور سب چپ چاپ بیٹھے رہے۔ اس بات پر انگریزوں نے جواب دیا کہ ہم معافی کے خواستگار ہیں لیکن ہم لاچار تھے۔ آپ کے جرنیل کا دبدبہ ہی کچھ ایسا تھا کہ یہاں پر کسی کو زبان ہلانے کی جرأت تک نہ ہوئی۔ سب ممبران یہی سوچتے رہ گئے کہ ممکن ہے وہ کوئی بات کہیں جو نلوے کو پسند نہ آئے اور وہ خفا ہو جائے۔۔۔سو یہ تھا ہمارے جرنیل ہری۔۔۔''

جگجیت سنگھ آگے بڑھ گیا۔ گرمیوں کے دن تھے۔ اس نے صبح سے کچھ کھایا پیا بھی نہیں تھا۔ اس کا خیال تھا کہ وہ جلدی سے اپنی بیوی کو ڈھونڈ کر لے آئے گا۔ پھر وہ نہا دھوکر کھانا کھائے گا اور اس کی بیوی بھی شام تک تیاری کر لے گی۔ اگر اس طرح ڈھونڈتے ڈھونڈتے ہی شام ہو گئی تو وہ آج نہ جا سکیں گے۔ جس کے معنی ہیں ایک دن ضائع ہو جائے گا۔ یہ سوچ کر وہ اور بھی سرگرمی سے بیوی کی تلاش کرنے لگا۔ اس کی پریشانی دیکھ کر کوئی سیوادار پوچھ بیٹھتا، '' کیوں سردار جی خیریت تو ہے۔ کوئی بچہ وچہ تو نہیں کھویا گیا۔''وہ مسکرا کر آگے بڑھ جاتا۔ واقعی اتنے بڑے میلے میں بیوی کو تلاش کرنا بہت مشکل تھا۔

پرے گھاس کے ٹکڑے پر درخت کی چھاؤں تلے رنگ برنگ کے کپڑوں والی عورتیں بیٹھی تھیں۔ اسے کچھ اس قسم کا دھوکا ہوا جیسے اس کی بیوی بھی انہیں میں شامل ہو۔ وہ بڑی امیدوں کے ساتھ وہاں پہنچا۔ لیکن مایوس آنا پڑا۔ کئی طرحدار بانکی عورتوں کو پیچھے سے دیکھ کر اسے شک گزرتا ممکن ہے یہ میری بیوی ہی ہو۔ مگر جب قریب پہنچ کر ان کی طرف دیکھتا تو شرمندہ ہونا پڑتا۔ ادھر وہ عورتیں اپنی خوبصورت آنکھیں ایک مرتبہ تو حیرت سے اس کے چہرے پر گاڑ دیتیں۔ پھر وہ جلدی سے منہ پھیر کر چل دیتیں۔

ایک اور بڑے مجمع میں بہت عورتیں بیٹھی دکھائی دیں۔ وہ خود لمبے قد کا شخص تھا۔ لیکن اس کے آگے کھڑے ہوئے طرہ باز سکھ نوجوانوں کی پگڑیوں کے پھیلے ہوئے کلغے اس کے راستے میں حائل ہو جاتے تھے۔ وہ بھی مجمع میں گھس کر کھڑا ہو گیا۔ یہاں ڈھڈ سارنگی والوں نے سماں باندھ رکھا تھا۔ ڈھڈ چھوٹی ڈھولک سی ہوتی ہے جسے ایک ہاتھ میں پکڑ کر دوسرے ہاتھ کی انگلیوں سے اسے بجایا جاتا ہے۔ اس کے ساتھ ستار بجتا ہے۔ یہ دونوں ساز رزمیہ اور جوشیلے گانوں کے لیے مخصوص ہیں۔ سب سے زیادہ بھیڑ اسی جگہ تھی۔ عورتوں کی تعداد بھی بہت زیادہ تھی۔ جگجیت سنگھ کو پورا یقین تھا کہ اس کی بیوی اس جگہ ضرور مل جائے گی۔

وہ کچھ آگے بڑھا پھر رک گیا۔ اس نے سوچا کہ اگر اس نے زیادہ دھماچوکڑی مچائی تو لوگ اسے نکال باہر کریں گے۔ وہ ایسے زاویہ پر کھڑا ہونا چاہتا تھا جہاں سے وہ عورتوں کو بخوبی دیکھ سکے۔ وہ کچھ دیر کے لیے ڈھڈ سارنگی والوں کے گیت سننے کے لیے کھڑا ہو گیا۔ وہ تعداد میں تین تھے۔ تینوں شخص خوب پلے ہوئے بھینسوں کی طرح موٹے تازے تھے۔ رنگ تانبے کے مانند سرخ۔ گردن کی رگیں پھولی ہوئیں۔ جوش میں بھرے ہوئے شیروں کی طرح دکھائی دیتے تھے۔ اس وقت وہ مشہور شاعر شاہ محمد کی لکھی ہوئی رزمیہ نظم سنا رہے تھے۔ اس نظم میں شاہ محمد نے بڑے پرجوش انداز میں سکھوں اور انگریزوں کی لڑائی کا حال بیان کیا ہے۔

ان تین اشخاص میں سے ایک کے ہاتھ میں ستار تھا اور دو کے ہاتھ میں ڈھڈ کی دھپا دھپ کی آواز کے ساتھ ان کے ہاتھ اور سر بھی ہل رہے تھے۔ حاضرین بیٹھے جھوم رہے تھے۔ ڈھڈ والوں میں ایک شخص کبھی نثر میں جنگ کا نقشہ کھینچتا اور پھر کوئی بول وہ تینوں ہم آواز ہو کر ایک ساتھ پر جوش انداز میں گانے لگتے۔

’’صاحباں! یہ ایک غلط بات ہے کہ مہاراجہ رنجیت سنگھ کی وفات کے بعد سکھوں نے جنگ کا آغاز کیا۔ حقیقت یہ ہے کہ خود انگریزوں کی نیت خراب تھی۔ انہوں نے رشوت دے کر چند سکھ سرداروں کو اپنے ساتھ ملا لیا تھا۔ مجبوراً سکھوں کو بھی لڑنا پڑا۔ یہ انگریزوں کی خوش قسمتی تھی اس وقت سکھوں کا کوئی رہنما نہ تھا۔ اگر یہ لڑائی مہاراجہ شیر پنجاب کی زندگی میں شروع ہو گئی ہوتی تو یقیناً آج ہندوستان کی تاریخ کچھ اور ہی ہوتی۔ ایک طرف فرنگیوں نے کچھ ایسے حالات پیدا کر دیے کہ سکھوں کے لیے جنگ ناگزیر ہو گئی اور جب سکھ مرنے یا مارنے پر تیار ہو گئے تو انگریزوں نے چاہا کہ طوفان تھم جائے۔ چنانچہ شاہ محمد فرماتے ہیں،

چٹھی لکھی فرنگیاں خالصے نوں

تسی کاس نوں جنگ مچانو ویں او

(انگریزوں نے سکھوں کو چٹھی لکھی کہ آپ جنگ کیوں چھیڑ رہے ہیں)

ہور دیے جو نس فرمان دے او

(ہم سے لاکھوں روپیہ لے جاؤ اور اس کے علاوہ جو کچھ آپ طلب کریں ہم دینے کو تیار ہیں)

جگجیت سنگھ مایوس ہو کر مجمع سے باہر نکل آیا۔ اب کوئی چارہ باقی نہ رہا تھا۔ اس کے ہونٹ خشک ہو رہے تھے۔ پسینہ اس قدر زیادہ آیا تھا کہ اس کی بغلوں میں اس کا خاکی کوٹ تک بھیگ گیا تھا۔ پیٹ پیٹھ سے جا لگا تھا۔ شدت کی پیاس محسوس ہو رہی تھی۔ اسے اپنی بیوی پر سخت غصہ آنے لگا۔ نہ معلوم کمبخت کہاں چھپ کر بیٹھ رہی ہے۔ اس کا سارا پروگرام درہم برہم ہوا جا رہا تھا۔۔ اس نے سبیل سے

دودھ کی کچی لسّی پی اور لاہور کے قلعہ کی دیوار سے پیٹھ لگا کر کھڑا ہو گیا۔ اس کی ٹانگیں شل ہو گئی تھیں۔ وہ زیادہ دیر تک کھڑا نہ رہ سکا۔ اس قدر شور و غل اور دھکم دھکے میں وہ بھوکا پیاسا صبح سے گھوم رہا تھا۔ اس نے سوچا کہ کہیں لیٹ کر کمر سیدھی کر لے۔

یہ سوچ کر وہ میلے سے ذرا ہٹ کر ایک درخت کی طرف بڑھا۔ برگد کے پھیلے ہوئے درخت کے نیچے گاؤں سے آئی ہوئی عورتیں بیل گاڑیوں کے نیچے بیٹھی ہوئی روٹیاں کھا رہی تھیں۔ وہ مایوس تھکا ہارا قدم بڑھائے چلا جا رہا تھا کہ اتنے میں ایک لڑکی بھاگتی ہوئی ان کے سامنے آن کھڑی ہوئی۔۔۔اس نے آنکھیں اٹھائیں۔۔۔ارے اس کی چھوٹی بہن۔۔۔!

’’ستو! ستو! تم لوگوں کو صبح سے ڈھونڈ رہا ہوں۔ کہاں بیٹھی ہو تم لوگ؟‘‘ بہن نے انگلی سے دور اشارہ کیا۔ وہ اس کے ساتھ چل دیا اور وہاں اس کی دوسری بہن اور بیوی صاحبہ بھی براجمان تھیں۔ بیوی حسب معمول چٹوری بلی کی طرح اپنے سامنے کئی چٹپٹی چیزیں رکھے پوریاں کھانے میں مصروف تھی۔ دونوں کی نظریں ملیں تو بیوی دلفریب انداز سے مسکرا کر شرما گئی۔ کتنی محنت کے بعد بیوی کی صورت نظر آئی تھی۔ وہ پہلے کی طرح سانولی سلونی ہی تھی۔ سرخ رنگ کی شلوار اور تنگ سی قمیص پہنے ہوئے جس میں اس کی چھاتیوں کی ابھری ہوئی گولائیاں صاف نظر آ رہی تھیں۔ اس کا جسم پہلے ہی کی طرح جاذب تھا۔۔۔

جگجیت سنگھ ان کے پاس بیٹھ گیا اور دو تین پوریاں بھی کھالیں اور ساتھ ہی اپنا رونا بھی روتا گیا۔ بیوی بولی، ’’آخر میں کہیں گم تو نہ ہو جاتی، آپ گھر ہی پر کیوں نہ بیٹھے رہے۔۔۔اس قدر دھوپ میں۔۔۔خواہ مخواہ۔۔۔‘‘ اس نے بہنوں کی نظریں بچا کر اس کی بغل میں چٹکی لے لی اور وہ بل کھا کر پرے سرک گئی۔ اس نے بتایا کہ وہ دونوں شملہ کو جانے والے تھے۔ اس کی بیوی حیران رہ گئی۔ اس کے منہ کا نوالہ منہ ہی میں رہ گیا۔ حلق سے اترا ہی نہیں۔ بڑی خوشی ہوئی۔ وہ جانتا تھا کہ اس کی بیوی کتنی خوش ہوگی۔

وہ لوگ جلدی سے میلے کو خیر باد کہہ کر گھر آئے۔ آتے ہی اس کی بیوی نے سامان باندھنا شروع کر دیا۔ ماں نے کہا وہ تیرے ساتھ کیسے جا سکتی ہے۔ ایک تو تم احمق ہو اور تم سے زیادہ وہ احمق ہے جو جھٹ تمہارے ساتھ چلنے پر آمادہ ہو گئی۔ ادھر اس کی بہنیں بھی واویلا کرنے لگیں کہ وہ بھی چلیں گی۔ نہیں تو بھابی کو بھی نہ جانے دیں گی۔ یہ نیا جھنجھٹ آن پڑا۔ اس نے ماں سے کہا، ''آخر حرج ہی کیا ہے۔ پہاڑ پر چلی جائے گی تو اس کی صحت اور اچھی ہو جائے گی۔'' اس پر اس کی ماں نے ناک چڑھا کر کہا، ''باہْگورو، باہْگورو، لفٹیننٹ بن گیا ہے پر اتنی عقل بھی نہیں سر میں۔۔۔''

پھر وہ اسے گھر کے ایک کونے میں لے گئی اور اس کے کان میں کھسر پھسر کرنے لگی۔ جگیت سنگھ کی آنکھیں پھیل گئیں۔ اس کے منہ سے مسرت کی ہلکی سی چیخ نکل گئی۔ اس کی بیوی حاملہ تھی۔ اس نے ماں کو بازوؤں میں جکڑ کر اوپر اٹھا لیا، ''افوہ میری اچھی ماں۔۔۔ میری بہت ہی اچھی ماں۔۔۔ بول تو کس چیز سے منہ میٹھا کرے گی۔'' ماں خوشی سے پھول کر کپا ہو گئی بولی، ''ارے پگلے! منہ تو میٹھا کر ہی لوں گی، تو یہ بتا کہ میرا مطلب بھی سمجھ گیا کہ میں کیوں تجھے اسے ساتھ لے جانے سے منع کرتی تھی۔''

''لیکن ماں اس سے کیا ہوتا ہے۔ وہ چلے گی میرے ساتھ، اچھا ہوا جو تو نے بتا دیا۔ میں اس کا سب خیال رکھوں گا۔۔۔ میں سب کچھ سمجھتا ہوں۔'' ماں بگڑ گئی، ''پھر وہی مرغے کی ایک ٹانگ۔ جب میں نے کہہ دیا نہیں جائے گی۔''

''کیوں ماں! کیوں نہیں جائے گی؟''

''نہیں جائے گی۔ ہزار بار لاکھ بار کہہ دیا نہیں جائے گی۔''

یہ نئی مشکل آن پڑی۔ اس نے منت کر کے کہا، ''ماں آخر تجھے ہو کیا گیا ہے۔''

''ارے جاہل، ہوش کے دوالے۔ عورت کے پیٹ میں بچہ ہو اور پہاڑوں پر قلانچیں بھرتی پھرے۔ تیری عقل گھاس چرنے گئی ہے کیا۔'' وہ آگے بڑھ کر ماں کو سمجھانے لگا، ''ماں! دھیرج کر کے میری بات بھی تو سن۔۔۔ تین چار مہینے کا بچہ ہے تو ہی۔ اس میں پریشانی کی بات کیا ہے؟'' اس پر ماں جھنجھلا

کر کچھ کہنے ہی والی تھی کہ اس نے اس کا منہ بند کر کے کہا، "میری بات تو سن لے پہلے۔ مجھے یہ بتا کہ تو پہاڑ کو سمجھتی کیا ہے۔ وہاں ہموار سڑکیں ہوتی ہیں۔ پھر ہر قسم کی سواری مثلاً رکشہ ڈانڈی وغیرہ۔ بھلا میں اسے پیدل گھماؤں گا۔ تو نے بھی مجھے ایسا ہی بے وقوف سمجھا ہے۔ میں تجھ سے وعدہ کرتا ہوں کہ اگر دس قدم بھی جانا ہو گا تو میں اسے رکشے پر بٹھا لے جاؤں گا۔"

ان پڑھ ماں نے رونی آواز میں کہا، "ارے بیٹا رکشہ کیا ہوتی ہے۔ میں نے تو آج ہی نام سنا ہے۔ کیوں بناتا ہے مجھے۔۔۔"

جگجیت سنگھ نے ماں کو سمجھانے میں اپنی ساری قابلیت صرف کر دی۔ ماں بڑی مشکل سے رضامند تو ہو گئی لیکن اس کے دماغ میں اب بھی وہی خیال بیٹھا ہوا تھا کہ بیٹا غلطی کر رہا ہے۔ ماں سے جان چھوٹی اور سامان بندھنے لگا تو بہنیں بسورنے لگیں۔ آج اسے بہنوں پر بڑا غصہ آ رہا تھا۔ انہیں اتنی تعلیم بھی نہیں دی گئی کہ اگر میاں بیوی کسی جگہ تفریح کے لیے جا رہے ہوں تو دوسروں کو خواہ مخواہ اس میں اپنی ٹانگ نہ اڑانی چاہیے۔ وہ بہنوں کو کچھ کہہ نہیں سکتا تھا۔ لیکن اس موقع پر اس کی ماں نے دونوں لڑکیوں کو جھاڑ کر بٹھا دیا، "خبردار! چوٹی کاٹ کر پھینک دوں گی اگر تم میں سے کسی نے ساتھ جانے کا نام بھی لیا تو۔"

اب بہنیں بھائی کی طرف دیکھنے لگیں۔ بھائی نے سر اور آنکھوں کے اشارے سے ظاہر کیا کہ اب وہ کیا کر سکتا تھا۔ بے چاری سیدھی سادی بہنیں سمجھتی رہیں کہ بھیا بیچارا تو انہیں لے جانے کے لیے تیار تھا۔ ماں نے نہیں جانے دیا۔ ان سب باتوں سے فراغت پا کر اس نے گھڑی دیکھی تو چار بجے تھے۔ ساڑھے آٹھ بجے گاڑی روانہ ہوتی تھی۔ ابھی کافی وقت باقی تھا۔ لیکن وہ دل میں ڈر رہا تھا کہ کہیں کوئی نئی رکاوٹ کھڑی نہ ہو جائے۔ اس لیے اس نے نوکر کو اسی وقت تانگہ لانے کے لیے بھیج دیا۔ ماں کہنے لگی، "بیٹا ایسی بھی کیا جلدی ہے؟" اس نے بہانہ کیا کہ گاڑی میں بہت تھوڑا وقت باقی رہ گیا ہے۔ تانگہ آیا اور وہ جلدی سے سامان رکھ کر تانگے میں بیٹھ گئے۔ ماں نے بلائیں لیں۔ دونوں کو تانگہ

چل دینے پر بھی پکار پکار کر قیمتی نصیحتیں کرتی رہی۔

جب گھر سے دور چلے آئے تو وہ ہاتھ جوڑ کر کہنے لگا، ''بھئی شکر ہے۔ ہزار ہزار جان چھوٹ ہی گئی۔'' اس کی بیوی ہنس کر اس کے قریب ہو گئی۔ اس نے بیوی کی آنکھوں میں آنکھیں ڈال کر کہا، ''اچھا اب تم بھی مجھ سے باتیں چھپانے لگیں؟''

''میں نے کیا بات چھپائی؟'' اس کی بیوی لاعلمی میں آنکھیں جھپکا کر بولی۔ جگجیت سنگھ نے پیٹ کی طرف آنکھ سے اشارہ کیا اور وہ دونوں ہاتھوں سے منہ چھپا کر روٹھ گئی، ''آپ بہت بے شرم ہیں اور نہیں تو۔''

''ہو ہو۔'' جگجیت نے کہا، ''تم روٹھ گئیں۔ بھئی تمہیں منا لینا کیا مشکل ہے۔ ابھی دو پیسے کے گول گپے کھلا دوں تو خوش ہو جاؤ گی۔'' اس پر اس کی بیوی انگلیوں کے بیچ میں سے دیکھ دیکھ کر ہنسنے لگی۔

''اچھا واقعی بتاؤ تو کیا کھاؤ گی؟'' دہی بڑے، پکوڑے، قلفی، رس گلے، آئس کریم۔۔۔ بتاؤ میری چٹوری بلی!''

'' کھانے بیٹھ جائیں گے تو گاڑی جو چل دے گی۔''

''ہاہا۔۔۔ آ گئیں چکمے میں۔۔۔ بھئی ابھی تو بہت وقت پڑا ہے۔ میں نے یونہی گپ اڑا دی تھی۔ سوچا ذرا ان لوگوں سے جان چھڑا کر بھاگیں۔''

وہ دونوں ایک بہت بڑے ہوٹل میں گھس گئے۔ وہ جان بوجھ کر بیوی کو اس ہوٹل میں لے گیا تھا۔ اب وہ لفٹننٹ ہو گیا۔ وہ چاہتا تھا ذرا بیوی بھی اس کی شان دیکھ لے۔ وہ ایک علیحدہ باکس میں بیٹھ گئے۔ اس کی بیوی کے تر و تازہ حسین چہرے پر حیرت کے آثار کس قدر بھلے معلوم ہوتے تھے۔ پہلے بھی اس نے ہوٹلوں میں کھانا کھایا تھا لیکن ایسے شاندار ہوٹل میں آنے کا اتفاق نہ ہوا تھا۔ جگجیت سنگھ نے بٹن دبایا۔ گھنٹی بجی۔ بیرا حاضر ہوا۔ اس نے آرڈر دیا۔ آج وہ بہت خوش تھا۔ اپنی محبوب بیوی کے ساتھ نہ پہلے کبھی اکیلے سفر کیا تھا، نہ وہ کبھی اکیلے کسی مقام پر جا کر رہے تھے۔ پھر شملہ جیسے مقام پر

وہ دونوں کس قدر لطف اندوز ہوں گے۔

موجودہ لمحہ سے لے کر مکمل دو ہفتوں کی چھٹیاں ختم ہونے تک وہ ایک ایک لمحہ مسرت اور شادمانی میں گزارنا چاہتا تھا۔ آج صبح سے وہ عجب سراسیمگی میں گھومتا رہا۔ وہ سمجھنے لگا کہ یہ بھی واہگورو اکال پرکھ کی کرپا تھی کہ اس کی سب مشکلات آنکھ جھپکتے میں دور ہوگئیں۔ کھانا آیا اور وہ آپس میں باتیں کرنے لگے۔ اس کی بیوی کی شیریں آواز اس کے کانوں میں امرت ٹپکاتی تھی۔ وہ بھی تو از حد خوش تھی۔ مینا کی طرح چہک چہک کر باتیں کر رہی تھی۔ اس کی طفلانہ حرکتیں اور بھی زیادہ مزادے مزا دے رہی تھیں۔ وہ بولی،

’’ کیوں جی! ہم گوردوارے میں ٹھہریں گے جاکر؟‘‘

’’نہیں مائی ڈارلنگ۔ ہم کسی شاندار ہوٹل میں ٹھہریں گے۔ گوردوارے کا ناجائز فائدہ نہیں اٹھانا چاہیے۔ گوردوارے پر بوجھ ڈالنے کے بجائے ہمیں اپنے ہاتھ سے وہاں دان کرنا چاہیے۔‘‘

پھر اس نے بیوی کو پہاڑی مقامات کی بابت سب باتیں بتائیں، ’’وہاں مکانات اوپر تلے بنے ہوئے ہوتے ہیں۔ جب بارش ہوتی ہے تو وہاں ہمارے شہروں کی طرح کیچڑ نہیں ہوتی بلکہ پانی فوراً بہہ جاتا ہے۔ سڑکیں دھل کر صاف ہو جاتی ہیں۔۔۔ وہاں ہم زمین سے بہت اونچے ہو جائیں گے سمجھی۔۔۔ یہ بادل جو آسمان پر نظر آتے ہیں۔ ہمارے نیچے نظر آنے لگیں گے۔۔۔ ہاں۔‘‘ اس کی بیوی یہ باتیں سن کر بہت حیران ہوئی۔ کھانا کھانے کے بعد وہ دونوں خوش خوش باتیں کرتے ہوئے اسٹیشن کی طرف چل دیے۔ تانگے سے سامان اتروا کر قلیوں کے حوالے کیا۔ ابھی گاڑی جانے میں آدھ گھنٹہ باقی تھا۔ اس نے سیکنڈ کلاس کے دو ٹکٹ خرید لیے۔

جنگ کی وجہ سے بھیڑ بھاڑ بہت زیادہ تھی، اس لیے وہ دونوں فوراً پلیٹ فارم کی طرف چل دیے۔ بیوی شوہر کے پیچھے پیچھے چل رہی تھی۔ اس کا طاقتور اور چوڑے چکلے جسم والا خاوند اس کی رہنمائی کر رہا تھا۔ گاڑی ٹھسا ٹھس بھری ہوئی تھی۔ سیکنڈ کلاس کے صرف ایک ڈبہ میں ایک انگریز کے سوا اور کوئی نظر نہ آتا تھا۔ جگجیت سنگھ دروازہ کھول کر اندر جانے لگا تو انگریز اٹھ کر دروازے پر آن کھڑا ہوا،

’’کسی اور ڈبہ میں بیٹھیے جاکر۔‘‘ وہ بہت حیران ہوا، ’’اور کوئی ڈبہ خالی نہیں ہے۔‘‘

’’خیر اس ڈبے میں نہیں بیٹھنے دوں گا۔‘‘

’’کیوں، کیا یہ ریزرو ہو چکا ہے؟‘‘ انگریز نے نتھنے پھلاکر کہا، ’’ریزرو ہی سمجھ لو۔‘‘ جگجیت سنگھ بہت پریشان ہوا۔ اس نے ادھر ادھر دیکھا، کہیں بھی ریزرو لکھا ہوا نظر نہ آیا۔ ’’یہ ریزرو نہیں ہے۔‘‘ یہ کہہ کر وہ اندر داخل ہونے لگا، تو صاحب نے پھر راستہ روک دیا۔ اس بات پر کچھ تو میں میں ہو گئی۔ کچھ لوگ بھی جمع ہو گئے۔ اسٹیشن کا بابو بھی آنکلا۔ جگجیت سنگھ نے بابو کو ساری بات سمجھائی۔ صاحب نے چلاکر کہا، ’’میں اسے اپنے ڈبے میں سفر کرنے کی اجازت نہیں دے سکتا۔‘‘

بابو نے کہا اسٹیشن ماسٹر سے کہے۔ جگجیت سنگھ اسٹیشن ماسٹر کے پاس گیا۔ اس نے آ کر صاحب کو سمجھایا لیکن صاحب نے سوسوالوں کا جواب ایک ’’نہیں،‘‘ میں دے دیا۔ پولیس کے کانسٹیبل چپ چاپ ادھر ادھر کھسک گئے۔ اسٹیشن ماسٹر نے سپرنٹنڈنٹ پولیس کو فون کیا۔ وہ دفتر میں نہیں تھا۔ اس نے بھی لاچاری ظاہر کی آخر ہو بھی کیا سکتا تھا۔ گاڑی چلنے میں ابھی پانچ منٹ باقی رہ گئے تھے۔ جگجیت سنگھ پلیٹ فارم پر کھڑا تھا۔ قلی سامان زمین پر رکھے چپ چاپ بیٹھے تھے۔ اس کی سر میں آنکھوں والی بیوی سراسیمگی سے اس کی طرف دیکھ رہی تھی۔ صاحب کھڑکی کے قریب بیٹھا اطمینان سے چرٹ پی رہا تھا۔

مادرِ وطن کے سینے پر مادرِ وطن کی ریل گاڑی کھڑی تھی اور مادرِ وطن کے ایک بیٹے کو اس سرزمین سے ہزار ہا میل پر رہنے والا اجنبی گاڑی کے اندر داخل نہیں ہونے دیتا تھا۔ اس کا یہ جائز حق کوئی قانون واپس نہ دلا سکتا تھا۔ جگجیت سنگھ کا جسم تنگ وردی میں جکڑن سی محسوس کرنے لگا۔۔۔ دفعتاً اس نے قلیوں کو سامان اٹھانے کے لیے کہا اور بیوی کو ساتھ لے کر گاڑی کے اسی ڈبے کی طرف بڑھا۔

پیشتر اس کے کہ صاحب اٹھ کر اس کا راستہ روکے وہ پھرتی ڈبے دروازہ کھول کر اندر داخل ہو گیا۔ صاحب کی گردن پکڑی اور اس کی ٹانگوں میں ہاتھ دیا اور اچھال کر پلیٹ فارم پر پھینک دیا۔ بیوی کا ہاتھ پکڑا۔ اسے سیٹ پر بٹھایا۔ قلی سامان لے کر اندر آ گئے اور اس نے صاحب کا سامان اٹھا اٹھا کر

پلیٹ فارم پر پھینکنا شروع کر دیا۔

صاحب گاڑی کی طرف لپکا۔ جگجیت سنگھ نے گاڑی سے نیچے اتر کر اسے راستہ ہی میں جا لیا۔ اس کے گندم گوں ہاتھوں کی گرفت میں صاحب کی ٹائی آ گئی اور دوسرے فولادی ہاتھوں میں دو زناٹے کے تھپڑ اس کے منہ پر پڑے۔ صاحب کی بتیسی ہل گئی اور اسے دن میں تارے نظر آنے لگے۔ وہ تھپڑ کھا کر لڑکھڑاتا ہوا پیچھے کی طرف اپنے کھلے سوٹ کیس میں جا دھنسا۔۔۔ اس کش مکش میں اس کے سر سے ہیٹ گر کر جو لڑھکا تو ایک بازاری کتا اسے منہ میں داب کر لے بھاگا۔

اس کے بعد صاحب کو آگے بڑھنے کی ہمت نہ ہوئی۔ جو نہی جگجیت سنگھ نے پائیدان پر پاؤں رکھا۔ گاڑی چل دی۔

پتھر کے دیوتا

ستمبر کی ایک خوش گوار شام کو وہ گھر سے باہر نکل گیا۔

شام خوش گوار تھی لیکن اُس کا دل اُداس تھا۔ اداس بھی کیا بہت ملول تھا۔ وہ اس وقت ساری دنیا سے روٹھا ہوا تھا۔ جیسا سبھی کے ساتھ ہوتا ہے کہ بعض اوقات دل اس دنیا سے اُکتا جاتا ہے۔ ہر شے بے کار، بے معنی اور خشک نظر آنے لگتی ہے۔ زندگی اس قابل معلوم ہی نہیں ہوتی کہ اسے بسر کیا جائے۔ اس وقت انسان زندگی، زندگی کے مسائل یا دنیا کی ناپائیداری کی بابت سوچنے میں مصروف نہیں ہوتا بلکہ یوں ہی ایک تھکن سی یا کوئی تاریک بادل سا روح پر چھا جاتا ہے۔ نہ کسی بات پر حیرت ہوتی ہے نہ کسی بات پر شرم محسوس ہوتی ہے۔ نہ کسی چیز پر فخر کرنے کو جی چاہتا ہے۔ نہ بیٹھا جاتا ہے نہ چلا جاتا ہے، نہ رکا جاتا ہے۔ اس وقت یہی جی چاہتا ہے کہ انسان پٹاخے کی طرح پھٹ کر فضا میں غائب ہو جائے۔ بڑے آرام سے کوئی تکلیف محسوس نہ ہو۔ انسان سو بھی تو جاتا ہے۔ کسی شخص کو مرے ہوئے دیکھتے ہیں تو دل پر خوف طاری ہونے لگتا ہے لیکن جب انسان سو جاتا ہے تو اُس وقت بھی تو اُدھ مراہی سا دکھائی دیتا ہے۔ کم از کم انسان کو اپنے ارد گرد کی کوئی خبر نہیں ہوتی۔ نہ وہ سنتا ہے نہ دیکھتا ہے نہ بولتا ہے۔ بس اس حالت سے ایک ہی قدم اور آگے بڑھ جائے تو اگلے جہان میں پہنچ جائے۔

کئی دنوں سے اس کی یہی کیفیت تھی اور پھر اس کیفیت میں اگر واقعی کسی تکلیف دہ بات کا اضافہ بھی ہو جائے تو پھر انسان کی حالت مکمل طور پر خراب ہو جاتی ہے۔ یہی اس کا حال تھا... وہ ہر شے سے بے خبر آگے بڑھا جا رہا تھا لیکن جب منزلِ مقصود سامنے نہ ہو تو پھر قدم بھی عجیب بے ڈھنگے طور پر

اٹھتے ہیں۔ وہ اپنے قدموں کے بے ڈھنگے پن سے بے خبر چلا جا رہا تھا۔

کہتے ہیں وینس خوبصورت شہر ہے۔ ضرور ہو گا۔ خشکی پر رہنے والوں کے لیے یہ حقیقت ازبس خیال ہے کہ وینس کی گلیوں اور بازاروں میں پانی ہی پانی ہے۔ وہ لوگ ہماری طرح گھروں سے نکلتے ہیں تو خشکی پر نہیں چلتے بلکہ وہاں ہر گھر کے آگے دو تین چھوٹے چھوٹے ڈونگے بندھے ہوتے ہیں۔ جب گھر کے کسی فرد کو باہر کسی کام سے جانا ہوتا ہے وہ اپنے دروازے ہی سے ڈونگے پر بیٹھ جاتا ہے اور اسے کھیتا ہوا منزلِ مقصود کی طرف روانہ ہو جاتا ہے۔ ایسے شہر کی خوبصورتی سے کسی کو انکار کب ہو سکتا ہے لیکن ناسک بھی کچھ کم خوبصورت شہر نہ تھا۔ اگرچہ اس کی خوبصورتی کسی اور پہلو سے تھی۔ یہ شہر نہ چھوٹا تھا نہ بڑا۔ صاف ستھری گلیاں، خوبصورت لال پیلی عمارتیں، نواح میں ہر طرف ہرے بھرے کھیت اور چھوٹی چھوٹی بہت ہی حسین پہاڑیاں اور پھر شہر کے بیچوں بیچ گود اوری ندی۔ شاید دنیا میں اور شہر بھی ہوں لیکن جس طرح گود اوری ندی اس شہر میں بہتی تھی، وہ کچھ اسی کا حصہ تھا۔ دوسرے شہروں کے دریا، مثلاً سرینگر کا جہلم شہر میں سے ہو کر بہتے ہوئے بھی شہر والوں سے کچھ تعلق نہیں پیدا کرتا۔ وہ ان سے علیحدہ رہتا ہے۔ وہ اپنے کناروں پر بنے ہوئے مکانات کی طرف کوئی دھیان نہیں دیتا لیکن گود اوری ندی میں یہ بات نہ تھی۔ وہ شہر کی عمارتوں اور عمارتوں کے دروازوں اور دروازوں کے آگے بنے ہوئے چبوتروں سے کچھ اس طرح گھل مل گئی تھی کہ وہ بھی شہر کا ایک حصہ ہو کر رہ گئی تھی۔ کبھی برسات میں یہ چھوٹی سی ندی بھی کسی چڑھتی آندھی کی طرح بال بکھرا لیتی تھی۔ ورنہ عام طور پر وہ غضب میں کبھی نہ آتی تھی۔ شہر کے بالے لڑکے اُس کی گود میں کھیلتے پھرتے تھے۔ اس کا پانی گہرا اور خوفناک نہ تھا بلکہ اتھلا، سرد اور دلکش تھا۔ اس ندی کے درشن کر کے شہر کے لوگوں کی طبیعت ایک مرتبہ تو جھوم اٹھتی تھی... خود اُسی پر یہ ردِّ عمل ہوا کرتا تھا لیکن آج جب وہ ندی کے کنارے پر ایک چٹان سے ٹیک لگا کر کھڑا ہوا تو وہ ندی کی طرف ایسی کھوئی کھوئی نظروں سے دیکھنے لگا جیسے وہ اسے پہچانتا ہی نہ ہو۔ یہ کتنی بری بات ہے کہ انسان جس شخص کو اچھی طرح جانتا ہو، اس کی طرف کبھی

ایسی نظروں سے دیکھنے لگے جیسے وہ اس کے لیے پردیسی ہو۔ شہر کے لوگوں کو اس کی مانوس ندی کو اس نے کئی مرتبہ ہمراز بنایا تھا۔ وہ کئی مرتبہ اس کے صاف اور شفاف پانی کی طرف دیکھ کر مسکرایا تھا اور اسے اچھی طرح یاد تھا کہ وہ بھی اکثر اسی طرح مسکرائی تھی۔ یہ تو محض انسان کی حماقت تھی کہ اس نے بے جان چیزوں سے ہر قسم کا ناتا توڑ لیا تھا۔ جنگل میں کھلے ہوئے پھولوں سے، چراگاہوں میں اُگی ہوئی گھاس سے، ڈھلواں زمینوں پر کھڑے ہوئے درختوں سے، برف کے تاج پہنے ہوئے پہاڑوں سے، چٹانوں کی دراڑوں میں سے پھوٹتے ہوئے سوتوں سے، نشیب و فراز پر چمکتی ہوئی دھوپ سے، ویران جگہوں میں آوارہ پھرتی ہوئی عجیب سی خوشبو سے . . . یہ سب چیزیں انسان سے باتیں کرتی ہیں۔ اگر ان کی طرف رجوع کیا جائے تو وہ مسکراتی ہیں۔ شرارتیں کرتی ہیں، روٹھتی ہیں، بسورتی ہیں اور دوستی اور رفاقت کا دم بھرتی ہیں۔ ان کی قربت میں کیسا دائمی سرور محسوس ہوتا ہے۔ وہ صرف محسوس کرنے والی چیزیں ہیں۔ الفاظ اس قدر کثیف ہیں کہ ان کی لطافت کو بیان کر ہی نہیں سکتے . . . ان سب چیزوں کو چھوڑ کر انسان کیا لے بیٹھا۔ معاشیات، سیاسیات، نفسیات، نہ معلوم کیا الم غلم۔ یوں انسان کا جی چاہے تو کسی قسم کی بھی زنجیروں میں اپنے ہاتھ پاؤں جکڑ کر خود اپنی زندگی مصیبت میں ڈال لے، اُسے کون منع کر سکتا ہے لیکن زندگی کے اصول چند ہی ہیں۔ انسان کی بنیادی ضرورتیں انگلیوں پر گنی جا سکتی ہیں۔ انسان کے لیے دنیا کے کھیتوں میں کھانے کے لیے ضرورت سے زیادہ اناج پیدا ہوتا ہے اور اگر اُسے تن ڈھانکنے کی واقعی ضرورت محسوس ہوتی ہے تو اس کی بھی کوئی کمی نہیں۔ دور دراز علاقوں میں پہاڑیاں چنچل چھوکریوں کی طرح پنجوں کے بل کھڑی انسان کی راہ تک رہی ہیں۔ درخت، دریا، پہاڑ، کھلی ہوا، وسعت، لامحدود و مسرت، مکمل اطمینان یہ سب انسانوں ہی کے منتظر ہیں لیکن انسان ضدی اور لڑاکا بچوں کی طرح یوں ہی لٹوؤں پر ایک دوسرے کے ساتھ سر پھٹول کر رہے ہیں۔ کپڑے کی گڑیوں کے لیے ایک دوسرے کی بوٹیاں نوچے ڈالتے ہیں۔ بھدی آواز سے بجنے والے جھنجھنوں کے لیے ایک دوسرے کے ٹینٹوے دبا رہے ہیں۔ خود اس نے ان حقائق کو محسوس کیا تھا۔ وہ گھنٹوں

اس ندی کے کنارے بیٹھا رہتا تھا۔ وہ پانی کی طرف تا کتار رہتا تھا۔ یوں محسوس ہوتا تھا جیسے پانی میں بھی زندگی کی تڑپ ہے۔ وہ بھی محسوس کرتا ہے۔ وہ خوش بھی ہوتا ہے، ہنستا ہے، بلکتا ہے ... اگر انسان بہت دیر تک ان سے لو لگائے رکھے تو اسے ایک جہان نظر آنے لگتا ہے۔ محبت، یکجہتی، یگانگت کی نئی پریت لڑی دکھائی دیتی ہے جس میں ہر شے پروئی نظر آنے لگتی ہے۔ اس رشتے سے کوئی چیز غیر یا اجنبی دکھائی نہیں دیتی۔ سب کا ایک ہی رکھوالا نظر آنے لگتا ہے۔ جو صبح ازل سے قدم اٹھاتا ہوا اس دھرتی اور بے شمار دھرتیوں پر چل رہا ہے۔ اس قسم کی باتیں سوچتے سوچتے اسے سوامی رام تیرتھ کا خیال آ جاتا ہے۔ لوگ اس کی موت کو ایک راز سمجھتے ہیں لیکن سمجھنے والوں کے لیے اس کی موت کس قدر کھلی ہوئی حقیقت ہے۔

شام کے وقت ندی پر سیر کرنے والوں کے گروہ کے گروہ اِدھر اُدھر مٹر گشت کرتے دکھائی دیتے ہیں۔ ان میں شہر کے سبھی لوگ شامل ہوتے ہیں۔ امیر، غریب، بچے، بوڑھے، عورتیں، مرد اور گوداوری ندی ہر ایک سے بات کرنے کو تیار تھی۔ ہر ایک کے ساتھ گھل مل کر بیٹھنے پر آمادہ تھی لیکن اس کا یہ مطلب نہیں کہ وہ برے معنوں میں ہر جائی تھی بلکہ اس کی محبت اس قدر بے کراں اور اس کا دامن اس قدر وسیع تھا۔

جب لوگ تفریح کے لیے وہاں جمع ہوتے تھے تو پھر کچھ چھابڑی والوں کا وہاں آنا لازمی تھا۔ چاٹ، دہی بڑے، پکوڑی، گول گپے، چنے، کچالو۔ سب ہی کچھ بکتا تھا۔ لوگ چٹانوں پر بیٹھے ٹانگیں ہلا ہلا کر مزے مزے میں دہی بڑے کھایا کرتے تھے۔ ان کے علاوہ پھولوں کے گجرے بیچنے والے بھی آیا کرتے تھے۔ چمیلی کی ادھ کھلی کلیوں یا پھولوں کے خوبصورت ہار ہوا میں لہراتے تھے۔ نوجوان مرد ایک آدھ بار خرید کر کانوں میں لپیٹ لیتے اور کنکھیوں سے اپنی ہم عمر معشوقاؤں کی طرف دیکھتے۔ چاندی کے اوراق میں لپٹے ہوئے پانوں کی تھالیاں پنواڑی ہتھیلیوں پر دھرے اِدھر اُدھر گھماتے پھرتے تھے۔ وہ زیادہ بھیڑ بھاڑ سے بچ کر ایک جانب ایک چھوٹے سے پتھر پر جا بیٹھا تھا۔ ندی کا پانی تلملاتا

اور گاتا ہوا اس کے قریب سے گزر رہا تھا۔ اتنے میں اس کے قریب ایک خوبصورت لڑکی آن کھڑی ہوئی۔ وہ پھولوں کے ہار بیچنے والی تھی۔

اس نے نظر اٹھا کر لڑکی کی طرف دیکھا۔ وہ اکہرے بدن کی کمسن لڑکی تھی۔ کمسن سے مراد یہ کہ پورے جوبن پر نہ آئی تھی۔ شباب کی طرف قدم بڑھا چکی تھی۔ بیضوی چہرہ تھا، بڑی خوبصورت رنگت تھی۔ بڑی بڑی متجسس آنکھیں خمدار لچکتے ہوئے ابرو، پھڑکتے ہوئے نتھنے، نازک مخملیں لب، میگوں ہونٹ، اس نے ناسک کی عورتوں کے رواج کے مطابق باریک کپڑے کا ایک شلوکا پہن رکھا تھا جس میں سے اُس کی بہت چھوٹی چھوٹی چھاتیوں کے ابھار صاف دکھائی دے رہے تھے۔ اس کے پیٹ ناف اور کمر پر کوئی کپڑا نہ تھا۔ اس کے بدن سے عجب تازگی اور اچھوتا پن ٹپکتا تھا۔ وہ سوچنے لگا کہ کیا یہ ممکن نہیں کہ وہ ان سب ہاروں میں آدھے ہار اپنے گلے میں پہن لے اور آدھے اُس کے گلے میں پہنا دے اور پھر اس کی ننگی کمر بازوؤں میں اس طرح لے لے کہ اس کا ہاتھ اس کے پیٹ کو چھو رہا ہو اور وہ اس طرح باتیں کرتے ایک دوسرے کا منہ چومتے ہوئے دور کھیتوں، جنگلوں، پہاڑوں کی طرف نکل جائیں اور پھر کھلے آسمان کے تلے نم دار زمین پر وہ دونوں ایک دوسرے کے ساتھ لپٹ کر لیٹ جائیں ... لیکن یہ سب کچھ ممکن نہیں تھا۔ کیوں؟

اس لیے کہ وہاں جنگلوں میں پکی پکائی روٹیاں نہیں مل سکتی تھیں۔ وہ لڑکی کے بغیر ایک رات بھی اس سے لپٹ کر سونا پسند نہ کرے اور روٹیوں کے بغیر دوسرے روز ہی وہ خود یہ رومان اور عشق بھول جائے۔ روٹیوں کے لیے گیہوں کی ضرورت تھی۔ گیہوں جبھی مل سکتا تھا کہ انسان کی جیب میں پیسے ہوں اور پیسے؟ ... پیسے دفتر میں کلرکی کرنے سے مل سکتے تھے اور کلرکی کا کہیں پتہ نہیں تھا۔ کہاں ملتی ہے؟ کیسے ملتی ہے؟ کیا بھاؤ بکتی ہے؟

کلرکی نبھانے کے لیے اُسے اپنے خون سے تو سینچنا ہی پڑتا ہے لیکن ان سب باتوں سے پہلے اُسے حاصل کرنا ایک معمہ تھا۔ اس معمہ کا ایک ہی حل تھا۔ وہ یہ کہ اپنی خودداری کو دفن کر ڈالے، عزت

پیچ کر وہ خاک میں مل جائے۔ اتنی قربانی اور انکسار کی کسی بڑی سے بڑی تپسیا میں بھی ضرورت محسوس نہ ہوتی تھی لیکن پیٹ کے لیے ایندھن ... دنیا میں سب سے بڑی ضرورت تھی اور اس ضرورت کو پورا کرنا دنیا کی بڑی سے بڑی تپسیا سے بھی تپسیا۔ دوسری تپسیاؤں کی اس کے سامنے وقعت ہی کیا تھی پر ماتما کے لیے۔ اور اگر پرماتما نہ بھی ملا تو کیا بگڑ جائے گا انسان کا۔ کیوں نہ پرماتما کو اس کے حال پر چھوڑ دیا جائے۔ اگر وہ اپنے حال میں مست ہے تو انسان اپنی کھال میں مست رہے، مکتی کے لیے؟ مکتی بھی نہ ہو تو کیا حرج ہے۔ اس بات کا کیا ثبوت ہے کہ انسان واقعی مکت ہو جائے گا لیکن سب سے بڑا سوال تو یہ تھا کہ اگر پرماتما کو حاصل کرنے یا مکتی حاصل کرنے کی تپسیا مکمل ہونے سے پہلے ہی جسم اور روح کا ناتا ٹوٹ جائے ... صرف روٹی کے ایک ٹکڑے کے نہ ملنے کی وجہ سے مر جانا۔ انسانیت کی توہین نہیں تو پھر کیا ہے۔ جب تک دنیا میں ایک آدمی بھی بھوکا ہے، ان بڑے بڑے آرٹسٹوں اور مفکروں، سیاستدانوں، مہاتماؤں، لیڈروں، مہا پرشوں اور سائنس دانوں کا فائدہ ہی کیا ہے؟ کیوں نہ ان سب کی گردنوں میں چکیوں کے پاٹ باندھ کر انہیں سمندر میں پھینک دیا جائے۔

اب وہ بیکاری سے تنگ آ چکا تھا۔ اس مرض سے دنیا میں کوئی دوست، کوئی ہمدرد، کوئی سوسائٹی یا سبھا، کوئی حکومت، کوئی پرماتما نجات نہ دلوا سکتا تھا۔ وہ اس پردیس میں بھاگا بھاگا کیوں آیا۔ کیوں بیٹھے بٹھائے اس کی پرامن زندگی میں اتنا بڑا انقلاب آ گیا۔ یہ اس کا گھریلو معاملہ تھا۔ ابھی تک یہ سب صیغۂ راز میں تھا۔ یہ ایک قابلِ شرم اور قابلِ افسوس بات تھی۔ یہ ایک بہت بڑا حادثہ تھا۔ وہ یہ راز کسی پر ظاہر نہ کر سکتا تھا۔ اس کے گھر والے ایک ہی روز میں تقریباً کنگال ہو گئے۔ وہ کسی کو کیوں کر بتا سکتا تھا۔ وہ اس پردیس میں نوکری کی تلاش میں آیا۔ اس نے اِدھر اُدھر کچھ عارضی کام کیا بھی لیکن چونکہ یہ آسامیاں عارضی ہوتی تھیں، اس لیے مقررہ زمانہ ختم ہو جانے کے بعد اسے پھر بے کار گھومنا پڑتا تھا۔ وہ گھر پر اپنی ماں کو روپیہ بھیجتا رہا تھا۔ یوں ہی کچھ تھوڑا بہت روپیہ اس کی ماں کے پاس بھی تھا۔ گھر کے اخراجات چلتے رہے لیکن اب کچھ عرصہ سے نہ اسے کسی قسم کے کام کی کوئی صورت نظر

آئی نہ گھر سے بار بار تاکید کی چٹھیاں ہی آنا بند ہوئیں۔ یہاں اس کا ایک ہی دوست تھا جو اگرچہ اُسی جگہ اُس کا نیا ہی دوست بنا تھا لیکن اُسے اس پر پورا پورا اعتماد تھا۔ وہ اس پر بھروسا کر سکتا تھا۔ یہی اس کے ضمیر کی آواز تھی۔ اس لیے وہ اس سے کھل کر باتیں بھی کر لیا کرتا تھا۔ اس نے اسے اپنا رازداں بھی بنا لیا۔ اپنا سارا حال کہہ سنایا کہ اس کے دو بھائی اور دو بہنیں تھیں۔ بیوہ ماں تھی ... اور وہ حادثہ؟

اس کی نوجوان بہن جو اس سے دو ہی برس چھوٹی تھی، نہ معلوم کس بدمعاش کے پھندے میں پھنس کر گھر سے بھاگ نکلی۔ اس لڑکی کو فلمی رسالے پڑھ پڑھ کر فلموں میں کام کرنے کا شوق چرایا اور ایسی بے وقوف چڑیا کو پھانسنے والا کوئی چڑی مار بھی ادھر آ نکلا۔ دل کو دل سے راہ ہوتی ہے۔ اس نے ایسی الٹی پٹی پڑھائی کہ شریف زادی ایک رات چپکے سے اُس کے ساتھ کسی طرف کو کھسک گئی اور پھر جاتے جاتے گھر کے سب زیورات اور نقدی بھی سمیٹ کر اپنے ساتھ لے گئی۔ کیا دنیا میں اس قسم کی باتیں بھی ممکن ہیں لیکن یہ ایک حقیقت تھی۔ اس قسم کی خبریں آئے دن اخباروں میں شائع ہوتی رہتی ہیں۔ اس کلموئی سے کوئی پوچھے کہ اگر تجھے ضرور ہی جھک مارنی تھی تو خود دفع ہو جاتی ہو جاتی لیکن گھر میں جھاڑوں کیوں پھیر گئی۔ ڈائن تجھے اپنے چھوٹے بھائی اور بہنوں کا خیال نہ آیا۔ اس بیوہ ماں پر بھی ترس نہ آیا جس نے پال پوس کر تجھ رانڈ کو اتنا بڑا کیا کہ اب تو نصیبوں پھوٹی ایکٹریس بنے چلی ... بہت بڑی رقم تھی جو وہ اپنے ساتھ لے کر چلتی بنی۔ اس کے چلے جانے کے بعد ایک تو بدنامی کا ڈر۔ دوسرے روپے کی تنگی۔ گھر میں اور بچے ابھی چھوٹے تھے۔ ان میں سے دو اسکول میں پڑھتے تھے۔ ان سب کے اخراجات کے لیے یوں ہی گھر میں کوئی گری پڑی چیز باقی رہ گئی ورنہ اس کو سکھ بہن نے تو خوب ہاتھ صاف کیا۔ کس پچھلے جنم کا بیر نکالا چڑیل نے؟ ... سو بھائی کو اپنی تعلیم بھی ادھوری چھوڑ کر پردیس کو بھاگنا پڑا۔ شہر میں گھر بدل کر دوسرے مکان میں چلے گئے تا کہ راز افشا نہ ہو پائے۔ تم کو دوست سمجھ کر سب حال بتا دیا۔ تم خود ہی سمجھ سکتے ہو کہ یہ کس قدر نازک معاملہ ہے۔ بھائی میرے! یہ بات بس کسی اور کے کان تک نہ پہنچے۔ حد سے زیادہ تاکید ہے۔ یہاں پردیس میں اور

کون تھا جسے یہ بتلا کر دل کی بھڑاس نکالتا۔ اب ہمارا تمہارا زیادہ فرق نہیں رہا۔ پھر سے تاکید ہے کہ یہ بات کہیں ظاہر نہ ہونے پائے... اُس کے دوست کی صورت سے یہی ظاہر ہو رہا تھا کہ یہ باتیں سن کر اُس کے دل کو بہت دکھ پہنچا ہے۔ وہ اس کی مصیبت کو خوب اچھی طرح سمجھ گیا ہے۔ وہ اس کے لیے کوئی نہ کوئی ملازمت ڈھونڈ نکالے گا... اور واقعی چند روز بعد اُسے یہ خوش خبری ملی کہ اسے ایک ہندوستانی فرم میں کلرک کی آسامی پر مقرر کر دیا جائے گا۔ سرکاری نوکری ہوتی تو بہتر تھی لیکن خیر اس میں کیا مضائقہ ہے۔ بعض اوقات دیسی مالکوں سے بھی انسان کی پٹ جاتی ہے تو پھر پو بارہ ہو جاتے ہیں۔

وہ مقررہ دن کو منیجر سے ملنے کے لیے اُس کے دفتر میں پہنچا۔ وہ سفارشی آدمی تھا۔ منیجر نے بڑی رعونت سے اُس کو سر سے پاؤں تک دیکھا... "تمہارا ہی نام ہے...؟"

"جی ہاں"

"کہیں اور کام بھی کیا ہے؟"

اُس نے ذرا تفصیل کے ساتھ سب باتیں بتلائیں۔ منیجر نے سب کچھ سن لینے کے بعد کہا "اچھا تو تم عرضی لکھ کر ہمیں دے دو۔ درحقیقت ہمیں زیادہ تجربہ کار شخص کی ضرورت ہے لیکن چونکہ تمہاری سفارش زبردست ہے، مجھے خود مسٹر تیواری نے آ کر کہا ہے اور پھر تم مصیبت زدہ ہو..."

"مصیبت زدہ؟"

"... میرا خیال یہی ہے کہ تم بڑے بھائی تھے، تم ذرا ہوش سے..."

وہ پتھر کی طرح جامد کچھ دیر تک وہاں کھڑا رہا۔ اسے نہیں معلوم کہ اس نے کیا کیا باتیں کہہ ڈالیں۔ اس کی روح پر ایک بادل سا چھا گیا۔ وہ کچھ سوچ نہ سکا، کچھ سن نہ سکا... وہ وہاں سے چپ چاپ واپس چلا آیا۔ اپنے کمرے میں پہنچ کر اس نے تکیہ میں منہ چھپا لیا۔ وہ رو نہ سکا لیکن اُس کی آنکھوں سے آنسو بھی نہ نکلتے تھے۔ اتنی دور غریب الوطنی میں اُسے یہ دکھ سہنا پڑے گا؟ وہ اس کے لیے ہرگز تیار نہ تھا۔ یہ اس کے دوست نے کیا کیا۔ شاید وہ یہ سمجھا کہ اُسے نوکری چاہیے ہر ممکن

قیمت پر۔ خاندان کی بے عزتی کا بھانڈا پھوڑ کر ... کیا اس افسوسناک واقعہ کو حیلہ بنائے بغیر ملازمت تک نہ مل سکتی تھی؟ دراصل سمجھدار دشمن اتنا نقصان نہیں پہنچاتے جس قدر احمق دوست۔ وہ منصور اور شبلی والا قصہ ہوا۔ منصور کو سنگسار کیے جانے کا حکم صادر ہوا۔ سر بازار اُن پر پتھر پھینکے گئے۔ ان کا جسم لہولہان ہو گیا لیکن وہ قہقہے لگاتے رہے۔ پتھر مارنے والوں کی نفرت اور ان کے پتھر اُن پر کچھ بھی اثر نہ کر سکے۔ وہ ان سے بے پروا رہے۔ وہ جانتے تھے کہ وہ لوگ جو کچھ کر رہے ہیں، لاعلمی کی وجہ سے کر رہے ہیں۔ ان لوگوں کی بے عقلی کے سبب ان پر خفا ہونا عبث تھا لیکن جب وہاں ان کے جگری دوست شبلی آ نکلے تو وہ حکم شریعت کے خلاف بھی قدم نہ اٹھا سکے اور وہ اپنے دوست کو پتھر بھی نہ مارنا چاہتے تھے۔ اس لیے انھوں نے ایک پھول پھینک دیا۔ پھول کا منصور کے جسم کو چھونا تھا کہ وہ چیخ اٹھے ... یہی حرکت اس کے دوست نے اس کے ساتھ کی لیکن واقعی اس نے یہ راز منیجر کو صرف اس لیے بتایا کہ اُسے ملازمت مل سکے یا معاملہ اس سے بھی زیادہ سنگین تھا ...؟

وہ دیر تک اسی طرح کمرے میں پڑا رہا۔ جب شام ہو گئی تو وہ اٹھ بیٹھا۔ دنیا بے کیف سی نظر آ رہی تھی۔ وہ اس لنگڑے کی مانند تھا جس کی کھلی بیساکھیاں دفعتاً ٹوٹ کر گر پڑیں، وہ ازحد پریشان تھا۔ اب کیا ہو گا؟ وہ کیا کرے؟ کدھر جائے؟ کس سے کہے؟

وہ دروازے میں سے نکل کر گودام وری کے کنارے پر جا پہنچا لیکن اس کا دھیان کسی اور ہی طرف تھا۔ چھابڑی والوں کی صدائیں، عورتوں کے دلکش قہقہے۔ ہجوم کی ملی جلی اڑتی ہوئی صدائیں ... تنگ شلوکے پہنے ہوئے بانکی عورتیں ... سب کچھ اس کے لیے نہ صرف بے معنی تھا بلکہ بے حقیقت تھا۔ وہ اس چھوٹے سے پتھر پر بیٹھا ہوا چمیلی کے ہار بیچنے والی لڑکی کی طرف اس طرح کھوئی نظروں سے دیکھنے لگا کہ لڑکی پریشان سی ہو کر پرے چلی گئی اور وہ اسی جگہ بیٹھا رہا ...

آج اسے پانی کی روانی، بنسریوں کی تانوں، پھولوں کی آوارہ خوشبو جو بن کی متوالیوں کی اٹھکیلیوں غرض کسی شے سے کوئی دلچسپی محسوس نہ ہو رہی تھی۔ دراصل وہ گھر سے اس نیت سے چلا بھی نہیں تھا۔

وہ یوں ہی بے خیالی میں اس طرف چلا آیا۔ وہ عادتاً یہاں آیا تھا۔ اس کا دماغ اور خیالات میں الجھا ہوا تھا۔ پاؤں ندی کی طرف اٹھنے لگے ... یہاں پہنچ کر وہ بے چین سا ہو گیا، وہ پتھر سے اٹھا اور لڑ کھڑاتے ہوئے قدموں کے ساتھ ایک سڑک پر ہو لیا۔

سڑک کے دونوں کناروں پر پام کے درخت کھڑے تھے۔ صاف ستھری سڑکوں کے ساتھ ساتھ اُگے ہوئے یہ درخت بہت بھلے معلوم ہوتے تھے لیکن اس کا ان کی طرف دھیان ہی نہیں تھا۔ ...

اس کے دوست نے یہ حرکت کیوں کی؟ بظاہر اس نے اسی کی بھلائی کے لیے یہ راز کھول دیا۔ حالانکہ اگر اس نے اس سے دریافت کیا ہوتا تو وہ کسی بڑی سے بڑی نوکری کے لیے اس راز کا کھلنا پسند نہ کرتا۔ اس مسئلہ کو فلسفیانہ نقطہِ نظر سے سوچنے کا یہ کوئی محل نہ تھا۔ اسے تو دنیاوی نقطہِ نگاہ ہی سے سوچا جا سکتا تھا۔ دنیاوی لحاظ سے کسی کی بہن کا اس طرح گھر کی صفائی کر کے کسی غیر مرد کے ساتھ بھاگ جانا یقیناً ایک بھائی کے لیے بڑی بے غیرتی کی بات تھی لیکن وہ کر بھی کیا سکتا تھا۔ اس کی یہ حماقت ضرور تھی کہ اُسے اپنی بہن کے اس یارانے کا کچھ پتہ نہ چلا ... وہ اسے ایک ذمہ دار لڑکی سمجھتا تھا۔ وہ کب جانتا تھا کہ وہ اس قسم کے لچر خیالات میں کھوئی رہتی تھی۔ خیر وہ تو سب کچھ ہوا لیکن اس نے دوست کو رازداں اس غرض سے بنایا تھا کہ جب وہ ایک مرتبہ ان کے گھر کے حالات سے واقف ہو جائے تو پھر آئندہ گفتگو کرنے میں کوئی جھجک نہ رہے گی۔ اس دنیا میں انسان کو ہمیشہ ایک نہ ایک رازداں اور ہمدرد کی ضرورت محسوس ہوتی ہے۔ اگر اس نے اس بات کے لیے اپنے دوست کو چن لیا تو کیا برا کیا۔ اس میں تو اس کی کوئی غلطی نہ تھی۔ ...

... اور وہ اس کا دوست کس قدر سنجیدہ شخص معلوم ہوتا تھا۔ دنیا کے نشیب و فراز سے آگاہ، انسان کی بے بضاعتی اور اس کی کمزوریوں سے واقف اس کے خیالات کس قدر بلند تھے۔ وہ بولتا تھا تو اس کے الفاظ سے خلوص کی بو آتی تھی۔ وہ وجدانی طور پر محسوس کرتا تھا کہ اس کا دوست ایک قابلِ اعتماد شخص تھا لیکن باوجود اتنی تاکید کے وہ اس قدر غیر ذمہ دار اور احمق کیوں ثابت ہوا۔ ... محض اسے ملازمت

دلانے کے لیے اس نے اس کی بنی بنائی عزت پر بٹہ لگا دیا۔ اس منیجر کے منہ میں لگام کون دے سکتا تھا؟ کیا وہ کسی اور کو اس بات سے آگاہ کرنے سے پرہیز کرے گا۔ ناممکن اور پھر کیا ایسے دفتر میں کام کیا جا سکتا تھا جہاں سب جانتے ہوں کہ فلاں شخص کی بہن... اگر اس کے دوست کا منیجر کو واقعی کچھ لحاظ تھا اور وہ اپنا کچھ رسوخ استعمال کر سکتا تھا تو پھر اس بات کا ذکر چھیڑنے ہی کی کیا ضرورت تھی... لیکن یہ سب کچھ غلط تھا۔ حقیقت کچھ اور تھی۔ دراصل یہاں انسان کا فطری کمینہ پن کام کر رہا تھا۔ دنیا میں ہر شخص بیمار تھا۔ ہر شخص میں عیب تھے، کمزوریاں تھیں۔ اسے ان باتوں کا شدید احساس تھا۔ اس لیے جب اُسے اپنے کسی ہم جنس کی کسی مصیبت کا پتہ چل جائے تو پھر آپس میں کانا پھوسی کر کے اپنے آپ کو دھوکا دیتا ہے کہ اس دنیا میں اسی میں برائیاں نہیں، دوسروں میں بھی ہیں۔ انسان اپنی کمزوریوں کو دور کرنے سے ہمیشہ قاصر رہتا ہے لیکن وہ اپنی تسکین کا پہلو اسی قسم کی عیب جوئی اور غیر کے مصائب کا ذکر کر کے ہی پیدا کر لیتا ہے... وہ ازل ہی سے کمینہ ہے۔ اس کی انسانیت کے ساتھ ساتھ ایک قسم کی درندگی بھی لپٹی ہوئی ہے۔ جب کبھی یہ درندگی ابھر آتی ہے تو پھر انسان سے شیطان بھی پناہ مانگتا ہے۔ ہر انسان بہت ہی احمقانہ طور پر یا احمقانہ حد تک عقل مند ہے۔ اس کی یہ گراوٹ شاید ابد تک دور نہ ہو۔ اگر یہ ابد تک دور نہ ہو سکی تو دنیا میں دکھوں کا خاتمہ ہونا معلوم... بدی انسان کی ہڈیوں میں کچھ اس طرح رچ گئی ہے کہ اس کے جسم سے اسے دور کرنا قریب قریب ناممکن ہے۔ یہاں تک کہ کسی عزیز سے دوست سے بھی بھروسا نہیں کیا جا سکتا۔ جب بھروسا نہ ہو تو کوئی انسان کسی کو اپنا ہمراز نہیں بنا سکتا۔ کسی کو بھی اپنا ہمراز نہ بنا سکنے کے معنی یہ ہیں کہ انسان دنیا میں اکیلا رہا کرے... تنہا... تنہا... ازل تے ابد تک تنہا... اس قدر وسیع دنیا میں، ان بے شمار دکھوں کا مارا ہوا انسان اور پھر تنہائی کی شدت کا احساس... یہ اذیت تو کسی دوزخ کی بڑی سے بڑی سزا سے بھی بڑھ کر ہے۔ کیا دنیا میں انسان کو کبھی کوئی ساتھی نہ مل سکے گا۔ کیا وہ کبھی کسی رازداں کو نہ پا سکے گا۔ کیا کبھی کوئی ایسی ہستی وجود میں نہ آئے گی جس کے کان میں وہ دل کی بات اس یقین پر کہہ سکے کہ وہ یہ بات اور کسی سے نہ کہے

گا۔ وہ اسے دل ہی میں رکھے گا۔ . .

چلتے چلتے وہ بے خبری کے عالم میں شہر سے بہت دور نکل آیا۔ وہ اس قدر کھویا ہوا سا تھا کہ اسے اپنے قریب سے گزر جانے والے لوگوں کا بھی کچھ احساس نہ تھا۔ اسے خیال ہی نہ آیا کہ وہ معمولی چڑھائی کی سٹرک طے کرتا ہوا اب کافی بلندی پر آ پہنچا ہے۔ اس نے پیچھے گھوم کر دیکھا۔ شہر کی رنگ برنگی عمارتیں سرمئی رنگ کے غبار میں دھندلی سی نظر آ رہی تھیں۔ سورج غروب ہو چکا تھا۔ تاریکی بڑھ رہی تھی۔ خم کھاتی ہوئی سڑکوں پر قطار در قطار کھڑے ہوئے درخت بہت بھلے دکھائی دے رہے تھے۔ سڑک کے ارد گرد کھیتوں میں پانی بھرا تھا اور بڑھتی ہوئی تاریکی میں وہ پانی ایک بہت بڑی جھیل کی طرح دکھائی دے رہا تھا۔ اس میں بجلی کے قمقموں کی روشنی متحرک تھی۔

اس کے آگے ایک خاصی بلند سرسبز پہاڑی تھی۔ دور پہاڑی کے اندر کھدے ہوئے بہت بڑے مندر کے آگے وسیع سیڑھیوں سے عورتیں اور مرد چڑھ اتر رہے تھے۔ وہ آہستہ آہستہ مندر کی طرف بڑھا۔ قریب پہنچ کر وہ سیڑھیوں کے ایک طرف بیٹھ گیا۔ اس نے جوتوں کے تسمے کھولے۔ چند کنکر جوتوں کے اندر چلے گئے تھے۔ اس نے انہیں جھاڑ کر باہر نکالا اور پھر وہ وہیں لیٹ گیا۔ سیڑھیوں کے پتھر بہت سرد تھے۔ اس کے تکان زدہ جسم کو ان کی ٹھنڈک سے راحت کا احساس ہوا۔

سامنے کچھ فاصلہ پر مندر کا دروازہ نظر آ رہا تھا۔ یہ بہت ہی بڑا دروازہ یوں ہی پہاڑ کو کھود کر بنا دیا گیا تھا۔ اس میں تختے نہیں لگے ہوئے تھے۔ اس لیے چوبیس گھنٹوں میں جب کسی کا جی چاہے وہ اس کے اندر جا سکتا تھا۔

وہ اٹھ کر بیٹھ گیا۔ آنے جانے والی عورتوں اور مردوں کو دیکھتا رہا۔ پھر وہ اٹھا اور آہستہ آہستہ قدم اٹھاتا ہوا آگے بڑھا۔ اس نے دروازے کے اندر جھانک کر دیکھا تو سامنے پہاڑ کو اندر سے کھود کر بہت وسیع ہال بنایا گیا تھا۔ پرلے سرے پر پتھر کے تین بڑے بڑے دیوتا آلتی پالتی مارے بیٹھے تھے۔ ان میں سے درمیان والا بت سب سے اونچا تھا۔ وہ تقریباً ساٹھ فٹ بلند ہو گا۔ اس کے دائیں بائیں

دوسرے دیوتا جو جسامت میں اس سے کم تھے، اسی کی طرح آلتی پالتی مارے گھٹنوں پر ہاتھ رکھے سیدھے بیٹھے ہوئے تھے۔ وہ فن سنگ تراشی کے اعلیٰ نمونے تھے۔ ان کے چہروں کے خدوخال صاف طور پر عیاں تھے۔ ان کے لبوں پر ایک دائمی مسکراہٹ ثبت ہو چکی تھی۔ وہ ابد تک اسی طرح چپ چاپ مسکرائے جائیں گے۔ بہت دور دور سے لوگ وہاں جمع ہوتے تھے۔ ہر انسان کے دل میں کوئی نہ کوئی تمنا اور کوئی نہ کوئی بھید ہوتا تھا۔ وہ ہاتھ باندھے ننگے پاؤں ان دیوتاؤں کی خدمت میں آتے تھے۔ دل ہی دل میں اپنی بات دہرا دیتے ہیں۔ دیوتا اپنے پرستاروں کے دلوں کا حال پا لیتے ہیں۔ وہ مسکراتے ہیں، منہ سے کچھ نہیں کہتے۔ یہاں تک کہ دن رات ان کی خدمت میں رہنے والے پجاری بھی نہیں جانتے کہ دیوتا سے کون شخص کیا بات کہہ گیا۔ ...

رفتہ رفتہ بھیڑ کم ہو رہی تھی۔ ہال کے اندر شمعیں روشن تھیں۔ کسی تیز خوشبو سے سارا مندر مہکا ہوا تھا۔ پتھریلے فرش پر پانی پھیلا ہوا تھا۔ اِدھر اُدھر گیلے فرش پر سرخ نیلے اور سپید پھول بکھرے ہوئے تھے۔ ...

کوئی نہ کوئی شخص مندر کے بیچوں بیچ لٹکا ہوا کانسی کا گھڑیال بجا دیتا تھا اور اس پراسرار خاموشی میں کتنی ہی دیر تک گھڑیال کی سمجھ میں نہ آنے والی آواز پُرمعنی انداز میں لرزتی رہتی تھی۔ ...

وہ ان بے جان پتھر کے مسکراتے ہوئے دیوتاؤں کو قریب سے دیکھنا چاہتا تھا۔ اس نے جوتے اتار دیئے اور قدم بڑھا کر پاؤں نم دار فرش پر رکھ دیئے۔ وہ ایک مسرور کر دینے والی خوشبو میں لپٹ گیا۔ مدھم روشنی میں دیوتا بدستور مسکرائے جا رہے تھے اور وہ لحظہ بہ لحظہ ... قدم بہ قدم ... آگے بڑھتا جا رہا تھا۔ ...

بِھک منگے

اگرچہ سورج طلوع ہو چکا تھا لیکن ابھی سڑکوں، بازاروں اور گلیوں میں وہ چہل پہل شروع نہ ہوئی تھی۔

اس بھک منگے کا کوئی گھر گھاٹ نہ تھا۔ محلے میں کسی نے یوں ہی ٹوٹا پھوٹا چھکڑا ایک طرف پھینک دیا تھا۔ بھکاری نے اُس پر ٹاٹ وغیرہ ڈال کر ایک اوٹ سی بنالی تھی۔ وہ اسی کے اندر زندگی بسر کرتا تھا۔ اندر جگہ بہت تنگ تھی لیکن اُسے زیادہ جگہ کی ضرورت بھی نہ تھی کیوں کہ اس کی ٹانگیں گھٹنوں کے اوپر سے کٹی ہوئی تھیں۔ بچپن ہی سے اس کی ٹانگیں ایسی تھیں۔ اسے کچھ یاد نہیں کہ اس کی ٹانگیں کسی حادثے میں کٹ گئی تھیں یا وہ اسی طرح پیدا ہوا تھا۔ اب وہ پاؤں کے بل پر آگے گھسٹ گھسٹ کر بڑھتا تھا۔ بانہوں کے بل پر وہ زمین سے زیادہ اونچا نہ اٹھ سکتا تھا۔ اس لیے جب وہ گھسٹتا ہوا چلتا تھا تو اس کی کمر سے بندھا ہوا کپڑا اسٹرک کی ساری غلاظت سمیٹتا جاتا تھا۔ یہ منظر دیکھ کر لوگوں کے دلوں میں سخت گھن پیدا ہوتی تھی۔

بظاہر اس کی صورت میں کوئی خرابی نہ تھی۔ اس کی شکل ایسی ہی تھی جیسی عام ہندوستانیوں کی ہوتی ہے۔ ناک، آنکھ، ہونٹ، دانت ہر چیز صحیح و سالم تھی۔ اس کے بازو مضبوط، ہاتھ چوڑے چکلے اور جسم کا باقی ڈھانچہ بھی درست تھا لیکن ٹانگوں کی وجہ سے وہ بے چارہ بے کار تھا۔

اس کی صورت سے متانت اور غربت اسی طرح ہویدا تھی جیسی کہ بھکاریوں کے چہرے ہونی چاہیے۔ ہر وقت ہاتھ پھیلائے رہنے کے سبب اس کے چہرے کے مردانہ تیور غائب ہو چکے تھے۔ ہر

آنے جانے والے کی طرف اس کی بھوکی آنکھیں گھور گھور کر دیکھا کرتی تھیں۔ اِدھر کسی بابو کی صورت نظر آئی اُدھر اُس نے دانت نکال دیئے۔ بڑے لجاجت آمیز اور مسکین آواز میں وہ دعاؤں کا تانتا باندھ دیتا۔ بھوک، بے آرامی اور تفکرات کی وجہ سے اس کے جسم کے ڈھانچے پر گوشت بس برائے نام ہی تھا۔

اِدھر صبح ہوئی۔ غلاظت کی گاڑی کے آگے بیٹھے ہوئے بھنگی نے تان اڑائی، اُدھر بھکاری کی آنکھ کھلی۔ لوگ اپنے اپنے کاموں پر جانے کی تیاریاں کرنے لگے تو اس نے بھی باہر جانے کی ٹھانی۔ اُسے تیاری تو کچھ کرنی نہیں تھی۔ البتہ وہ ناریل پی لیا کرتا تھا۔ اُس نے اُپلے کا ایک ٹکڑا چلم پر رکھا اور اس میں ایک چیتھرا ٹھونس کر آگ لگا دی... پھر وہ اطمینان سے بیٹھا دم لگاتا رہا۔ وہ کنکھیوں سے سڑک کی طرف بھی دیکھ رہا تھا کہ ذرا لوگوں کی آمد و رفت شروع ہو تو وہ بھی اپنے اڈے پر جا پہنچے۔

رفتہ رفتہ لوگ اپنے اپنے گھروں سے نکلنے لگے۔ سڑک پر سائیکلیں اور تانگے بھی چلنے لگے۔ بھکاری نے بھی اپنا کٹورا جھولی میں ڈالا اور گھسٹتا ہوا سڑک کی طرف بڑھا۔ وہ اس جگہ بیٹھا کرتا تھا جہاں میونسپلٹی کا گندگی کا بہت بڑا ڈھول پڑا تھا۔ وہاں بیٹھنے میں بھی ایک مصلحت تھی۔ وہ یہ کہ ڈھول کے سائے میں وہ دھوپ کی گرمی سے بچا رہتا تھا۔ غلاظت سے لبریز ڈھول کے قریب بیٹھا وہ خود بھی ایک چھوٹا سا گندگی کا ڈھول دکھائی دیتا تھا۔ کچھ مکھیاں تو یوں ہی اُس پر منڈلاتی رہتی تھیں اور کچھ اس ڈھول کی صحبت کی وجہ سے اُس کے حصے میں آتی تھیں۔

جھولی سے کٹورا نکال کر اُس نے آگے بڑھا دیا۔ اس نے کٹورے میں چند پیسے ڈال بھی دیئے۔ پیسے کو پیسہ مکاتا ہے۔ اس کے کٹورے میں دو تین پیسے دیکھ کر کوئی راہ گیر اپنا پیسہ بھی اُس میں پھینک دیتا تھا۔

گرمیوں کے دن تھے، دھوپ کی تمازت بڑھتی جا رہی تھی۔ لوگ جلد سے جلد اپنے دفتروں، مکانوں، اسکولوں یا دکانوں میں پہنچ جانا چاہتے تھے لیکن اس کے لیے جلدی کی کوئی بات نہ تھی۔ ابھی اسے ڈیڑھ دو بجے تک اسی جگہ بیٹھنا تھا۔ پھر وہاں سے دو گھنٹے کے لیے چلے جانے کی وجہ یہ نہیں تھی

کہ اُسے گرمی محسوس ہوتی تھی بلکہ یہ کہ اس وقت گلی میں ایک کتا تک سڑک پر گھومتا نظر نہ آتا تھا اور آدم زاد کا خیر ذکر ہی کیا۔

ہر آنے والا دور سے بڑا سخی دکھائی دیتا تھا لیکن قریب پہنچ کر اس کی صورت ایسی دکھائی دینے لگتی تھی جیسے وہ خود اس کے جسم کے چیتھڑے تک اتار لینے سے دریغ نہ کرے گا۔ انسانوں کے اس ہجوم میں اگر کسی شخص پر کسی دعا کا نشانہ ٹھیک جگہ جا لگا تو پھر اس کی جیب میں سے ایک پیسے کا نکل آنا کچھ ایسا مشکل بھی نہ تھا۔

وہ اپنے کٹورے میں دو چار پیسیوں سے زیادہ نہ رہنے دیتا تھا۔ جہاں کچھ پیسے جمع ہوئے اس نے انہیں اٹھا کر اپنی پھٹی قمیص کے اندر پہنی ہوئی بنڈی کی اندر کی چھوٹی سی چور جیب میں ٹھونس لیا۔

جب اِدھر سے گزرنے والوں کا پہلا ریلا ختم ہو گیا تو پھر آمد و رفت کم ہو گئی۔

نو بجے سے دس بجے تک آمد و رفت بہت بڑھ جاتی تھی کیونکہ اس وقت دفتر اور اسکول کھلتے تھے۔ بابوؤں، لڑکوں اور لڑکیوں کی ٹولیاں شور مچاتی خاک اڑاتی اس کے پاس سے گزر جاتی تھیں۔ سائیکلوں اور تانگوں کی بھی بھرمار ہوتی تھی لیکن دس بجے کے بعد سڑک پر وہ چہل پہل نہ رہی تھی۔ اب کاروباری، بے کار یا آوارہ گرد لوگ رہ جاتے تھے جو محلے کے کتوں پر ڈھیلے پھینکتے یا اُن کو دھتکارتے ہوئے اِدھر اُدھر مٹرگشت کرتے تھے۔

چہل پہل ختم ہو جانے کے بعد بھکاری بھی ذرا آرام سے بیٹھ جاتا تھا۔ پہلے تو پیسے چھنا چھن اُس کے کٹورے میں گرتے تھے اور پھر کبھی کبھار کوئی شخص اُدھر سے گزرا، سخاوت کے جذبہ کے زور مارا تو اس کے کٹورے میں بھی ایک آدھ پیسہ آن گرا لیکن جس کسی سے اسے ذرہ برابر بھی یہ امید ہوتی، اس کے آگے پھیلانے سے ہرگز نہ چوکتا تھا۔

سر پر کپڑا ڈالے وہ چلچلاتی دھوپ میں اڑتے ہوئے ذروں کو دیکھ رہا تھا۔ اتنے میں اُسے دور سے ایک اچھے خاصے لالہ آتے دکھائی دیتے۔ اس نے فوراً کٹورے کو مضبوطی سے پکڑ لیا۔ جب وہ

کچھ نزدیک آئے تو معلوم ہوا کہ وہ اپنے محلے ہی کے لالہ ہیں۔ ہاں آج ذرا معمول کے خلاف چکنے چپڑے دکھائی دے رہے تھے۔ یہ اپنے لالہ پیسہ کہاں دینے والے تھے لیکن اب ایک مرتبہ کٹورا اٹھا ہی لیا تھا۔ اُسے بڑھا دینے میں حرج ہی کیا تھا۔ بھگوان تمہارے دل کی منشا پوری کریں گے۔

پہلے تو لالہ ایک زناٹے کے ساتھ اس کے قریب سے گزرنے لگے تھے، پھر نہ معلوم کیا خیال آیا۔ وہیں رک گئے۔ ان کی جھاگ سی پھولی ہوئی دھوتی ہوا میں لہرانے لگی۔ انھوں نے اپنے گول مٹول ہاتھوں سے اپنی اجلی قمیص کی جیبوں کو ٹٹولا لیکن اٹھنّی سے کم کا کوئی سکہ ہی نہ تھا۔ پُن کرنے کا خیال ترک کرنے ہی لگے تھے کہ یکایک کچھ خیال آیا، فوراً اپنے سر سے گاندھی ٹوپی اتاری اور اس کے ایک رے کو ہٹا کر اندر سے دو پیسے اور ایک دھیلا نکالا۔ پہلے تو دھیلے والا ہاتھ آگے کو بڑھایا، پھر نہ معلوم کیا سوچ کر ٹن سے ایک عدد نقد پیسہ اس کے کٹورے میں پھینک کر سینہ تانے نہ آگے بڑھ گئے۔

وہ لالہ لیکھ رام جی تھے۔ محلے کے بڑے پرانے دکاندار تھے۔ عمر گزری تھی اسی دشت کی سیاہی میں ... اُن کے باپ دادا بھی یہیں دکان کرتے آئے تھے۔ انھوں نے ہوش سنبھالا تو اپنے آپ کو لوہے کی چھوٹی سی الماری کے قریب سانپ کی طرح بیٹھے پایا اور پھر انھوں نے گدی کو نہیں چھوڑا۔

یہ ایک تعجب انگیز بات تھی کہ آج انھوں نے بھکاری کو دھیلا نہ پائی اکٹھا ایک پیسہ دے ڈالا تھا۔ جب سے جنگ چھڑی تھی، اُن کا حال پتلا ہو رہا تھا۔ نہ دکان میں مال تھا نہ کہیں سے آنے کی امید تھی۔ جو مال تہ خانوں میں چھپا رکھا تھا، وہ پولیس والوں کے ڈر سے باہر نہ نکالتے تھے۔ خصوصاً یہ دن اُن کے لیے بہت سخت آن پڑے تھے۔ اِدھر گورنمنٹ نے راشننگ کا طریقہ جاری کر دیا۔ لالہ پرانے گھاگ تھے۔ انھوں نے سوچا کہ اگر انہیں ڈپو کھولنے کی اجازت مل جائے تو سمجھو پو بارہ ہیں۔ دکان میں گیہوں اور آٹے کا سرکاری اسٹاک تو رہے گا ہی، اس کے ساتھ اپنا مال بھی کھپا ڈالیں گے۔ راز دانوں نے لقمہ دیا ''جی لالہ کون دیکھتا ہے۔ کسی کی مجال بھی ہے۔ آنکھوں میں ایسی صفائی سے دھول ڈالو کہ بس ... ''

لالہ سچ مچ آنکھوں میں دھول ڈالنے پر آمادہ ہو گئے۔ اُنھوں نے اِدھر اُدھر بھاگ دوڑ شروع کی۔ ایک لمبی چوڑی عرضی راشننگ کنٹرولر کے نام لکھوائی۔ ایک شخص سے لکھوائی تو دس اشخاص سے پڑھوائی۔ ہر نئے دیکھنے والے نے اس میں کچھ ترمیم کر دی۔ نتیجہ یہ ہوا کہ عرضی بہت شان دار اور پُر اثر ہو گئی۔ گورنمنٹ کو اپنی خدمات پیش کرتے ہوئے اُنھوں نے مختلف دلائل سے اپنے آپ کو اس خدمت کا اہل ثابت کرنے کی کوشش کی تھی۔مثلاً ان کا یہ آبائی پیشہ تھا اور اس محلہ میں وہ عرصہِ دراز سے دکان کر رہے تھے۔۔۔ یہ تو ان کے پھولے ہوئے پلپلے پیٹ ہی سے ظاہر تھا یا وہ بڑے ایماندار شخص تھے۔ واہ لالہ جی! بھلا یہ بھی کوئی کہنے کی بات تھی۔ ایمانداری اور حلال کی روٹی تو آپ کی گھٹی میں پڑی ہوئی ہے۔۔۔ محلے کے سب باعزت لوگ اس بات کے خواہش مند تھے کہ ڈپو کی ذمہ داری اُنھیں کو سونپ دی جائے اور اپنی اس دلیل کے ثبوت میں وہ اس عرضی کو ٹائپ کروا کر خود یہ نفسِ نفیس لوگوں کے گھروں میں پہنچے۔خوب کر دانت نکال کر اپنا مدعا بیان کیا۔اس طرح سارا دن مارے مارے پھرنے کے بعد شام تک اُن کا حلیہ بگڑ گیا۔ چہرہ گرد میں اَٹ گیا۔ بالآخر عرضی روانہ کر دی گئی۔

اب لالہ جی عرضی کے جواب کے منتظر تھے۔اسی لیے جب بھکاری نے کہا کہ ''بھگوان تمھارے دل کی منشا پوری کریں گے''، تو اُنھوں نے اُسے ایک پیسہ دے دینے میں کوئی حرج نہیں سمجھا۔ لالہ بھی جانتے تھے جنت کی حقیقت کیا۔۔۔ حرج ہی کیا تھا اگر کوئی ایک پیسہ لے کر نیک خواہشات کا اظہار ہی کر دے۔۔۔ چلو یوں ہی سہی۔

بھگوان اور محلے کے لوگوں کی پوری قوت اپنی پشت پر ہونے کے باوجود لالہ سمجھتے تھے کہ ابھی راہ میں اور رکاوٹیں بھی ہیں۔ ان میں سے ایک خاص رکاوٹ تو راشننگ کے انسپکٹر تھے جنہیں خوش رکھنا نہ صرف اب ضروری تھا بلکہ عرضی منظور ہو جانے کے بعد بھی ان کی نظرِ عنایت کی ضرورت تھی۔ اگر ان سے بگڑ گئی تو سمجھو دنیا میں ہر شخص سے بگڑ گئی اور پھر تو ایسی حالت پیدا ہو سکتی تھی کہ اگر خود بھگوان دھرتی پر اتر آئیں تو بگڑے کام کو سنوار نہ سکیں۔ یہ انسپکٹر صاحب بھی بڑے ظالم تھے،

35

اس لیے لالہ ان کی بڑی خوشامد کرتے تھے۔ اگر انسپکٹر کی صورت دور ہی سے دکھائی دیتی تو آپ فوراً دکان سے اتر کر سڑک پر ننگے سر ننگے پاؤں جا کھڑے ہوتے۔ دور ہی سے دانت نکال نکال کر اظہارِ مسرت کرنے لگتے۔ انسپکٹر کے قدموں میں نگاہیں بچھا دیتے۔ ان کا ہر قدم اپنی پلکوں کے زور سے اٹھاتے۔ اپنے ہاتھوں کو آپس میں ملے جاتے۔ جب دکان کے قریب آ پہنچتا تو بڑے خوشامدانہ لہجے میں کہتے ''آئیے آئیے انسپکٹر صاحب! ابھی میں تو آپ کو دور ہی سے دیکھ لیتا ہوں۔ ان کمبختوں کو میں ہی تو بتاتا ہوں کہ ہمارے انسپکٹر صاحب چلے آ رہے ہیں ... آئیے تشریف لائیے ... اِدھر ہو بے۔ انسپکٹر صاحب کو ... کرسی لا بے جلدی۔ کہاں مر گیا۔ کہاں؟ ...''

انسپکٹر صاحب رومال سے پیشانی کا پسینہ پونچھتے ہوئے بیٹھ جاتے۔ لالہ پوچھتے ہیں ''کہیے کیسے آنا ہوا حضور کا؟''

انسپکٹر صاحب بے پروائی سے کہتے ہیں ''ارے بھئی یوں ہی اِدھر چلا آیا ... کوئی کام دام ہوتا نہیں ...'' انسپکٹر صاحب یہ بات ضرور کہتے تھے کہ انہیں کوئی کام نہیں کرنا پڑتا۔ سرکار انہیں بس مفت ہی کی تنخواہ دیتی ہے ... لالہ بے چارے کو کیا پتہ کہ انسپکٹر صاحب کو باؤلے کتے کی طرح صبح سے شام تک گلی کوچوں کی خاک چھاننی پڑتی ہے۔ تب کہیں ان کا پنڈ چھوٹتا ہے۔

لالہ زمین پر بچھے جاتے ہیں۔ ''ہی ہی ... ٹھیک ہے صاحب!'' پھر وہ ارد گرد کھڑے ہوئے چار پانچ آوارہ مزاج نوجوانوں سے مخاطب ہو کر کہتا ہے ''ارے کہیں افسروں سے بھی کام لیتی ہے سرکار ... افسر کا کام ہے بس ''دس خط'' کرنا۔ دو لکیریں اِدھر دو لکیریں اُدھر۔ کیوں بھئی بولو نا کہیں سرکار افسروں ...''

انسپکٹر صاحب ہونٹوں پر زبان پھیرتے ہیں۔ لالہ جھک کر کہتے ہیں ''جی پانی وانی پیئیں گے کیا؟'' لالہ تو پانی وانی کہتے ہیں۔ انسپکٹر صاحب کو ذرا دور کی سوجھتی ہے۔ منہ بگاڑ کر کہتے ہیں ''ابجی جانے دو لالہ! تمہارے محلے میں یہ سوڈے ووڈے کی بوتلیں بہت ہی ردی ہوتی ہیں۔ میں ان کی رپورٹ بھی

کرنے والا ہی ہوں ...، ''جیسے سچ مچ رپورٹ کر ہی تو دیں گے۔

''ارے صاحب!'' لالہ جی منہ پھیلا کر کہتے ہیں۔ ''بڑا شان دار سوڈا ہوتا ہے چندن والوں ... ابے لائیو ... پکڑ یو ایک بوتل ''لیم یسٹ''، کی ... انسپکٹر صاحب بھی کیا یاد کریں گے ...،'' انسپکٹر صاحب بوتل تو مزے کے ساتھ حلق میں اتار لیتے ہیں لیکن لالہ کو یاد نہیں کرتے کبھی ... لالہ جی بھکاری کو ایک پیسہ دے کر اپنی دکان میں داخل ہوئے۔ ایک روز پہلے انسپکٹر نے کہا تھا کہ وہ اس کی دکان پر آئیں گے۔

لالہ جی نے گدی پر بیٹھتے ہی ہر چیز کو جھاڑ پونچھ کر صفائی کروا دی۔ آج وہ خود بھی ستھرے کپڑے پہنے ہوئے تھے۔ دراصل انسپکٹر صاحب نے انہیں بتا دیا تھا کہ ان کے ساتھ وارڈ افسر بھی ہو گا۔ لالہ جی نے دو چار اچھی اچھی کرسیوں کا انتظام بھی کر لیا۔ پنواڑی کو اچھے اچھے پان چاندی کے ورق میں لپیٹ کر پیش کرنے کے لیے کہہ دیا۔ چندن والوں کی آٹھ یار کردہ بوتلوں اور برف کا انتظام بھی کر دیا۔

تھوڑی دیر کے بعد شور اٹھا کہ آ گئے انسپکٹر صاحب اور ان کے ساتھ وارڈ افسر بھی تھا۔

بس پھر کیا تھا لالہ کو پسینہ چھوٹنے لگا۔ پنکھیا جھلتے ہوئے دکان سے باہر نکل آئے اور حسبِ معمول لگے مسکرانے اور پیٹ مٹکانے ... جب وہ دونوں آ کر کرسیوں پر بیٹھ گئے۔ ''لیم یسٹ''، کی بوتلیں پلائی گئیں۔ وارڈ افسر نے اچک اچک کر دکان کا جائزہ لیا۔ لالہ جی ہاتھ باندھے اُن کی نظروں کے ساتھ ساتھ گھوم رہے تھے۔ بات بات میں جھک جھک کر آداب بجالاتے تھے۔ ان کی ناک زمین کو چھو چھو جاتی تھی۔ آخر کار دکان کا معائنہ ختم ہوا۔ اتنی خاطر تواضع کرنے کے بعد وارڈ افسر نے اظہارِ پسندیدگی کرنے میں چنداں حرج نہ سمجھا۔

وارڈ افسر صاحب ذرا ٹہلتے ہوئے پرے ہٹے تو انسپکٹر صاحب نے چپکے سے فرمایا ''میں نے آپ کی بڑے زور کی سفارش کر دی ہے، کل تک آپ کو اجازت مل جائے گی۔''

''وہ مارا ...'' لالہ نے نچلا ہونٹ دانتوں تلے دبا لیا۔ ان کا چہرہ سرخ ٹماٹر ہو گیا۔ فوراً انسپکٹر

صاحب کی ٹانگیں دبانے لگے۔

انسپکٹر صاحب اس طرح رعب جما کر وارڈ افسر کے پیچھے پالتو کتے کی طرح بھاگ نکلے۔ انہیں ڈر تھا کہ کہیں وارڈ افسر ناخوش نہ ہو جائے۔ وارڈ افسر بہت سخت قسم کا انسان تھا۔ بات بات پر بگڑ جاتا تھا۔ انسپکٹر صاحب کا نام تھا رام جی داس ... جنگ چھڑنے سے پہلے وہ ایک آوارہ گرد شخص تھا۔ دسویں پاس کو لڑائی سے پہلے پوچھتا ہی کون تھا۔ بے چارے ایم اے پاس مارے مارے پھرا کرتے تھے۔ بی اے پاس بوٹ پالش کرتے اور چارپائیاں بنا کرتے تھے اور دسویں پاس بے چاروں کے لیے اس سے ذلیل تر کوئی کام باقی نہ بچا تھا لیکن جنگ چھڑی اور یاروں کی بھی سنی گئی۔ اب رام جی داس انسپکٹر کہلانے لگے۔ انھوں نے بڑی خوشامد اور چاپلوسی کے بعد کہیں جا کر یہ ملازمت حاصل کی تھی۔ ایکلی جان، چند بندھے ٹکے ہر مہینے ہاتھ لگنے لگے تو انسپکٹر رام جی داس بھی خوب بن ٹھن کر رہنے لگے۔ تنخواہ بھتہ وغیرہ ملا کر سو سے اوپر جا پہنچتی تھی۔ ان کے لیے یہی کیا کم تھا اور پھر اس کے علاوہ بالائی آمدنی بھی تھی۔ یہ بالائی آمدنی تو بس دودھ کے کڑاہ پر جمی ہوئی موٹی ملائی کی تہہ تھی ان کے لیے۔ بس یوں ہی پکڑ کر گانٹھ دیا کسی کو۔ ڈرا دیا کہ بس اب ڈیفنس آف انڈیا میں دھروا دوں گا، وہ بے چارا ڈرا اور انھوں نے اس کے پلّے سے کچھ جھاڑ لیا۔ ابھی چند ہی روز پہلے کی بات تھی کہ اسی محلے کے ایک ناریل سے سر والے احمق سکھ کو انھوں نے دھر لیا۔ وہ بے چارا کہیں غلطی سے زائد راشن لے بیٹھا۔ یہ اُس کے سر پر سوار ہو گئے۔ اس سکھ نے اپنے پلپلے بازوؤں پر ہاتھ پھیرتے ہوئے گڑ گڑا کر معافی مانگی لیکن ان کی لغت میں معافی کا لفظ ایک سرے سے موجود ہی نہیں تھا۔ یہ چاہتے تھے کہ کچھ نہ کچھ جھاڑ لیا جائے لیکن پہلے وہ بھی شہر بھر کے کنگالوں کے ''سچے بادشاہ'' تھے۔ بھلا چیل کے گھونسلے میں مانس کہاں۔ انسپکٹر صاحب نے پھر جرح کی۔ الٹ پلٹ اور ہیر پھیر کے سوالات کیے۔ آخر معلوم ہوا کہ حضرت آرٹسٹ ہیں۔ چنانچہ رام جی داس نے کہا ''لاؤ بھائی ہمارا ایک پورٹریٹ ہی بنا ڈالو'' وہ جھٹ اس پر آمادہ ہو گئے۔ چنانچہ جب انسپکٹر صاحب چند روز آرٹسٹ کے یہاں جا کر کرسی پر بیٹھے رہتے، تصویر تیار ہو گئی

اور انھوں نے بلا دستخط کے اُسے لے کر چوکھٹے میں جڑا کر اپنے کمرے میں لٹکا دیا۔ کوئی پوچھتا تو کہتے ''بھائی! یہ میرے ایک دوست کی بنائی ہوئی تصویر ہے۔ ورلڈ فیم (World Fame) کے آرٹسٹ ہیں... ان کا نام سنا نہیں تم نے؟... ارے واہ بھئی واہ...''

رام جی داس کو اس بات کا خیال نہ تھا کہ یہ جنگ عارضی ہے اور راشننگ محکمے جنگ سے بھی عارضی محکمے ہیں۔ اس لیے یہ موقع ایسا نہیں تھا کہ وہ لوگوں کو لوٹ کھسوٹ کرمفت میں بدنامی مول لے۔

ابھی اُس کے خیالات بہت بلند تھے۔ اس کی دلی خواہش یہ تھی کہ وہ کسی نہ کسی طرح کپڑوں کے انسپکٹر کی حیثیت سے لے لیا جائے لیکن رستے میں بہت سی دقتیں حائل تھیں۔ وہ ان کو رفتہ رفتہ دور کر رہا تھا۔ آہا کاش وہ ایک مرتبہ کپڑے کا انسپکٹر بن جائے تو پھر چاندی ہی چاندی ہے۔ گیہوں وغیرہ لینے والی ''مرغیاں''، اول تو زیادہ انڈے ہی نہیں دیتی ہیں اور اگر کبھی ایک آدھ انڈا دے بھی دیا تو یوں ہی چھوٹا اور بے کار سا... اور اُدھر کے کیا کہنے۔ ایک مرتبہ کوئی لکھ پتی مرغی پھنس جائے تو بس پھر جنم جنم کی کسریں پوری ہو جائیں۔ اسی لیے وہ اسسٹنٹ کنٹرولر سے تعلقات بنائے ہوئے تھا۔ وہ وقتاً فوقتاً اس کی کوٹھی پر جایا کرتا تھا۔ کبھی پھلوں کی ٹوکری لے جاتا، کبھی بچوں کے لیے خوبانیاں، اخروٹ اور چلغوزے وغیرہ لے جاتا... یہ درست ہے کہ اُسے وہاں جاکر آدھ یا پون گھنٹہ برآمدے میں کھڑے رہنا پڑتا تھا۔ اسسٹنٹ کنٹرولر صاحب کو ان کے وہاں جانے کی کچھ ایسی پروا بھی نہیں تھی۔ بڑی دیر کے بعد کہیں نکلتے۔ یہ سلام کے وقت دہرے ہو ہو جاتے، وہ یوں ذرا سر کو حرکت دے کر اظہارِ خوشنودی کرتے۔ یہ پھلوں کی ٹوکری کی طرف اشارہ کرتے ہوئے کہتے ''جی یہ الہ آباد کے امرود ہیں۔ ہمارے ایک عزیز وہاں رہتے ہیں۔ انھوں نے ایک بڑا سا ٹو کرا لیا تھا۔ چند اچھے اچھے دانے لے کر حاضر ہوا ہوں۔ مجھے امید ہے کہ...''

اسسٹنٹ کنٹرولر اچھی طرح جانتا تھا کہ یہ امرود حضرت کو کسی نے نہیں بھیجے، سیدھے بازار سے اٹھائے لیے آ رہے ہیں... وہ نوکر کو اشارہ کرتے اور وہ ٹوکری لے کر اندر چلا جاتا۔ اس کے بعد یہ

سلام کر کے واپس لوٹ آتے۔

اسی طرح روز روز کی چاپلوسی سے خوش ہو کر ایک روز اسسٹنٹ کنٹرولر نے ان پر بہت عنایت کی۔ انسپکٹر رام جی داس ان سے ملنے گئے، وہ برآمدے میں بیٹھے چائے پی رہے تھے بلکہ پی چکے تھے۔ یہ پہنچے تو انھوں نے انہیں بھی شامل کر لیا۔ یہ ان کی اس بندہ پروری پر بہت خوش ہوئے، وہ تو دو منٹ بعد اندر چلے گئے۔ یہ اسسٹنٹ کنٹرولر کے خاص برآمدے میں بیٹھے خاص ان کے دعوت دینے پر چائے پیتے رہے اور بچے کچھے ٹوسٹ بھی اڑا گئے۔

اس طرح اسسٹنٹ کنٹرولر سے ان کے مراسم بڑھتے جا رہے تھے۔ ایک روز اسی محلے میں نئے راشن کارڈ بٹنے والے تھے۔ علیحدہ علیحدہ گلیوں میں ہر انسپکٹر کو ایک ایک بیٹھ بٹھا دیا گیا۔ ان کی مدد کے لیے تین تین چار چار کلرک بھی ان کے ہمراہ تھے۔ انسپکٹر رام جی داس کو جو جگہ ملی وہ اسسٹنٹ کنٹرول کی کوٹھی کے عین قریب تھی۔ یہ وہاں بڑے زور شور سے کارڈ بانٹتے رہے۔ چلّاتے چلّاتے گلا بیٹھ گیا۔ دم پھولنے لگا... اتنے میں اسسٹنٹ کنٹرول کا نوکر آیا اور کہا ''صاحب آپ کو بلاتے ہیں،'' یہ سن کر انسپکٹر رام جی داس ہکا بکا رہ گئے۔ ''ارے مجھے...؟ واقعی؟''

''ہاں جی انسپکٹر رام جی داس کو''

وہ فوراً بھاگا بھاگا وارڈ افسر کی اجازت لینے گیا اور جب اس نے بتایا کہ اسے اسسٹنٹ کنٹرولر نے بلایا ہے تو فخر سے اس کی آنکھیں چمک اٹھیں۔

وارڈ افسر کو اجازت دیئے بغیر کوئی چارہ نہ تھا... یہ فوراً بھاگ بھاگ بڑے صاحب کی کوٹھی پر پہنچے۔ بڑے صاحب اس وقت کار پر کہیں جا رہے تھے۔ رام جی داس نے قریب پہنچ کر بڑے سعادت مندانہ طریقہ سے خوب جھک کر سلام کیا۔ اسسٹنٹ کنٹرولر نے سر کے اشارے سے جواب دیا اور فرمایا ''دیکھو رام جی داس! میں نے دلکشا سے مختلف قسم کے پھولوں کے چند گملے منگوائے ہیں، ذرا تھیلے والوں کے ساتھ جا کر اس پرچے کے مطابق سب گملے تھیلے پر لدوا کر احتیاط سے ہمارے ہاں

پہنچا دینا۔ ہم ذرا باہر جا رہے ہیں … ،،

انسپکٹر رام جی داس نے خوب کر دانت دیئے اور ہمیا کر کچھ کہنے ہی والا تھا کہ اسسٹنٹ کنٹرولر کار میں بیٹھ کر چل دیئے۔

اسسٹنٹ کنٹرولر کی عمر اس وقت پچاس کے لگ بھگ ہو گی۔ چہرے سے خشونت اور لالچ کے آثار ہویدا تھے۔ اس وقت خوب اچھی طرح شیو کر چکے تھے۔ پوڈر ملا ہوا تھا۔ ناک کے نیچے بزعم خود مونچھیں رکھی ہوئی تھیں لیکن وہ بے ڈھب مونچھیں یوں دکھائی دیتی تھیں جیسے گندگی پر منڈلانے والی بڑی مکھی انھوں نے پائپ منہ میں دبا رکھا تھا۔

اس وقت وہ اسسٹنٹ کنٹرولر تھے۔ انہیں معلوم ہوا تھا کہ راشننگ کنٹرول سمندر پار جا رہا تھا اور وہ اس بات کے لیے جان توڑ کوشش کر رہا تھا کہ اس کی جگہ اُسے مل جائے۔ کچھ عرصہ پہلے اس نے چیدہ چیدہ ذمہ دار ہستیوں کو ایک پارٹی بھی دی تھی اور اسے امید تھی کہ اس کا کام بن جائے گا۔ وزیر مالیات سے اس کی معمولی علیک سلیک تھی۔ وہ اس سے ملنا چاہتا تھا۔

کار اڑاتا ہوا وہ وزیر مالیات کی کوٹھی پر پہنچا۔ اپنے نام کا کارڈ اندر بھجوا کر وہ آرام کرسی پر بیٹھ گیا۔ اس نے پھر سے پائپ سلگایا اور دھواں اڑانے لگا۔ معاً اس نے دیکھا کہ سامنے ایک بڑی سی کار میں سامان لد رہا ہے۔ اس نے ایک نوکر سے دریافت کیا تو معلوم ہوا کہ وزیر صاحب شملہ کو تشریف لے جا رہے ہیں۔ اس نے سوچا کہ اب ملاقات نہ ہو سکے گی لیکن کارڈ بھجوا چکا تھا، انتظار لازمی تھا۔ وہ برآمدے میں اِدھر اُدھر ٹہلنے لگا۔

دس پندرہ منٹ بعد وزیر باہر نکلا۔ وہ بہت جلدی میں تھا۔ اس نے مسکرا کر جلدی سے مصافحہ کیا۔ اسسٹنٹ کنٹرولر نے لپک کر ان کے ہاتھ میں ہاتھ دے دیا۔ جیسے یہ نادر موقع پھر کبھی ہاتھ نہ آئے گا۔ ،، آئی ایم ویری سوری … ویری سوری … آئی ایم آل ریڈی لیٹ … ،،

یہ کہتے ہوئے وزیر مالیات کار کی طرف بڑھے۔ اسسٹنٹ کنٹرولر نے کھگھیا کر دانت نکال

دیئے اور ممیا کر کچھ کہنے ہی لگا تھا کہ کار یہ کار یہ دوھ جا...

وزیر مالیات نے گھڑی کی طرف دیکھا۔ گاڑی چھوٹنے میں چند ہی منٹ باقی تھے۔ وہ سیٹیں پہلے ہی سے ریزرو کراچکا تھا۔

جب سے اس نے دیول پلین کی بابت اخبارات میں پڑھا تھا، اس کے دنوں کا چین اور راتوں کی نیند غائب ہو چکی تھی۔ وہ ایک چلتا پرزہ تھا۔ اب تک وہ ترقی کی منزلوں پر منزلیں صرف اپنی چرب زبانی اور چالبازی کی بدولت طے کیے جا رہا تھا۔ دیول اسکیم کی بابت اس نے غور کیا تو خیال آیا کہ وہ کیوں نا کوئی داؤ پیچ لڑائے۔ شاید وہ بھی کسی پارٹی کی طرف سے ایگزیکیٹیو کونسل میں آ جائے۔ آہا کیا لطف ہو۔

خدا خدا کر کے وہ اسٹیشن پر پہنچا۔ اِدھر اُس نے ڈبے میں قدم رکھا اُدھر گاڑی چل دی۔

وہ راستے میں نئی سے نئی ترکیبیں سوچتا چلا گیا۔ کن کن اشخاص سے ملنا چاہیے۔ اس کا کون سا دوست یا واقف کار اس کی کیا مدد کر سکتا تھا۔ کن کن لوگوں پر ڈورے ڈالنے ہوں گے۔ کیا کیا ہتھکنڈے کھیلنے ہوں گے؟

وہ وہاں وائسرائے کی دعوت پر تو گیا ہی نہیں تھا۔ نہ اس کا کسی خاص پارٹی سے کچھ تعلق ہی تھا اور نہ کسی سے ہمدردی۔ اُسے اپنا اُلو سیدھا کرنا تھا۔ وہ ہر شخص سے ملنے پر آمادہ تھا۔ کسی بھی سیاسی نظریے کی حمایت کرنے کے لیے تیار تھا۔

پہلے اس نے اس بات کی کوشش کی کہ وائسرائے سے ملاقات ہو سکے۔ اس نے اِدھر اُدھر کافی دوڑ دھوپ کی لیکن دال نہ گلی۔

اس کے بعد اُس نے ہر قسم کے لیڈروں سے مراسم پیدا کرنے کی کوشش کی۔ اس نے چند اہم ہستیوں کو چائے پر بھی مدعو کیا۔ چائے پارٹی کے موقع پر وہ بڑی چرب زبانی سے باتیں کرتا رہا۔ حاضرین کے مزاج اور ذوق کو مدنظر رکھتے ہوئے اس نے ہنسی مذاق کر کے مقبولیت حاصل کرنے کی کوشش کی۔ باتوں باتوں میں ان کے خیالات کی حمایت بھی کرتا رہا۔

کانفرنس ہوتی رہی۔ وزیر صاحب بھی تھالی کے بینگن کی طرح اِدھر اُدھر لڑھکتے رہے۔ کبھی خوش ہو جاتے اور کبھی مایوس۔

انھوں نے کانگریس پارٹی کا زور دیکھا تو ان کی خوشنودی حاصل کرنے کی کوشش کی۔ آخر اس میں حرج بھی کیا تھا۔

کانگریس کے ایک بڑے لیڈر کی پریس کانفرنس میں یہ بھی جا دھمکے۔ یہ ذرا ایک طرف کو کھڑے ہوئے تھے۔ جب وہ لیڈر بات کہتا ان کی طرف رخ کرتا، یہ گھگھیا کر دانت دکھا دیتے اور پھر جوں ہی ممیا کر کچھ کہنے لگتے، اتفاق سے بے خیالی میں لیڈر دوسری طرف رخ پھیر لیا۔

دس برس ڈاک خانے کی نوکری کرنے کے بعد تنگ آ کر اس نے ملازمت کو خیر باد کہہ دیا ۔ ۔ ۔ اُسے ان دنوں ایک خواب دکھائی دیا کہ وہ کسی طرف چلا جا رہا ہے۔ چلتے چلتے اس کی نظر اپنے بوٹوں پر جا پڑی۔ دیکھتا کیا ہے کہ اس کے بوٹوں پر لگی ہوئی کیچڑ خود بخود جھڑ کر پرے جا گرتی ہے اور اس کے بوٹ خوب چمکنے لگتے ہیں ۔ ۔ ۔ اس نے اسے اچھا شگون سمجھا اور پھر پر ماتما کا کرنا دیکھیے کہ اس واقعہ کے تین سال کے اندر اندر اس کی مالی حالت مستحکم ہو گئی۔ پہلے وہ شہر میں رہتا تھا، وہاں اس کا آبائی مکان تھا لیکن نہ وہ مکان اچھا تھا نہ وہ محلہ ہی اسے پسند تھا۔ اب چونکہ وہ پہلے کی بہ نسبت زیادہ اخراجات کا متحمل ہو سکتا تھا، اس نے سوچا کہ آبائی مکان کو کرایہ پر اٹھا دے۔ ماہانہ کرایہ میں اپنی جیب سے کچھ روپیہ ملا کر اس قدر رقم ہو سکتی تھی کہ وہ سول لائنز میں بہتر مکان لے سکے۔

جب پر ماتما کام سنوارنے پر آئے تو پھر اِدھر انسان کوئی اسکیم سوچتا ہے اور اُدھر اس کا کام بننے لگتا ہے۔ انہیں دنوں اسے ایک چھوٹا بنگلہ بھی مل گیا۔ اگرچہ یہ سول لائنز کے سرے پر تھا لیکن رہائش کے لیے اچھی خوبصورت اور پر فضا جگہ تھی۔

غرض اب وہ زندگی کی اس قسم کی چھوٹی موٹی سہولتیں حاصل کرنے کے قابل ہو گیا تھا۔ یہ درست ہے کہ وہ اب تک روپیہ جمع نہ کر پایا تھا لیکن پہلے کی بہ نسبت اب آرام سے کٹ رہی تھی۔ رہنے کے لیے اچھی جگہ حاصل ہو گئی تھی۔ روپیہ کمانے کے لیے پہلے کی طرح کولھو کا بیل بن کر صبح سے شام تک قلم گھسنے کی اور افسروں کی جھڑکیاں سہنے کی ضرورت نہ رہی تھی۔

اس کا بنگلہ چھوٹا سہی لیکن خوبصورت ضرور تھا۔ نیا ہی بنا تھا۔ بنگلے کے ارد گرد باڑ تھی اور یوکلپٹس کے پیڑ۔ بنگلے میں وہ اپنی بیوی اور چار بچوں کے ساتھ زندگی کے دن آرام سے کاٹ رہا تھا۔ یوں تو انسان کی حرص کی کوئی انتہا ہی نہیں لیکن بظاہر کوئی ایسی بات نہ تھی جو اس کے لیے پریشان کن ثابت ہوتی۔

اٹھائیس برس کی عمر میں اس نے نوکری چھوڑ دی۔ چار برس اوپر گزر گئے تھے ... اس کی شادی سولہ برس کی عمر ہی میں ہو گئی تھی۔ بیوی دو ڈھائی برس چھوٹی تھی۔ اس وقت اسے عورت کی خوبصورتی، رعنائی اور عشق وغیرہ کا خیال نہ تھا۔ بس عورت تھی، یہ بات اس کے لیے کافی تھی۔ جوں ہی اس نے ہوش سنبھالا، اسے ایک عورت مل گئی۔ وہ اس کی بیوی تھی۔ اگرچہ وہ حسین تھی لیکن اس نے کبھی یہ جاننے کی کوشش ہی نہیں کی کہ وہ حسین تھی یا بدصورت۔ اس کے لیے صرف ایک ہی بات کی اہمیت تھی۔ وہ جوان تھا اور اس کی بیوی ایک عورت تھی۔ اس نے داد عیش دی۔ دن ہو یا رات، جب وقت ملتا وہ اپنی بیوی کو دبوچ لیتا۔ بس زندگی میں یہی دو کام تھے نوکری اور بیوی۔

عورت نے بچے دینے شروع کیے، کوئی زندہ رہتا کوئی مر جاتا۔ اسے اس بات کی کوئی فکر نہ تھی۔ بچہ مرتا ہے مرے، جیتا ہے تو جیے لیکن اس کی بیوی سلامت رہنی چاہیے۔ اب تو خیر اسے اپنے بچوں سے محبت ہو گئی تھی لیکن ان دنوں اسے یہ بچے عجیب مخلوق معلوم ہوتے تھے۔ وہ سوچا کرتا تھا کہ نہ معلوم یہ نیلے پیلے لجلجے بچے کہاں سے ٹپک پڑتے ہیں۔ اس کے علاوہ اسے اپنی بیوی کی زرخیزی پر غصہ آتا تھا۔ ہر سال ایک بچہ کمبخت بھری بیٹھی رہتی ہے۔ بس ذرا ہاتھ سے دو دو جھوٹ ایک جیتا جاگتا، روتا ہنستا، پلپلا، لجلجا بچہ اُگل دیتی ہے۔ کبھی کبھار وہ کسی بے تکلف دوست سے کہتا ''یار! قدرت کے لیے یہ بات ناممکن تو نہ تھی اگر عورتیں بھی بچوں کے بجائے انڈے دینے لگتیں۔ سوچو استاد۔ ہوتی نہ مزے کی بات۔ اگر حمل قرار پا جاتا، عورت مزے میں ایک انڈا دے دیتی، ناحق کی پریشانی سے بچے رہتے میاں بیوی''

دیکھنے میں وہ دبلا پتلا شخص تھا لیکن عورت کی بھوک اس قدر زیادہ تھی کہ مٹائے نہ مٹتی تھی۔ وہ

شاعروں کی طرح عورت کی نزاکت اور رعنائی کا قائل نہ تھا۔اس کے نزدیک عورت ایک ٹھوس شے تھی ۔ وہ ایسی عورت چاہتا تھا جس کے جسم پر مضبوط اور ٹھوس گوشت ہو۔ کس بل ہو اور حیوانیت ہو، جو مرد سے ٹکرا جائے ... اسے جھینپتی، شرماتی، لچکتی، بل کھاتی، نازک اندام عورتیں پسند نہیں تھیں ۔

اس نے اپنا نفسیاتی تجزیہ یہ کبھی نہیں کیا تھا لیکن یہ باتیں وہ وجدانی طور پر محسوس کرتا تھا۔ اب جوں جوں اس کی زندگی آرام دہ ہوتی جا رہی تھی توں توں اس کا یہ احساس واضح ہوتا جا رہا تھا۔ وہ جس طرح پیاس محسوس کرتا تھا۔ جس طرح اس کے پیٹ کو روٹی طلب ہوتی تھی یا جس طرح اور قدرتی اشیا کی انسان کو احتیاج ہوتی ہے، اسی طرح اسے عورت کی بھوک ہوتی تھی۔ وہ حیران تھا کہ اب تک اپنی ازدواجی زندگی میں بھی وہ زیادہ محتاط نہ رہا تھا۔ اس کے باوجود اس کی یہ اشتہار روز اول کی طرح باقی تھی۔

ہر چند اس نے اپنی بیوی کا پورا پورا فائدہ اٹھایا تھا لیکن جس طرح برف کا پانی خواہ کتنا بھی کیوں نہ پیا جائے تشنگی دور نہیں ہوتی اسی طرح وہ انجانے طور پر بے چین سا رہتا تھا۔ اس کا جسم سر سے پاؤں تک جلا کرتا تھا۔ وہ اپنے آپ کو آگ کے لپکتے ہوئے شعلوں کے حوالے کر دینا چاہتا تھا تا کہ آگ میں آگ مل جائے۔

بنگلے کا ایک کمرہ اُس نے اپنے لیے مخصوص کر رکھا تھا۔ یہ کمرہ ایک کنارے تھا۔ سجاوٹ کا کوئی خاص سامان اس کے اندر موجود نہ تھا لیکن اس کے باوجود کمرے کی اپنی خوبیاں بھی تھیں۔ ایک تو یہ بہت کشادہ تھا اور پھر ہوا دار تھا۔ صوفوں کا ایک سیٹ، ایک گوشہ میں میز ۔ دوسرے کونے میں کتابوں کی دو الماریاں ، فرش پر دری۔ بڑی بڑی کھڑکیوں کے شیشوں پر ہلکے سبز رنگ کی جالی۔ بس اس کے علاوہ وہاں کچھ نہ تھا۔ کمرے کے آگے گھاس کا ایک پلاٹ تھا۔ اس کے آگے باڑ اور یوکلپٹس کے پیڑ۔ باڑ کے آگے سے ایک سٹرک گزرتی تھی جو چکر کھا کر سول لائنز کی گھنی آبادی میں داخل ہو جاتی تھی۔ سٹرک کے آگے ایک میدان تھا۔ میدان کے پرلی طرف زمین میں طویل و عریض گڑھے کھدے ہوئے تھے۔ وہاں کمہار مٹی لینے کے لیے جایا کرتے تھے۔ ان گڑھوں سے بھی پرے کھیتوں کے سلسلے

شروع ہو جاتے تھے۔

دوپہر کے وقت وہ آرام کرسی پر پاؤں پھیلا کر نیم دراز ہو جاتا اور سگریٹ کا دھواں اڑاتے ہوئے نیم باز آنکھوں سے میدان کی طرف دیکھا کرتا جہاں چلچلاتی دھوپ میں بھنگے سے اڑتے دکھائی دیا کرتے تھے۔ اندر کے کمروں سے بچوں کا شور اور اس کی بیوی کی جھڑکنے کی آوازیں سنائی دیتی تھیں۔ اگر ایک بجے کا وقت ہوتا تو ریڈیو پر ریکارڈ بجنے لگتے۔

اسی طرح ایک دن دوپہر کے وقت وہ آرام کر رہا تھا۔ کھڑکی میں سے چلچلاتی دھوپ میں افق کی طرف دیکھ رہا تھا جہاں افق کی لکیر سطح آب کی طرح متحرک سی نظر آتی تھی... اتنے میں اس کی بیوی اندر داخل ہوئی... ''اجی!... اجی کہاں ہو؟''

اس نے سر گھما کر اس کی طرف دیکھا۔ بیوی نے دور ہی ہاتھ سے قریب آنے کا اشارہ کرتے ہوئے کہا ''اِدھر آئیئے جی... آپ کو ایک چیز دکھائیں'' اس وقت اس کی بیوی کسی پانچ سالہ بچی کی طرح معصوم نظر آتی تھی۔ اس کی آنکھوں میں تجسس اور لبوں پر بچپن کی شوخی جھلکتی نظر آتی تھی۔ سر پر کپڑا تک نہ تھا۔ دوپٹہ کندھوں پر لٹک رہا تھا۔ قمیص کا باریک کپڑا پسینہ کی وجہ سے جسم پر چپک گیا تھا۔ اس نے اٹھ کر اس کی کمر میں ہاتھ ڈالے اور ہونٹ چوم کر پوچھا ''کیا دکھائیئے گا؟''

شرم کے مارے بیوی کے چہرے پر سرخی آ گئی۔ وہ اب بھی شرما جاتی تھی۔ بھلا اب جب کہ شادی کو سولہ برس ہو چک تھے، شرمانے کی کیا ضرورت تھی۔ شاید اس لیے کہ وہ دیہات کی رہنے والی تھی۔ وہ ان باتوں کو بے شرمی ہی سے تعبیر کرتی تھی۔ جاہل! لیکن یہ بھی ایک حقیقت تھی کہ یہ اُسی عورت کا دم تھا کہ اتنے بچے دینے کے بعد بھی اس میں دلکشی باقی تھی۔

بعض حقیر ترین واقعات سے ہمارے جذبات کچھ اس طرح وابستہ ہوتے ہیں کہ ہم ان واقعات کو حد سے بڑھ کر اہمیت دیتے ہیں۔ اسے وہ دن اچھی طرح یاد تھا جب اس کی بیوی اُسے ''ایک چیز'' دکھانے کے لیے بلا کر لے گئی تھی اور وہ ''ایک چیز'' کیا تھی؟... ایک کتا، کوئی مہتر لایا تھا۔ چھوٹا سا

فاکس ٹیریرنسل کا یہ خوبصورت کتا دیکھ کر اس کے بچے مچل گئے تھے اور بیوی کہتی تھی کہ شوہر رات کو دیر دیر سے گھر آتے ہیں، تنہا بنگلہ ہے، کتا ہو گا تو رکھوالی ہی کرے گا۔

وہ اکڑوں بیٹھ کر کتے کو بغور دیکھنے لگا۔ یہ چھوٹا سا کتا جس کی چار انگل لمبی زبان منہ سے باہر لٹک رہی تھی۔ گھر کی کیا رکھوالی کرے گا۔ وہ مہتر نہ معلوم اسے کہاں سے اڑا لایا تھا۔ بہت زیادہ دام مانگتا تھا لیکن جب میاں بیوی راضی تو کیا کرے گا قاضی۔ یہ فضول خرچی بھی اتفاق رائے سے منظور کر لی گئی... وہ جانتا تھا کہ چونکہ ان کے دوست مچند کے یہاں کتا ہے اس لیے اس کی بیوی بھی امارت کی اس علامت کو ظاہر کرنا چاہتی تھی... حالانکہ یہ فضول خرچی تھی۔ اسی طرح کی فضول خرچی جیسی انھوں نے کوچ کا سیٹ خریدتے وقت کی تھی۔

یہی وہ کتا تھا جسے اپنے ہمراہ لے کر وہ کھیتوں کی طرف نکل جاتا تھا... ایک مرتبہ جب وہ شام کے وقت حسب معمول سیر پر جانے لگا تو باڑ پھاندتے ہوئے اس کی پتلون کا پائنچہ کانٹوں میں پھنس گیا۔ وہ اسے چھڑانے لگا اور کتا پاس کھڑا دم ہلا ہلا کر بھونکنے لگا۔ جب اس نے پائنچہ کانٹوں کی گرفت سے آزاد کر لیا تو دیکھا کہ سڑک پر ایک عورت کھڑی ہے۔

وہ اس کے کتے کی طرف دیکھ رہی تھی۔ شاید اسے یہ کتا پسند تھا۔ اس نے پوچھا "یہ کتا آپ کا ہے؟"

"جی ہاں"

اس نے عورت کی طرف نظر بھر کر دیکھا۔ وہ کالج کی چنچل لڑکی نہ تھی۔ نہ وہ نازک اندام اور محشر خرام تھی۔ نہ وہ میلی تھی اور نہ اس کی جھکی جھکی نظریں تھیں۔ نہ وہ بے حیا تھی نہ وہ بے باک تھی۔ بس وہ ایک عورت تھی، سلجھی ہوئی، ٹھہری ہوئی... اس کے گورے بھر پور ہاتھوں کو دیکھ کر وہ اندازہ لگا سکتا تھا کہ اس کی شوخ رنگ کی شلوار کے اندر اس کی ٹانگیں کیسی ہوں گی۔ اس کی عمر پچیس چھبیس برس کے لگ بھگ ہو گی۔ آنکھیں مدبھری۔ اس کے چہرے پر اس کی بیوی کی طرح احمقانہ بھول پن نہ تھا۔ اس کا جسم تازہ سجے ہوئے دسترخوان کی طرح تھا جس کی خوشبو سونگھ کر انسان کی اشتہا تیز ہو جاتی ہے۔

وہ اچھی طرح پکے ہوئے پراٹھے کی طرح تھی۔ جو نہ جلا ہوا تھا نہ نیم پختہ تھا۔ جس ٹھوس گوشت کی اُسے بھوک محسوس ہوا کرتی تھی وہ اس کے سامنے تھا۔

عورت نے اس سے آنکھیں ملا کر کہا "بڑا پیارا کتا ہے ... میں چھولوں؟ کاٹے گا تو نہیں؟"

"جی نہیں"، اُس نے ہنس کر کہا۔ "گھر میں چور یا ڈاکو بھی آن گھسیں تو یہ انہیں نہ کاٹ سکے"، وہ ہنس پڑی ... یہ شرمیلی ہنسی نہ تھی۔ نہ بے باک ہنسی تھی۔

جب تک وہ کتے کے جسم پر اپنا خوبصورت ہاتھ پھیرتی رہتی، وہ اس کے جسم کی طرف دیکھ دیکھ کر اس کا جائزہ لیتا رہا۔ عورت باتیں بھی کرتی رہی۔ وہ یہ بھی جانتی تھی کہ وہ اس کی طرف تعریف کی بلکہ حریص نظروں سے دیکھ رہا تھا لیکن وہ بالکل پریشان نہیں ہوئی نہ جھینپی نہ خفا ہوئی ... اور جب وہ کھڑی ہو کر پیچھے کی طرف سر گھما کر دوپٹے کے گرد آلود کونے کو جھاڑنے لگی تو اس کی کمر میں ایک دل نشین خم پیدا ہو گیا تھا۔ چھاتیاں اور بھی آگے کو ابھر آئیں۔ شلوار کے بل نیچے کو گر گئے اور کپڑا جلد کو جا لگا اور اس کی ایک ران کی گولائی اور متناسب بناوٹ عیاں ہو گئی ... پھر وہ سیدھی کھڑی ہو گئی۔ اس نے دوپٹہ کو معمولی طور پر سنوارا ... اور ہنستے ہوئے بولی۔ "اچھا ... شکریہ"

عورت چل دی اور وہ کھڑا اسے دیکھتا رہا۔ افق میں سورج غروب ہو رہا تھا۔ دائیں ہاتھ کی طرف وسیع پھیلے ہوئے کھیت پیلے رنگ میں رنگ گئے اور وہ عورت اس نسبتاً سنسان سڑک پر چلی جا رہی تھی۔ کبھی کبھار بائیں ہاتھ کو بنی ہوئی کوٹھیوں میں سے کتے باہر نکل کر یوں ہی بلا کسی مقصد کے بھونکنے لگتے۔ سورج کی روشنی میں اس کی زعفرانی رنگ کی گھٹنوں تک لٹکتی ہوئی قمیص اور بھڑک دار دوپٹہ جگمگا اٹھا۔ دور سے وہ ایک لپکتے ہوئے شعلے کی طرح نظر آ رہی تھی۔

اس کے دل میں ہلچل پیدا ہو گئی۔ اس دن وہ بہت دور تک سیر کرتا ہوا چلا گیا۔ زندگی میں ایک نیا تجربہ تھا۔ نیا خیال اور نیا ہی سرور تھا۔ آج تک اس نے کبھی کسی غیر عورت کی طرف آنکھ بھر کر دیکھنے کی جرأت نہ کی تھی لیکن آج اس نے اس عورت کو جی بھر کر دیکھا تھا لیکن اس

کا یہ مطلب نہ تھا کہ اس کا دل بھر گیا تھا۔ اب تو اس کے دل میں ایک خلا پیدا ہو گیا تھا۔ دل کرب و مسرت کے ملے جلے جذبات کے بحران میں مبتلا ہو گیا تھا۔ اس کے دل میں اس عورت کے لیے بے پناہ چاہت پیدا ہو گئی تھی۔ وہ اس عورت سے انجانے طور پر روزِ ازل سے محبت کرتا چلا آ رہا تھا اور اب تک کرتا چلا جائے گا۔ ایک نیا سورج طلوع ہونے کو تھا۔ امنگوں اور ترنگوں کی نئی صبح کا نور دکھائی دے رہا تھا۔

وہ گھر واپس آیا تو یوں ہی خوش خوش نظر آ رہا تھا۔ بیوی بھی اسے دیکھ کر حیران ہو رہی تھی کہ آخر وہ اس قدر خوش کیوں تھا۔ کھانا کھانے کے بعد وہ ریڈیو کے پاس بیٹھا بچوں سے ہنستا کھیلتا رہا۔

دوسرے دن اس کا اِدھر اُدھر کے کاموں میں دل ہی نہ لگا۔ وہ کھلنڈرے بچے کی طرح اِدھر اُدھر لاپروائی سے گھومتا رہا۔ پھر اس نے اپنے دل کو ٹٹولا کہ وہ خوش کیوں تھا۔ کیا یہ ممکن تھا کہ اُس اجنبی عورت سے راہ و رسم پیدا ہو جائے۔ کیا وہ پھر کبھی آئے گی۔ اس خیال سے اُس کا دل اداس ہو گیا۔ اس بات کی کیا گارنٹی تھی کہ وہ عورت آج پھر اِدھر سے گزرے گی… لیکن وہ سرِ شام ہی اس کی راہ دیکھنے لگا۔ وہ باڑ کے قریب کتّے کو پکڑ کر کرسی پر بیٹھ گیا۔ یہاں سے وہ اس عورت کو دور ہی سے دیکھ سکتا تھا… اس کی آنکھیں سڑک پر بچھی ہوئی تھیں لیکن کمہاروں کے گدھوں کے سوا سڑک پر کوئی متنفس نظر نہ آتا تھا۔ امید و بیم کی حالت میں وہ جگر تھامے بیٹھا رہا… معاً اس نے انہی کپڑوں کی جھلک دیکھی… کیا وہ تھی؟… وہی تھی۔ اس کا دل دھڑکنے لگا۔ وہ ذرا پرے ہٹ کر کتّے کو ساتھ لیے ہوئے اسی انداز سے عین موقع پر اس کے سامنے پہنچ گیا۔

عورت نے پھر کتّے کی طرف دیکھا۔ سیٹی بجا کر اسے بلایا۔ وہ بھی قریب جا کر کھڑا ہوا۔ پہلے روز کی طرح وہ اس کی طرف دیکھتا رہا… کتّا عورت کے ہاتھوں سے کھیلتا رہا۔ عورت ہنستی رہی، پھر اس نے اس کی طرف دیکھ کر دلفریب ہنسی ہنستے ہوئے کہا ''آپ کا یہ کتّا تو واقعی بہت پیارا جانور ہے۔''

''جی ہاں، اتفاق سے ہاتھ لگ گیا ورنہ آپ جانتی ہیں اچھی نسل کا جانور بڑی مشکل سے حاصل

ہوتا ہے،،

عورت نے اپنے بُندوں کو چھو کر کہا "اس کا شجرۂ نسب آپ کے پاس موجود ہے؟،،

"جی ہاں! میرے پاس موجود ہے۔ یہ خالص فاکس ٹیریر ۔ ۔ ۔ دراصل اسی قسم کی ہے۔ بس ذرا پیار کرنے کے لیے رکھ لیا جاتا ہے ۔ ۔ ۔،،

عورت نے جواب میں اس طرح سر ہلایا جیسے وہ اس کی نسبت ان معاملات کو زیادہ اچھی طرح سمجھتی ہو۔

پھر اِدھر اُدھر کی باتوں کے بعد وہ آگے روانہ ہو گئی۔

وہ اسے دیکھتا رہا۔ اس نے پہلے روز والے بھڑک دار کپڑے پہن رکھے تھے۔ دور دھوپ میں اس کا لباس پہلے روز کی طرح جگمگا رہا تھا۔

وہ آئی اور گزر بھی گئی۔ وہ اسے دیکھتا رہا۔ اس کا دل سینے کی قید سے آزاد ہو جانا چاہتا تھا۔ آج وہ کل سے بھی زیادہ دلفریب نظر آ رہی تھی۔ بعض عورتوں کی آنکھیں خوبصورت ہوتی ہیں۔ بعض کے ہاتھ، بعض کے ہونٹ، بعض کی ادائیں لیکن اس کے لیے اس عورت کا پورے کا پورا جسم سر سے پاؤں تک کشش کا باعث تھا۔ وہ اس مکمل جسم کے لمس کا خواہاں تھا۔ اسے وہ صحیح قسم کی عورت دکھائی دی جس کے لیے اس کا دل ہمیشہ تڑپا کرتا تھا۔ اس کی اشتہا اس قدر سچی اور قدرتی تھی کہ اسے لمحہ بھر کے لیے بھی یہ خیال نہ آیا کہ وہ ایک غلط راستے پر چل رہا تھا۔ وہ یہ جانتا تھا کہ یہ راستہ پُرخار ہے لیکن یہ کہ اس رستے پر چلنا اخلاقی اور سماجی نقطۂ نظر سے معیوب تھا وہ نہیں جانتا تھا بلکہ وہ اس طرف متوجہ ہی نہیں تھا۔

حالانکہ اب اس کی عمر بتیس برس سے تجاوز کر چکی تھی لیکن وہ عورتوں کے معاملے میں ہمیشہ شرمیلا ہی رہا۔ صرف اس کی بیوی ہی وہ عورت تھی جس سے وہ بے باکی سے پیش آتا تھا لیکن غیر عورت کے ساتھ وہ آنکھ نہ اٹھا سکتا تھا۔ یہ ایک حیرت انگیز بات تھی کہ جو شخص اپنے دل میں بھڑکتی ہوئی آگ لیے پھرتا تھا اس کے سامنے جب بھی کوئی نوجوان لڑکی یا عورت آ جاتی تو اس کے ہاتھ پاؤں پھول جاتے۔ زبان

لڑکھڑانے لگتی۔ شاید اسے یہ خیال تھا کہ کہیں کوئی عورت اس کے دل کی کیفیت کو بھانپ نہ لے اور شاید اسے اپنے آپ پر بھروسا نہیں تھا۔ وہ سمجھتا تھا کہ اس کا راز اس کی صورت ہی سے افشا ہو جائے گا۔ فلاں اس کی سالی تھی۔ پر ماما نہ کرے اگر وہ دیکھ پائے تو کیا کہے۔ فلاں اس کی بیوی کی سہیلی یا اس کے دوست کی بیوی تھی۔ اگر وہ اس کے دل کا حال جان جائے تو نہ معلوم کیا ہو۔ اگر کبھی عورت کے جھمگٹے میں بیٹھ جاتا تو نئی نویلی دلہن کی طرح زمین کی طرف ہی دیکھتا رہتا۔ وہ دل میں کئی عورتوں کی قدر کرتا تھا۔ انہیں پسند کرتا تھا۔ وہ ان کے حسن کا معترف تھا لیکن وہ یہ راز ظاہر کرنے سے ڈرتا تھا اور یہ راز ظاہر کرنے کے لیے اسے منہ کھولنے کی بھی کچھ ضرورت نہ تھی۔ بس اس کی آنکھیں اور اس کے دیکھنے کا انداز ہی کافی تھا۔ ۔ ۔

یہ پہلی عورت تھی جس کے سامنے وہ نہیں شرمایا۔ اسے یہ سب کچھ اس قدر قدرتی نظر آنے لگا۔ وہ عورت اس قدر مکمل عورت تھی۔ اس کا عورت پن اس قدر ہمہ گیر تھا۔ وہ اپنے عورت ہونے سے اس قدر مکمل طور پر آگاہ تھی۔ مرد کا اس کے جسم کے نظارے یا لمس سے لطف اندوز ہونا اس کے لیے ایک فطری بات تھی۔ مرد کا اس پر نچھاور ہونے پر آمادگی ظاہر کرنا اس کے لیے کوئی غیر معمولی بات نہ تھی۔ جس طرح سڑک کو اپنے سینے پر قدم جما کر چلنے والوں سے کوئی شکایت نہ تھی اسی طرح اس عورت کو بحیثیت عورت کے کسی مرد سے بحیثیت ایک مرد کے کوئی شکایت نہ تھی۔ وہ مرد کے لیے پیدا ہوئی تھی۔ اس نے مرد کے ہاتھوں میں ہاتھ دے کر چلنے کے لیے جنم لیا تھا۔

دنیا میں قدرت نے صرف ایک عورت کیوں پیدا کی تھی، باقی نام نہاد عورتیں، عورتوں کے روپ میں در حقیقت کیا تھیں؟

وہ اس عورت کی عظمت کا اسی طرح قائل تھا جس طرح آسمان میں چمکنے والے سورج کا۔ جس طرح آنکھ مچولی کھیلتے ہوئے ستاروں میں مسکرانے والے چاند کا۔ جس طرح روح کو تازگی بخشنے والی فراٹے بھرتی ہوئی ہوا کا۔ جس طرح ہر اونچے نیچے ٹیلے، محل اور جھونپڑے پر برسنے والی بارش کا۔

وہی اصلی عورت تھی جو صبح ازل سے خراماں تھی۔ وہی اس کی بیوی تھی جسے وہ اپنے رانوں پر بٹھا کر اس کے جسم سے بے پناہ لذت حاصل کر سکتا تھا۔ وہی اس کی ماں تھی جس کی گود میں منہ چھپا کر وہ پھوٹ پھوٹ کر رو سکتا تھا۔ وہی اس کی بہن تھی جس کی انگلیوں کے لمس سے ابدی مسرت اور سکون کا احساس اس کے جسم کے روئیں روئیں کو محسوس ہونے لگتا تھا۔ وہی اس کی بیٹی تھی جس کی پیشانی پر ہونٹ رکھ کر وہ شفقت پدری کے مزے لوٹ سکتا تھا۔۔۔ وہ عورت اس کے لیے سب کچھ تھی۔ انسانی وجود میں سمٹ کر بھی وہ کائنات عالم میں پھیلی ہوئی تھی۔ اسے ایسا محسوس ہوتا تھا کہ اس عورت کو پا لینا اس کے بس کی بات نہیں جس طرح قطرے کے لیے سمندر کو اپنے اندر رکھ لینا ناممکن تھا۔ وہ کبھی بھی اس عورت کو تھام نہ سکتا تھا۔ وہ کبھی اسے اپنے بازوؤں میں نہ جکڑ سکتا تھا۔ البتہ وہ خود اس میں گم ہو سکتا تھا۔ اس کے دل میں ایسی جلن اور دماغ میں ایسی بھٹرک تھی کہ وہ اپنے آپ کو مٹا دینا چاہتا تھا۔ اس عورت کو دیکھ کر وہ اپنے جذبات کا جائزہ لے سکتا تھا۔ کیا وہ اسے زبردستی اٹھا کر کھیت میں جا گھسے اور اسے کھردری زمین پر لٹا دے یا آنکھوں میں آنسو بھر اس کے پاؤں چھول لے یا اس کا ہاتھ تھام کر وہ دونوں اکٹھے نہر پر چلے جائیں جہاں وہ ریت کے گھروندے بنا بنا کر کھیلیں یا وہ اس کی پیشانی چوم کر اس کی پیٹھ پر ہاتھ پھیرے۔

اس کا دماغ اس ذہنی کشمکش کا حل سوچنے سے بالکل قاصر تھا۔ وہ کیچڑ میں دبے ہوئے مینڈک کی طرح اتنے عرصہ تک بالکل خاموش رہا۔ لاوا اندر ہی اندر اُبال کھاتا رہا، اب وہ بہہ نکلا۔ کیا سورج کبھی پہاڑ کے منہ پر ہاتھ رکھ کر اس کے اندر سے ابل ابل کر باہر آنے والے لاوے کو روکا جا سکتا ہے۔ اجنبی عورت نے گویا ایک نشتر سے اس پکے ہوئے پھوڑے کو چیر ڈالا تھا۔ وہ درد کے مارے چیخ اٹھا تھا لیکن اس کے ساتھ ہی ایک ناقابلِ بیان راحت بھی نس نس میں سرایت کرتی جا رہی تھی۔ کھنچے اور دکھے ہوئے اعصاب کو سکون حاصل ہو رہا تھا۔ نشتر کے مس پر مارے کرب کے وہ تڑپ بھی اٹھتا تھا لیکن وہ اس کی زد سے باہر نہیں رہنا چاہتا تھا۔۔۔ اسے اس قدر تسکین ہو رہی تھی۔

اسے آج واضح طور پر معلوم ہو گیا تھا کہ وہ کیوں اس وسیع دنیا میں کھویا سا گھوما کرتا تھا۔ وہ کون سی پکار تھی جو اسے شور و غل میں سنائی دیا کرتی تھی۔ وہ کیوں ہر راہ رو کے ساتھ کچھ دور تک بے اختیار بھاگا چلا جایا کرتا تھا۔ . . . لیکن یہ حالت بے چینی اور کرب کی تھی۔ سکون ایسا تھا جیسے گرمیوں کے دنوں میں تیز و تند جھلس دینے والی لو میں سرد ہوا کا کوئی جھونکا انسان کی تپتی ہوئی پیشانی اور کانوں کو چھو کر نکل جائے۔

ہر روز شام کے وقت وہ خط بنا کر صاف ستھرے کپڑے پہن لیتا اور پھر کتے کو ساتھ لے کر باہر نکل جاتا۔ کبھی سٹرک پر گھومتا، کبھی ذرا کھیتوں کی طرف نکل جاتا۔ کبھی اپنی باڑ کے اسی طرف ٹہلتا۔ . . . لیکن اس کی نگاہیں اُسی طرف جمی رہتیں جس طرف سے وہ عورت آیا کرتی تھی۔ وہ نت نئے کپڑے پہنتی۔ ایک تو اسے کپڑے پہننے کا سلیقہ تھا اور پھر وہ غضب کی جامہ زیب عورت تھی۔ اس کے جسم پر ہر قسم کا لباس کھل جاتا تھا جو لباس اس کے جسم کو چھو لیتا اس کی خوبصورتی اور کشش دگنی ہو جاتی۔

وہ ہر روز اسے دیکھا کرتا تھا۔ ہر مرتبہ وہ تہیہ کرتا تھا کہ وہ اس سے بات چیت کرے گا لیکن جب وہ سامنے آتی تو وہ کچھ نہ کہہ پاتا۔ اس کی وجہ رعب حسن نہ تھا بلکہ کچھ اور ہی کیفیت تھی جسے وہ خود نہ سمجھتا تھا۔ مثلاً وہ اس سے کیا بات کہے۔ کیا وہ یہ کہے کہ اگر اُسے کتا پسند ہو تو وہ لے لے لیکن اس کی کوئی وجہ ہونی چاہیے۔ آخر ایک عورت اس طرح بلا کسی تعلق کے کتے لینا پسند نہ کرے گی۔ وہ خواہ مخواہ نہ معلوم اُسے کیا سمجھ بیٹھے۔ اس نے سوچا کہ عورت کو کتوں سے بہت دلچسپی ہے۔ اس لیے اس نے کتوں پر چند کتابیں پڑھ ڈالیں تا کہ اگر گفتگو ہو تو وہ اسے اپنے وسیع علم کا گرویدہ بنا سکے لیکن پھر کبھی اس موضوع پر بات ہی نہیں ہوئی۔

وہ خود حیران تھا کہ وہ اس سے تعلقات پیدا کرنے سے قاصر کیوں تھا؟ عورت کا رویہ دل شکن ہرگز نہ تھا۔ اس قدر بے باکی سے اُس نے آج تک کسی عورت کی طرف نہ دیکھا تھا لیکن اس کے باوجود عورت کے ماتھے پر کبھی کوئی شکن نہ دکھائی دی۔ اگر وہ اس سے کوئی بات کہتا تو ہنس کر جواب دیتی

لیکن وہ زیادہ دیر تک گفتگو کا سلسلہ جاری نہ رکھ سکتا تھا۔ چنانچہ ان دونوں کے درمیان ایک بے معنی سی خاموشی طاری ہو جاتی تو عورت چپ چاپ آگے بڑھ جاتی۔ وہ اسے دیکھتا رہ جاتا۔ یہاں تک کہ وہ موڑ پر گھوم کر غائب ہو جاتی۔

اس کا پہلا شدید احساس زائل ہوتا جا رہا تھا۔ اس عورت کی طرف دیکھنا، اس کے دلکش جسم پر نظریں دوڑانا اسے اس قدر فطری معلوم ہوتا تھا جیسے یہ اس کا دائمی حق تھا جسے عورت کی خفگی بھی نہیں چھین سکتی تھی۔ اسے یوں محسوس ہوا تھا کہ اگر وہ اسے سڑک پر کھڑے کھڑے اپنی چھاتی سے لپٹا کر اس کے بوسے بھی لے لے تو یہ بھی ایک قدرتی بات ہوتی۔ یہ ایک عجیب جذبہ تھا جو کسی عورت کو دیکھ کر اس کے دل میں پیدا نہ ہوا تھا۔ صرف یہی ایک عورت تھی جسے دیکھ کر اس کے ذہن میں اس قدر صحت ور جنسی جذبہ پیدا ہوا بلکہ اس عورت نے بوتل کے جن کی طرح پھیل کر اس کے خیالات کو پر لگا دیئے تھے اور وہ چشم زدن میں انتہائی بلندیوں پر پہنچ گیا تھا۔ شاید یہ پہلی اڑان سالہا سال کی پابندیوں سے نجات کے موقع پر اس قدر رفعتوں پر پہنچ گئی اور پھر خود ہی خوفزدہ ہو گیا جیسے ایک بچہ اپنی دھن میں کسی اونچے مینار پر چڑھ جائے اور پھر نیچے کی جانب دیکھے اور ڈر کے مارے رونے لگے۔ اس طرح وہ پیچھے ہٹنے لگا۔ وہ اپنے آپ کو کمزور محسوس کرنے لگا۔ پہلے اس نے اپنے آپ کو لعنت ملامت کی۔ اس پر اس کی رگِ حمیت پھڑک اٹھی لیکن وہ جوش پھر عارضی ثابت ہوا۔ وہ دن بہ دن کمزور ہوتا جا رہا تھا۔ وہ اپنی نقاہت محسوس کر رہا تھا۔ وہ سنبھلنے کی انتہائی کوشش کر رہا تھا لیکن اسے احساس ہوا کہ وہ اب پاؤں پر کھڑا نہیں رہ سکتا۔ اس احساس کے ساتھ ہی اس کی روح پر بادل سے جمع ہونے لگے۔

اس نے عورت کی طرف دیکھا کہ شاید اسے دھوکا ہوا ہو۔ شاید وہ در حقیقت وہ عورت نہ ہو جو اس کو سمجھے بیٹھا تھا۔ وہ اسے غور سے دیکھتا رہا۔ سر سے پاؤں تک۔ اس کے جسم کا ہر عضو اس کی حرکات و سکنات... لیکن وہ کوئی ایسی بات نہ ڈھونڈ سکا جس کی وجہ سے اسے اپنا پہلا خیال بدلنا پڑے۔ عورت وہی تھی۔ اس کی عظمت بھی وہی تھی۔ اس کا رتبہ بھی وہی تھا لیکن وہ قابل نہ تھی۔ وہ

عورت کے قابل نہ تھا۔ وہ صرف انھی صورتوں کے قابل رہ گیا تھا جنہیں غلطی سے عورتیں کہا جاتا تھا... اس خیال کے ساتھ اُس کے دل پر اور بھی گہری تاریکی چھائی لیکن اس نے اپنی شکست قبول کر لی تھی۔

جب وہ اپنی شکست قبول کر چکا تو عورت نے اس راستہ سے آنا چھوڑ دیا۔

اس کے دل میں عجیب قسم کی خلش پیدا ہوئی۔ اس کی خوراک کم ہو گئی۔ دنیا کی چیزوں سے دلچسپی نہ رہی۔ وہ کھویا کھویا سا سٹرک پر جا کھڑا ہوتا اور اس طرف دیکھنے لگتا جدھر سے وہ عورت آتی تھی۔ دور کیلے کے جھنڈ کے قریب کسی بنگلے کی باڑ کے قریب سے ہو کر وہ اس طرف آیا کرتی تھی۔ قدم بہ قدم چلتی ہوئی اس کے قریب پہنچ جاتی اور پھر آہستہ آہستہ چلتی ہوئی دوسرے موڑ سے گھوم کر غائب ہو جاتی تھی۔

پہلے چند روز بہت بے قراری میں گزارے۔ وہ حسبِ معمول سٹرک پر کھڑا ہو کر اس کی راہ دیکھا کرتا۔ پھر وہ سٹرک کے پتھروں کو ٹھوکریں لگاتا ہوا اس طرف روانہ ہو جاتا جدھر سے وہ آیا کرتی تھی۔ وہ کیلوں کے جھنڈ تک پہنچ کرشش و پنج میں گرفتار ہو جاتا کہ اب وہ کدھر جائے، مایوس ہو کر واپس لوٹ آیا اور پھر اس موڑ کی طرف ٹکٹکی باندھ کر دیکھنے لگتا جہاں پہنچ کر وہ غائب ہو جاتی تھی۔ وہ کہاں سے آتی تھی، کدھر کو جاتی تھی...　کبھی کبھی اُسے اس موڑ پر ایک شعلہ سا لپکتا ہوا دکھائی دیتا جو چند لمحوں میں غائب ہو جاتا۔

اب اس نے اس سٹرک پر جا کر اس کا انتظار کرنا چھوڑ دیا... وہ اپنے کمرے کے اندر پلنگ پر پیٹ کے بل لیٹے لیٹے گاؤں تکیہ اپنے سینے کے نیچے رکھ لیتا اور کھوئی کھوئی نظروں سے سٹرک کی طرف دیکھا کرتا۔

بیوی پاس بیٹھی باتیں کرتی۔ بچے شور مچاتے چیختے اور چلّاتے، ریڈیو ستار اور بنسری کی تانیں اڑاتا... اُن کے پچھواڑے ویران جگہ میں ایک بڑے درخت کے ساتھ لٹکی ہوئی چمگادڑیں تاریکی بڑھتے ہی آسمان میں پرواز کر جاتیں۔ جب سورج نکلتا تو وہ دبک کر اپنی کمین گاہ میں چھپ جاتیں۔

اس کے دل میں میٹھا میٹھا درد کچھ اس طرح بیٹھ گیا تھا جیسے پاؤں میں کانٹا چبھ کر ٹوٹ جائے اور وہ جگہ پک جائے۔ پیپ نکلے لیکن کانٹا جوں کا توں رہے... اور پھر کبھی کوئی دکھ نہ دے جسم کا حصہ

بن کر رہ جائے۔۔۔ کبھی کبھار جب کھٹکے تو بہت خفیف اور میٹھا سا درد محسوس ہو۔

ڈاکو

گاؤں ایک اونچی پہاڑی پر واقع تھا۔ اس کے بیچوں بیچ موجو کا گھر تھا۔ وہ گاؤں کا چودھری تھا۔ نئی دنیا کے شور و غل سے بہت دور، پہاڑوں سے گھرا ہوا یہ چھوٹا سا گاؤں ایک جنگلی پھول کے مانند تھا، یا مکروہات دنیا سے تنگ آیا ہوا کوئی سادھو کہ تنہا اور سنسان مقام پر پرماتما سے لو لگائے بیٹھا تھا۔۔۔۔۔۔۔۔ اگر انسان کہیں دور سے پہاڑوں کی طرف نظر دوڑا کر دیکھے تو سوائے اونچی نیچی چوٹیوں کے اور کچھ نظر نہ آئے۔۔۔۔۔۔۔ گاؤں کے سو سوا سو کچے مکان مہذب دنیا کو اپنی جھلک دکھانے سے بھی کتراتے تھے۔

گاؤں کے لوگ بھی اپنی دھن میں مست تھے۔ ان کو زندگی میں کسی کمی کا احساس نہ ہوتا تھا۔ کچھ باتوں پر اُن کا ایمان تھا، کچھ باتوں کو وہ جانتے ہی نہ تھے، اور کچھ چیزوں کی انہیں خواہش ہی نہ تھی۔ صحت کا معیار یہ ہے کہ انسان کو اپنے اعضا کی موجودگی کا احساس ہی نہ ہو۔ ہر عضو مرغی کے پر کی طرح ہلکا ہو۔ دکھتی ہوئی ٹانگ یا بھاری سر یا کمزور معدہ فوراً اپنی موجودگی کا احساس کروا دیتا ہے۔ عام حالات میں ہر انسان پر ایک زمانہ ایسا بھی گزرتا ہے جب اسے ان باتوں کا بالکل احساس نہیں ہوتا۔۔۔۔۔۔۔ اسی طرح نوعِ انسانی پر وہ وقت بھی آ چکا ہے جب اگر چہ انسان نام نہاد ترقی کی ابتدائی منزل تک نہ پہنچا تھا۔ لیکن اس کے ساتھ اُسے زندگی کے اس قدر بوجھل اور بے کیف ہونے کا احساس تک نہ تھا۔

یہ گاؤں اسی زمانہ کا یادگار تھا۔ سیکڑوں برس پہلے جب انسان نے دفعتاً بلا منزل مقرر کیے اندھا دھند دوڑنا شروع کیا تو اس گاؤں کے بے وقوف لوگ اس دوڑ میں شامل نہ ہوئے۔ چنانچہ اس کا نتیجہ؟

گاؤں کے لوگ کھیتی باڑی کرتے تھے۔ پہاڑوں کی ڈھلوانوں پر سیڑھیوں کی طرح بنی ہوئی ہری بھری کھیتیاں لہلہاتی تھیں۔ پہاڑوں کے دامن سرسبز گھاس سے اٹے پڑے تھے۔ اس لیے ان کے مویشیوں کے لیے خوراک کی کمی نہ تھی۔

انسان کہیں سے کہیں پہنچ جائے اسے دو چیزوں کی ہمیشہ ضرورت ہو گی جن کے بغیر ان کے پریشور کی بھگتی بھی نہ ہو سکے گی۔ اناج اور افزائشِ نسل ۔۔۔۔۔۔ گاؤں کے مردوں نے آئین سٹائن کا نام نہیں سنا تھا۔ لیکن انہیں کھانے کے لیے اناج مل جاتا تھا۔ اور پیٹ بھر لینے کے بعد ایسی عورتیں میسر ہوتی تھیں جن کے جسموں پر چڑھا ہوا صحت ور، خوش رنگ مضبوط گوشت کیا بہ لحاظ بو اور کیا بہ لحاظ لمس ان لذیذ روٹیوں سے بھی لذیذ تر معلوم ہوتا تھا جنہیں کھا کر ہی ان کے دلوں میں عورت کے جسم کی سچی بھوک پیدا ہوتی تھی۔ یہ فلسفہ اور شاعرانہ قلابازیاں اُس انسان کو بالکل بے معنی معلوم ہونے لگتی ہیں۔ جسے ہر قید و بند سے آزادی کے ساتھ پیٹ بھر روٹی میسر آنے کے بعد وسیع آسمان تلے پھیلی ہوئی زمین کے کسی کھیت میں کوئی عورت ہمیشہ ہمیشہ کے لیے مل جاتی ہے۔

اب تک انسان نے جو کچھ حاصل کیا ہے وہ تو ظاہر ہی ہے۔ البتہ اپنے ہاتھوں اپنا یہ حق کھو دیا ہے۔ اب اُسے ڈھونڈ نکالنے پر مصر ہے ۔۔۔۔۔۔ کیا وہ اسے پا لے گا؟

حاکان ۔۔۔۔۔۔ موجو چودھری کی بیٹی تھی۔ گاؤں کے کئی نوجوانوں کو اس سے محبت تھی۔ وہ ان میں سے کسی کو نفرت کی نگاہ سے نہیں دیکھتی تھی۔ لیکن محبت ایک ہی سے کرتی تھی اور وہ تھا نواب۔ نواب اجڈ سہی، ذرا الچا سہی، کچھ چالاک سہی ۔۔۔۔۔۔ لیکن وہ ان انسانوں میں سے تھا جو محبت کے سامنے قطعاً بے دست و پا ہو جاتے ہیں اور اسے حاکان سے محبت تھی۔

حاکان اپنے عاشق کے ساتھ اِدھر اُدھر آیا کرتی تھی ۔۔۔۔۔۔ ان دونوں کی شادی میں کسی قسم کی رکاوٹ پیدا نہیں ہو سکتی تھی۔ جو کچھ وہ دونوں چاہتے تھے وہ کچھ عرصہ بعد ہونے ہی والا تھا۔ اس لیے اگر ایک طرف وہ دونوں چھپ کر ملنے کی ضرورت نہ سمجھتے تھے تو دوسری طرف ان کے آزادانہ

گھومنے پر بھی کسی کو کوئی پابندی عائد کرنے کی ضرورت محسوس نہ ہوتی تھی۔

اپنے عاشق کے ساتھ کبھی وہ گاؤں سے پرے نکل جاتی، اور پھر وہ کسی ٹیلے پر بیٹھ کر نیچے پہاڑ کی وادیوں پر نظر دوڑانے لگتی۔ جہاں پہاڑوں سے نکل کر بل کھاتی ہوئی ندیاں اُفق کے دھندلکے میں معدوم ہوتی دکھائی دیتی تھیں۔ ان کے نیچے کئی چھوٹی موٹی پہاڑیاں حد نگاہ تک پھیلی ہوئی نظر آتی تھیں اور پھر ان پہاڑیوں کے درمیان بڑی بڑی کم و بیش ہموار وادیاں بھی تھیں۔ درختوں کے جھنڈ چھوٹی چھوٹی جھاڑیوں کی طرح دکھائی دیتے تھے۔۔۔۔۔۔ حاکان کو بتایا گیا تھا کہ آگے پھیلی ہوئی زمین پر بڑے بڑے شہر ہیں۔۔۔۔۔۔ اور پھر ان شہروں کے عجائبات کی مبہم تصویریں اس کے ذہن میں محفوظ تھیں۔ شاید وہ زندگی بھر ان شہروں کی سیر نہ کر سکے لیکن اس کے لیے تو پہاڑ کے عین نیچے کچھ عمارتیں معمہ سے کم نہ تھیں۔ ہرے بھرے درختوں کے بیچ میں یوں ہی بکھرے ہوئے پتھروں کی طرح۔۔۔۔۔۔ کیا واقعی وہ مکانات تھے؟ وہاں لوگ بھی رہتے تھے؟ کیسے لوگ؟ وہ کیسے بولتے ہیں؟ کیا کھاتے ہیں؟ کیا سوچتے ہیں؟

’’گریج! وہ لوگ گریج ہیں‘‘

اپنے عاشق کے منہ سے گریج (انگریز) کا لفظ سن کر وہ حیرت سے اُن کا منہ تکنے لگتی۔ گریج بالکل آدمیوں کی طرح نہیں ہوتے کیا؟

اس پر نواب ہنس پڑتا۔۔۔۔۔۔ ’’اور وہاں بڑے بڑے بابو رہتے ہیں۔ وہ بہت بڑے لوگ ہوتے ہیں۔‘‘

’’بڑے؟ ہائے اللہ! کتنے بڑے؟۔۔۔۔۔۔ تم سے بھی بڑے؟‘‘

’’ہاہا‘‘ وہ اس کی باتوں کا مکمل جواب کبھی نہیں دیتا تھا۔ شاید وہ چاہتا تھا کہ حاکان کا علم ادھورا ہی رہے تا کہ وہ تعجب کے مارے طفلانہ اداؤں کے ساتھ اس سے ہمیشہ اس قسم کے سوالات دریافت کرتی رہا کرے۔۔۔۔۔۔ ’’پگلی تجھے معلوم نہیں ہمارے نالے کا پانی گھوم پھر کر اُسی جگہ تو پہنچ جاتا ہے۔

اگرتم لکڑی کا ٹکڑا پانی میں ڈال دو تو وہ بہتا ہوا اُسی جگہ پہنچ جائے گا،،

،،سچ مچ،،

یہ پانی کا نالہ دور پہاڑوں سے آتا تھا۔فصلوں کے دنوں میں گاؤں والے وہ پانی اپنے کھیتوں کی سینچائی کے کام میں لاتے اور جب اس کی ضرورت نہ ہوتی تھی تو وہ لکڑی کا تختہ ہٹاکر پانی چھوڑ دیتے اور پانی شوریدہ سری کے ساتھ بہتا ہوا جب اس جگہ پہنچتا تو وہ بڑے لوگ اس سے اپنے باغوں کی کیاریوں کو سینچتے تھے۔

حاکان نے اپنے گاؤں کے لوگ دیکھے تھے یا اسی قسم کے اشخاص لیکن نیچے کی بستی میں رہنے والے کس قسم کے انسان تھے اُسے اس بات کا کچھ بھی اندازہ نہ تھا۔ یہ اس کی تمنا تھی کہ وہ اس کی بابت معلومات حاصل کر سکے، ان کی صورت دیکھ سکے، ان سے باتیں کر سکے۔اس کے لیے ان کے رہنے کی وادی ایک ایسا مقام تھا جہاں شاید وہ شاہ زادے اور پریاں رہتی تھیں جن کے قصے اس نے بچپن میں اپنی دادی کی زبانی سنے تھے۔اس کی دادی کہانی اس طرح شروع کرتی تھی ،،فلاں پہاڑ کے پیچھے کئی کوس پرے۔۔۔۔۔ ،، یا ،،فلاں ٹیلے کے اوپر کئی برس پہلے۔۔۔۔۔ ،، یا ،،فلاں وادی میں ۔۔۔۔۔ ،، کہیں وہ وادی یہی تو نہیں تھی؟

،،اچھا مجھے یہ بتاؤ کہ وہ لوگ کرتے کیا ہیں؟،،

،،ہاہا! کرتے کیا ہیں؟،،

حاکان کو اس کا ،،ہاہا،، کر کے ہنسنا پسند نہیں تھا۔اس ہنسی کا مطلب یہ تھا کہ وہ بے وقوف تھی۔ اُسے کسی بات کا کچھ پتہ ہی نہ تھا۔ آخر وہ عورت ذات تھی۔ اُس کی طرح دور کی خاک تو اس نے چھانی ہی نہ تھی پھر اسے ہنسنے کا کیا حق تھا۔

،،ہاں تو بتا دیں،،

اب اس کے دل میں کچھ جاننے کی ایسی شدید خواہش نہ رہتی۔اس لیے وہ منہ سے کچھ نہ بولتی۔

''وہ لوگ کان سے نمک نکالتے ہیں،،

اس بات پر حاکان کو ہنسی آ جاتی۔ آخر وہ اس قدر بے وقوف بھی تو نہ تھی ''کان میں نمک؟،، یہ کہہ کر وہ اس کا کان پکڑ کر کھینچتی۔ ''لاؤ تو ذرا تمہارے کان میں کتنا نمک ہے؟،،

''اری پگلی! تو کان کا مطلب آدمی کا کان ہی سمجھتی ہے۔ کان گدھے کا بھی ہو سکتا ہے، ہاتھی، بلی، شیر، بیل سبھی کا ہو سکتا ہے۔ اسی طرح پہاڑوں کے کان بھی ہوتے ہیں۔ ان میں سے نمک نکلتا ہے،،

''واہ جی واہ۔۔۔۔۔ جیسے میں نے تو آج تک کوئی پہاڑ دیکھا ہی نہیں۔۔۔۔،،

یہ بات حاکان کبھی نہ سمجھ سکی۔ وہ یہی سمجھتی رہی کہ وہ اس کا مذاق اڑانا چاہتا ہے۔۔۔۔۔ وادی کے وہ لوگ اس کے لیے معمہ ہی بنے رہے۔

''تمہیں خدا کی قسم سچ سچ بتاؤ وہ کون لوگ ہیں مجھے ان کی بابت سب کچھ بتاؤ۔۔۔۔۔ جب میں چھوٹی سی تھی تو اسی چٹان پر آ کر بیٹھ جاتی تھی۔ بارش میں دھلے ہوئے درختوں اور چٹانوں کے درمیان یہ اُجلی اُجلی کوٹھیاں کیسی بھلی معلوم ہوتی تھیں۔ میرا جی چاہتا تھا کہ کاش میرے کندھوں پر پَر لگے ہوتے تو میں چیل کی طرح منڈلاتی ہوئی وہاں جا پہنچتی۔ میرا جی چاہتا تھا کہ ان مکانوں کو نزدیک سے دیکھوں۔ وہاں کے رہنے والوں سے اچھی اچھی باتیں کروں۔۔۔۔۔ ایک دھندلا سا خیال ہے کہ اس جگہ میں نے تین مرد اور دو عورتیں دیکھی تھیں۔ او ہو وہ لوگ کیسے گورے تھے۔ ان کی آنکھیں کتنی اچھی تھیں۔ انھوں نے مجھے کھانے کی چیزیں بھی دی تھیں۔۔۔۔۔ کتنے اچھے تھے وہ لوگ ہائے وہ پھر کبھی نہیں آئے۔ کیوں؟ کیا وہ لوگ ادھر آنا پسند نہیں کرتے؟،،

''ہو ہو۔۔۔۔۔ یہاں دھرا ہی کیا ہے؟ یعنی اتنی چڑھائی چڑھ کر بے چارے اس جگہ پہنچیں تو انہیں حاصل ہی کیا ہو گا؟ کیا تمہاری صورت دیکھنے آئیں گے؟،،

اس بات پر حاکان جل جاتی اور غصہ میں اس کا حسین چہرہ اور بھی دلکش نظر آنے لگتا۔ لیکن اگر نواب اسے خفا کرنا چاہتا تھا تو اسے پرچانے کے گُر سے بھی واقف تھا۔

’’پھر تم کیوں تنگ کرتے ہو مجھے۔ اچھا کہو تو میں وہاں نہیں جا سکتی۔ کیا رستہ ایسا کٹھن ہے کہ میری یہ خواہش پوری ہونے سے رہ جائے گی۔ تم تو اول درجے کے ۔۔۔۔۔۔ ہاں بس اب خفا نہ ہونا اور نہیں تو کیا کہوں۔تم کیا جانو میرے دل کا حال ۔۔۔۔۔نہیں اب تمہاری اچھے،، سے نہیں لگوں گی۔ تم مجھے بے وقوف بناتے ہو۔۔۔۔۔۔ ہٹو ۔۔۔۔۔۔ اوئی !

اس طرح وہ گھنٹوں نیم باز آنکھوں سے اس خوابناک وادی کی طرف دیکھا کرتی۔ اس کے نوجوان دل میں دور کی چیزوں کو قریب سے دیکھنے کی خواہش اور انجانی چیزوں کو جاننے کی تمنا ایک قدرتی بات تھی۔

حاکان کا باپ موجو چودھری ایک بارعب شخص تھا۔ گاؤں میں وہی سب سے بڑا مانا جاتا تھا۔ پہاڑوں کے گاؤں بھی دور دور ہوتے ہیں۔ لوگ ایک دوسرے سے ناواقف ہی رہتے ہیں۔ لیکن موجو کو ارد گرد کی بستیوں کے لوگ خوب اچھی طرح جانتے تھے۔ کئی موقعوں پر وہ اس کی رائے کے طلب گار بھی ہوتے تھے۔ وہ اُن پڑھ تھا، اجڈ تھا لیکن یہ خدا کی دین ہے۔ وہ سمجھ دار اور دور اندیش بھی تھا۔ اسے نئی سے نئی ترکیبیں سوجھا کرتی تھیں۔ ہر تکلیف اور مصیبت میں وہی گاؤں والوں کا ہمدرد اور محافظ تھا۔ وہ لوگ جنگلی ہرنیوں کے گلہ کی طرح تھے اور ان کا چودھری اس بارہ سنگھے کی مانند تھا جو کسی آنے والی مصیبت کو اپنی عقل حیوانی سے محسوس کر کے ہرنیوں کو پہلے ہی سے خبردار کر دیتا ہے۔

میلوں ٹھیلوں پر اگر جھگڑے اٹھ کھڑے ہوتے تو موجو چودھری کے منہ سے نکلا ہوا فیصلہ اٹل سمجھا جاتا تھا۔ یہ اس کی شخصیت اور آنکھوں کی خاص چمک ہی کا اثر تھا کہ بعض قتل ہوتے ہوتے رہ جاتے تھے۔ گھر برباد ہونے سے بچ جاتے تھے۔ یہ بھی پروردگار کا کام ہی تو تھا کہ سبھی لوگ اس کے سامنے سر جھکاتے تھے۔ کیونکہ وہ اچھی طرح جانتے تھے کہ وہ جو کچھ کہتا یا کرتا ہے اس سے انہیں کی بھلائی مقصود ہوتی ہے۔

گاؤں والوں کو کچھ آمدنی تو اپنی فصلوں کی وجہ سے ہو جاتی تھی۔ اس کے علاوہ وہ بھیڑیں اور بکریاں بھی پالتے تھے۔ بھیڑوں کے اُون سے وہ خاصہ روپیہ پیدا کر لیتے تھے اور بکریوں کے اُون

سے رسیاں اور بورے تیار کیے جاتے تھے ان سے بھی معقول آمدنی ہو جاتی تھی۔ ان ذرائع سے جو بھی آمدنی ہوتی وہ ان کی گزر کے لیے بہت کافی ہوتی تھی۔ بلکہ وہ خوشحال تھے، کھانے پینے اور دودھ دہی کی کچھ کمی نہ تھی، گھی، دودھ، مکھن فروخت کرنا معیوب سمجھا جاتا تھا۔ اس لیے اگر کسی گھر میں گائے یا بھینس نہ بھی ہوتی تو دوسرے لوگ اسے ان چیزوں کی کمی نہ ہونے دیتے تھے۔ ان سب باتوں کے باوجود چودھری موجو کو کوئی نہ کوئی نئی بات سوچنے کی عادت سی تھی۔

جنگ شروع ہو چکی تھی۔ چودھری کو گاؤں سے باہر شہروں کی دنیا سے بھی کچھ نہ کچھ واقفیت تھی۔ اس نے سنا کہ لوگ اس زمانے میں خوب روپیہ پیدا کر رہے ہیں۔ معمولی معمولی چیزیں جنہیں جنگ سے پہلے کوئی پوچھتا تک نہ تھا اب نایاب ہو چکی ہیں وہ بھی اپنے بھائی بندوں کو امیر دیکھنے کے خیالی پلاؤ پکانے لگا۔ کئی دنوں تک وہ اسی ادھیڑ بن میں رہا۔ حاکان نے باپ سے اس سوچ بچار کا مقصد پوچھا تو اس نے بتایا۔ ''اوہ میری بٹیا! جانتی ہے پھر کیا ہو گا؟۔۔۔۔۔۔تیرے لیے بہت اچھے اچھے کپڑے خرید کر لاؤں گا۔ سونے کے گہنے بنواؤں گا ایک بہت اچھا گھوڑا خریدا جائے گا۔۔۔۔۔۔بس پھر جو کچھ ہو گا تو حیران رہ جائے گی''

حاکان کو اپنا باپ جادو گر معلوم ہونے لگا۔ اللہ نے اس کے سر میں نہ معلوم اتنی عقل کہاں سے بھر دی تھی کہ اسے کوئی نہ کوئی نئی بات ہی سوجھتی ہے۔

وہ راتوں کی خاموشی میں گھر سے باہر نکل کر کسی ڈھلوان پر جا کھڑی ہوتی۔ عظیم الشان پہاڑ چپ چاپ کھڑے کسی سوچ میں ڈوبے نظر آتے تھے۔ وہ ان کی طرف دیکھتی جیسے وہ کوئی راز کہہ ڈالیں گے لیکن وہ جامد و ساکن ہی رہتے۔۔۔۔۔۔وہ قدم بہ قدم چلتی ہوئی اپنی پرانی چٹان پر پہنچ جاتی۔ وہاں وہ گہری سانس لیتی، دماغ پر ایک نشہ سا طاری ہونے لگتا۔۔۔۔۔۔وہ خواب اور نظروں سے حسبِ عادت وادی کی طرف دیکھنے لگتی۔ وہ عمارت جو دن میں بکھرے ہوئے پتھروں کی طرح دکھائی دیتی تھیں رات کے دھند لکے میں بالکل نظر ہی نہ آتی تھیں۔۔۔۔۔۔جب وہ تھک جاتی تو اس کی نگاہیں

لوٹ کر اپنے گاؤں کے دھند لے مکانوں پر منڈلاتے لگتیں۔ اس وقت گاؤں سے کسی ڈھولک کے بجنے کی اڑتی ہوئی صدائیں آتیں اور اس پر ایک نئی اور ناقابلِ فہم کیفیت طاری ہونے لگتی۔

اس کا جی چاہتا تھا کہ کچھ ہو جائے۔ بلکہ اُسے یقین تھا کہ کچھ نہ کچھ ضرور ہونے والا ہے۔۔۔۔۔۔ انسان جوانی کی عمر میں اپنے اپنے محدود دائرے کے اندر کچھ اس قسم کی باتیں سوچا کرتا ہے۔ یوں ہی منتظر رہا کرتا ہے۔

وہ جو شیلے باپ کی جوشیلی بیٹی تھی کوئی یوں ہی امنگ اُس کے دل میں ہر آن کروٹیں لیا کرتی تھی۔ لیکن اس قسم کے سوچ بچار کا نتیجہ سوائے بے چینی کے اور کچھ نہ نکلتا تھا۔

ایک روز چودھری نے گاؤں والوں کو رات کے وقت گاؤں سے باہر ایک ٹیلے پر جمع ہونے کے لیے کہا۔ جب سب لوگ اکٹھے ہو گئے تو اس نے حقہ گڑ گڑاتے ہوئے سب پر ایک سحر انگیز نگاہ ڈالی ۔۔۔۔۔۔ حاکان بکری کا بچہ گود میں اٹھائے عورتوں کے جھرمٹ سے ذرا ہٹ کر چاند کی روشنی میں بیٹھی تھی۔ اس کی ماں کو اس کی یہ ڈیڑھ چاول کی علیحدہ کھچڑی پکانے کی عادت بہت بری معلوم ہوتی تھی۔ لیکن اس وقت بے چاری حاکان بھی مجبور تھی۔ نواب نے کہہ رکھا تھا کہ ''عورتوں کے جھرمٹ سے علیحدہ ہٹ کر ذرا چاندنی میں بیٹھنا تا کہ میری نظر کے سامنے رہو۔ تمہارے بغیر مراجی نہیں لگے گا۔ اس کے دل کی خواہش کو وہ رد نہ کرسکتی تھی۔ اس کی ماں نے ایک آدھ دفعہ آنکھوں ہی آنکھوں میں سرزنش بھی کی۔ ایک مرتبہ اس کے چھوٹے بھائی کو بھی اُسے بلانے کے لیے بھیجا ۔۔۔۔۔ اور پھر وہ چپ ہو کر بیٹھ گئی۔ وہ جانتی تھی باپ نے اپنی بیٹی کو سر چڑھا رکھا ہے۔ اس لیے لاڈلی بیٹی کو کسی کام کے لیے مجبور کرنا قریب ناممکن ہے۔

حاکان اپنے غور و فکر میں ڈوبے ہوئے باپ کی طرف دیکھ رہی تھی۔ کبھی وہ کسی جانے سے نواب پر اُچٹتی ہوئی نگاہ ڈال لیتی تھی ۔۔۔۔۔ حاضرین پر خاموشی طاری تھی وہ ہمہ تن گوش تھے۔

بالآخر چودھری نے بڑے اہتمام سے کھانس کر گلا صاف کیا اور اپنا چورا چکلا سینہ ذرا تان کر بولا۔

''میں بہت دنوں سے یہ بات سوچ رہا تھا۔ آج مجھے ایک ترکیب سوجھی ہے ۔۔۔۔۔۔ لیکن ترکیب بتانے سے پہلے میں تم سب لوگوں کو یہ بتا دینا چاہتا ہوں کہ آج کل لام لگ گئی ہے۔ ہر چیز کے دام چڑھ گئے ہیں اور ابھی چڑھیں گے۔ سب لوگ دونوں ہاتھوں سے روپیہ کما رہے ہیں ۔۔۔۔۔۔۔۔ اب کے جب میں شہر گیا۔۔۔۔۔۔'' یہ کہہ کر اس نے سب کی طرف رعب دار نظروں سے دیکھا کیونکہ شہر جانے کی سعادت بس اسی کو نصیب تھی۔ سب جانتے تھے کہ جب وہ یہ کہے کہ ''جب میں سہر گیا تو اس فقرے کے بعد وہ کوئی بہت ہی اچنبھے کی بات سنا دیا کرتا تھا۔۔۔۔۔۔ '' ۔۔۔۔۔۔ سہر گیا تو میں نے بڑی اچنبھے کی باتیں سنیں ۔۔۔۔۔۔۔ کیوں بے جمرے ! تجھے نیند آ رہی ہے۔ کتنا بڑا منہ پھاڑ رہا ہے ۔۔۔۔۔۔۔ یوں تو ہمیں کوئی تکلیپ نہیں لیکن جندگی میں تکلیپ بھی آن ہی پڑتی ہے۔ اس کے لیے کچھ نہ کچھ بندوبست جرور ہونا چاہیے ۔۔۔۔۔۔ ''

سب لوگ چپ چاپ بیٹھے رہے۔ تائید کرنے کی بھی دراصل کوئی ضرورت نہ تھی۔ سب کو یقین تھا کہ چودھری نے کوئی نہ کوئی گہری بات ہی سوچی ہو گی اور اس پر عمل کرنے سے کچھ نہ کچھ فائدہ ہی ہو گا نقصان نہ ہو گا۔ چودھری نے سلسلۂ کلام جاری رکھا۔ ''۔۔۔۔۔۔ بس میں کچھ ایسی ہی سوچ بچار میں تھا۔۔۔۔۔۔ مجھے جو ترکیب سوجھی ہے وہ بتائے دیتا ہوں کان دھر کر کے سنو۔ میرا خیال ہے کہ جن دنوں ہم کھیتی باڑی کا کام چھوڑ بیٹھتے ہیں اور جب ہم بکریوں کے بالوں کے پیچھے ہاتھ دھو کر پڑ جاتے ہیں تو ہمارا وکت پھجول میں خراب ہوتا ہے۔ اگر انھیں دنوں میں ہم کوئی نئی پھسل بو دیا کریں تو کیا حرج ہے۔ تم پوچھو گے کون سی پھسل؟ میں کہوں گا السی۔۔۔۔۔۔ لام کے دنوں میں اس کی اتی کھپت ہو گی کہ بس۔ دیکھتے دیکھتے سونے سے ہانڈیاں بھر لو گے ۔۔۔۔۔۔ بولو کیا کہتے ہو؟''

کوئی کیا کہتا۔ سب کو یہ بات سولہ آنے درست معلوم ہوتی تھی۔ وہ لوگ چودھری کے ساتھ مکمل طور پر تعاون کرنے کے لیے تیار تھے۔ وہ کمسن بچوں کی طرح چودھری کی طرف دیکھ رہے تھے جیسے وہ کوئی مداری ہو اور اس نے واقعی مداریوں کی طرح آنکھیں گھما کر کہا۔ ''اور بھئی یہ بھی بتا دوں کہ میں

نے کل ہی ایک آڑھتی سے مل کر السی پہنچانے کا اکرار بھی کر لیا ہے۔ بس تم دیکھو کیا سے کیا ہو جاتا ہے۔۔۔۔۔۔'' پھر یکایک وہ بڑے انکسار کے ساتھ کہنے لگا۔۔۔۔۔۔'' مالک ہی کے ہاتھ میں ہے سب کچھ۔۔۔۔ کام کرنا ہمارا دھرم ہے۔۔۔۔۔ کیوں بھئی پھگے؟''

اس کے بعد لوگ اپنے اپنے گھروں کو چلے گئے۔ انھوں نے اپنی بیویوں کو بھی یہ سب باتیں خوب اچھی طرح سمجھا دیں۔ دوسرے دن سے عورتیں بھی پھولی پھولی پھرنے لگیں۔ ایک دوسری کو مبارک باد دے رہی تھیں۔ گھر گھر چودھری کا چرچا چھڑ گیا۔ چودھری حقہ ہاتھ میں اٹھائے بننے کی دکان کے کچے چبوترے پر بیٹھا بڑے بوڑھوں سے کہہ رہا تھا ''مالک نے چاہا تو گاؤں کا سارا نکشہ پلٹ دوں گا۔۔۔۔۔'' اور پھر دفعتاً پینترا بدل کر بڑے انکسار سے کہتا۔ ''۔۔۔۔۔۔بھئی اُسی مالک پر بھروسا رکھو وہ جو چاہتا ہے وہی ہوتا ہے۔۔۔۔۔''

پھر سب لوگ بڑی تفصیل کے ساتھ اس تجویز کو عملی جامہ پہنانے کے لیے اس کے مختلف پہلوؤں پر غور کرنے لگے۔ اب وہ زمانہ بھی قریب تھا جب وہ لوگ فصلوں کا کام ختم کر کے بکری کے اون کے بورے بنانا شروع کر دیتے تھے۔ لیکن اب وہ السی بونے کی تیاریاں کرنے لگے۔ کھیتوں کو صاف کرنے کے بعد نئی فصل کے لیے اس میں ہل چلائے گئے۔ نالے کا وہ پانی جو ان دنوں وہ چھوڑ دیا کرتے تھے انھوں نے روک کے رکھا تا کہ ان کے کام میں آئے۔

ان دنوں حاکان بھی خوش خوش گھوما کرتی تھی۔ وہ سونے کی چوڑیوں اور اپنے بھائیوں کے لیے گھوڑوں کے خواب دیکھتی تھی۔ دھوتی کا آنچل اٹھائے کھیتوں میں پھلانگتی پھرتی تھی۔ اس کا محبوب بھی اپنے کھیتوں میں خون پسینہ ایک کر رہا تھا۔ وہ اپنی ہونے والی بیوی کے آرام و آسائش کے لیے ایک نیا مکان بنوانا چاہتا تھا۔ ایک اچھی سی گائے خریدنا چاہتا تھا۔ وہ بڑی بڑی باتیں کرنا چاہتا تھا۔ اس کا دل نئی امنگوں اور ترنگوں کی آماج گاہ بنا ہوا تھا۔۔۔۔۔۔ اس کے تھکے ماندے جسم پر ہونے والی بیوی کا تصور کسی جادو اثر دوا سے کم اثر نہ کرتا تھا۔۔۔۔۔۔

ایک روز جب کہ خوش گوار دھوپ نکلی ہوئی تھی۔ مرد ڈھلوانوں پر اپنے اپنے کھیتوں میں کھڑے ہوئے کام میں مصروف تھے۔ کسی طرف سے پسینے میں تر ایک خاکی پگڑی والا چھوٹے سے قد کا شخص ادھر آ نکلا۔ اس نے آتے ہی لوگوں سے ادھر ادھر کے سوالات کرنے شروع کیے۔ اتنے میں چودھری سینہ تانے ادھر آ نکلا۔ اس نے بارعب آواز میں للکار کر پوچھا۔ ''کون ہو تم؟''

نووارد نے اپنی خاکی پگڑی درست کرتے ہوئے کہا۔ ''تم کون ہو؟''

اس پر چودھری کو بہت طیش آیا۔ ''ابے مجھے کیا پوچھتا ہے اپنی کہو۔ تیرا مطلب کیا ہے، یوں درّاتا ہوا چلا آ رہا ہے۔ کیا یہ کھیت تیرے باپ کے ہیں؟''

نووارد کچھ مرعوب ہو کر بولا۔ ''میں بڑے صاحب کا چپراسی ہوں.....نمک کی کان والے بڑے صاحب کا''

چودھری نے پگڑی جھاڑ کر سر پر لپیٹتے ہوئے کہا ''اچھا تو اب تجھے بتائے دیتے ہیں۔ میں چودھری ہوں گاؤں کا''

ادھر اُدھر کی باتوں کے بعد چپراسی نے اپنا مدعا بیان کیا ''چودھری جی اب کے آپ نے نالے کا پانی نہیں چھوڑا۔ صاحب لوگ حیران ہیں کہ آخر کیا بات ہو گئی؟''

چودھری نے ٹانگ رکھ کر حقہ گڑگڑاتے ہوئے جواب دیا۔ ''اردلی بھائی! اب کے ہم السی بو رہے ہیں۔ ہمیں خود پانی کی ضرورت ہے اس لیے اب کے ہم پانی نہیں چھوڑیں گے.....''

یہ سن کر اردلی چلا گیا اور کھیتوں میں حسبِ سابق کام ہونے لگا۔

تین چار روز امن و امان سے گزر گئے۔ لوگ اردلی کی بابت سب کچھ بھول گئے.....لیکن ایک روز پھر وہی اردلی دو نئے آدمیوں کو ساتھ لے کر وہاں آن دھمکا۔ انھوں نے ہاتھوں میں لمبی لمبی لاٹھیاں تھام رکھی تھیں۔ جب کھیت میں کام کرنے والے مزدوروں کو ان کی صورتیں نظر آئیں تو وہ بے چارے عجب کشمکش میں پڑ گئے۔ وہ نہ جانتے تھے کہ ایسے موقع پر انہیں کیا کرنا چاہیے۔ ان کا چودھری

کسی کام سے دوسرے گاؤں میں گیا ہوا تھا۔ اس دن چپراسیوں کے تیور بھی بگڑے ہوئے نظر آتے تھے۔ آج وہ نالے کا تختہ ہٹا دینے کے لیے آئے تھے۔ گاؤں کے لوگوں نے انہیں سمجھا کر اس کام سے باز رکھا اور چودھری کو بلانے کے لیے دو آدمی دوڑا دیئے۔ جب ان آدمیوں کو گئے ہوئے کافی دیر ہو گئی تو چپراسی پھر بپھرنے لگے۔ اس پر دو تین نوجوانوں کو غصہ بھی آیا۔ لیکن بڑے بوڑھوں نے بیچ بچاؤ کر دیا۔ ہمارے چودھری کی لحیم شحیم صورت دکھائی دی۔ اُسے دیکھ کر سب کی جان میں جان آئی۔ اگر وہ چاہتے تو ان چپراسیوں کو اچھا سبق پڑھا سکتے تھے۔ لیکن چودھری کے مشورے کے بغیر وہ کچھ نہ کرنا چاہتے تھے۔

کچھ نوجوان دوڑ کر چودھری کو رستے ہی میں جا ملے اور انھوں نے اسے اردلیوں کے بڑھے ہوئے حوصلوں سے بھی خبردار کر دیا۔

چودھری نے آتے ہی خشمگیں نظروں سے ان کی طرف دیکھا "اب اپنی اوکات دیکھ کر بات کیا کرو۔ تم بند ہٹانے کے لیے آئے ہو نا! لو، میں لٹھ لے کر اکیلا کھڑا ہو جاتا ہوں۔ تم لوگ ذرا یہ کام کر کے تو دکھاؤ...... مجھے بھی معلوم ہو کہ تم کتنے پانی میں ہو اور تم نے اپنی ماں کا کتنا دودھ پیا ہے؟......"

اردلیوں کو جیسے سانپ سونگھ گیا ہو۔ چودھری کی گرج دار آواز پھر گونجی۔ "یہ نالہ ہمارا ہے۔ کسی اور کا اجارہ نہیں۔ جب ہمیں پانی کی ضرورت نہیں تھی۔ پانی چھوڑ دیتے تھے۔ اب ہمیں خود ضرورت ہے۔ پانی نہیں چھوڑیں گے۔ جاؤ کہ دو اپنے بڑے صاحب کو۔ اس سے جو بن پڑے کر لے۔ لیکن یہاں سے ایک بوند پانی کی نیچے نہیں جانے پائے گی۔...... اگر تم نے پھر ادھر کا رخ کیا اور اپنی جان سلامت لے کر واپس بھی چلے گئے تو مجھے چودھری نہیں چمار کہنا۔......

وہ اردلی بکریوں کی طرح سر جھکائے آگے پیچھے پہاڑ سے نیچے اُتر گئے اور گاؤں کے لوگ ان کے پیچھے قہقہوں کے پتھر پھینکتے رہے۔ دوسرے ہی دن ایک نیا اردلی آن دھمکا کہنے لگا بڑے صاحب

نے چودھری کو بلایا ہے،،

صبح کا وقت تھا۔ چودھری بھینس کا دودھ دوہ رہا تھا۔ تو لوگوں نے اردلی کی آمد کی اطلاع دی اور مشورہ دیا کہ بڑے صاحب کے پاس نہ جائے۔ ایسا نہ ہو وہ اس سے برا سلوک کرے۔ لیکن چودھری موجو کب ماننے والا تھا۔ وہ فوراً چپراسی کے ساتھ چل دیا۔ اس نے اپنے ہمراہ بھی کسی کو نہیں آنے دیا۔۔۔۔ ڈھلوان کے نیچے پہنچ کر اس نے گاؤں والوں سے پکار کر کہا ''آج میں پورا فیصلہ کر کے آؤں گا تم لوگ پھکر نہ کرنا۔

لیکن گاؤں کے لوگ سارا دن فکرمند رہے اور جب شام ہونے لگی تو وہ گاؤں سے آگے بڑھ کر نیچے کی طرف دیکھنے لگے۔ اب یہ مشورہ ہونے لگا کہ دو چار آدمی چودھری کا پتہ لگانے کے لیے نیچے جائیں۔ ابھی مشورے ہو ہی رہے تھے کہ دور سے چودھری کی شکل دکھائی دی۔ بڑے ٹھاٹھ سے جھومتا جھامتا چلا آ رہا تھا۔ جب وہ قریب پہنچا تو لوگوں نے دیکھا کہ اس کی موچھیں تنی ہوئی ہیں۔ رنگ سرخ ہو رہا ہے اور باچھیں کھلی جاتی ہیں۔

اس نے آتے ہی بغیر کسی سے کچھ کہے سنے نالے کا تختہ ہٹا دیا اور رکا ہوا پانی سر پٹختا، شور مچاتا، جھاگ اڑاتا بہہ نکلا۔

سب لوگ حیران تھے۔ چودھری نے سب کی طرف مسکرا کر دیکھا ''بھئی میں بہت تھک گیا ہوں ذرا روٹی کھا کر حقے کے دم لگا لوں پھر تم کو سب حال سناؤں گا۔

جب رات کے وقت سب لوگ کھانے پینے سے فارغ ہو کر گاؤں کے باہر ٹیلے کے پاس اکٹھے ہوئے تو چودھری نے حقے کی نے دانتوں میں دبائے دبائے اُن کی طرف سحر انگیز نظروں سے دیکھا۔۔۔۔۔ میں دوپہر کے وقت صاحب کے پاس پہنچا۔۔۔۔''

حاکان ہمہ تن گوش تھی اسے معلوم نہیں ہوا کہ کب بکری کا بچہ اس کی گود میں سے اُچھل کر پرے بھاگ گیا۔

"۔۔۔۔۔۔ اس وقت نوکر نے بتایا کہ صاحب آرام کر رہے ہیں۔۔۔۔۔۔ اتنے میں دوسرا نوکر آیا اور کہنے لگا کہ بڑے صاحب نے کہا ہے کہ جوں ہی چودھری صاحب آئیں انہیں بڑی تکریم کے ساتھ اندر لے آؤ۔۔۔۔۔۔"

یہ کہہ کر چودھری نے مداری کی طرح گاؤں والوں کی طرف دیکھا۔ "پہلے ایک بہت بڑے کمرے میں گجرنا پڑا۔ گالیچے بچھے ہوئے تھے۔ میں جوتا اتارنے لگا تو نوکر نے کہا چلے آئیے۔۔۔۔۔۔ میں چلا گیا۔ دوسرے کمرے میں بڑے صاحب کرسی پر بیٹھے تھے۔ مجھے دیکھ کر بہت کھوش ہوئے اور مجھے کرسی پر بٹھایا پھر انھوں نے نوکر سے کہا "چودھری جی کے لیے چائے لانا مانگٹا، جب میں چائے پی رہا تھا تو میم صاحب بھی آ گئیں۔ کھوب پوڈر لگائے ہوئے تھیں۔ انھوں نے مجھ سے ہاتھ ملایا۔۔۔۔۔۔"

حیرت سے سب لوگوں کے منہ کھلے کے کھلے رہ گئے۔ چودھری اطمینان سے حقے کے کش لینے لگا۔ اس نے آنکھوں کی پتلیاں گھماتے ہوئے کہا۔ میم صاحب کہنے لگیں۔ "چودھری! آپ سے مل کر دل بہوت کھوش ہونا مانگٹا۔۔۔۔۔۔ ہمارا بابو لوگ۔۔۔۔۔۔"

اس طرح چودھری نے اپنے قصے کو خوب طول دے کر سنایا۔ لوگ کمسن بچوں کی طرح اس کی باتیں سنتے رہے۔۔۔۔۔۔"

دوسرے دن یہ بات ادھر ادھر کی بستیوں میں بھی مشہور ہو گئی۔

جب آسمان ابر آلود ہوتا تھا۔ حاکان سرد ہوا کے جھونکے کھاتی ٹیلے پر جا کھڑی ہوتی اور وادی میں پتھروں کی طرح بکھری ہوئی اجلی اجلی عمارتوں کی طرف دیکھتی۔۔۔۔۔۔ اور سوچتی نہ معلوم وہاں کون لوگ رہتے ہیں۔ وہ کیسی باتیں کرتے ہیں۔ کیا کھاتے ہیں؟ کیا پیتے ہیں۔۔۔۔۔۔؟

وہ گھنٹوں نیم باز آنکھوں سے خواب ناک وادی کی طرف دیکھتی رہتی ہے۔

موت

شہر کی آبادی بہت بڑھ گئی تھی۔ پرانے زمانے کا اصلی شہر تو چھوٹا سا تھا۔ لیکن نئے بازار اور جدید طرز کی عمارتوں کی وجہ سے نہ صرف شہر پھیل گیا تھا بلکہ پہلے کی بہ نسبت زیادہ خوبصورت اور بارونق بھی نظر آنے لگا تھا۔ شہر کے نواحات میں لوگ مکانات بنواتے چلے جا رہے تھے۔ بلکہ وہ نہر جو پہلے شہر سے تین میل پرے تھی۔ اب باہر بنے ہوئے بعض مکانات سے صرف چند فرلانگ پرے رہ گئی تھی۔ یہاں تک کہ شام کے وقت خواتین نہر کی سیر کرنے کے لیے چلی جایا کرتی تھیں۔ نہر کے دونوں طرف پہلے ہی کی طرح لمبے لمبے سرکنڈے اُگے ہوئے تھے جہاں پہلے سانپ اور بھیڑیے چھپے رہتے تھے۔ لیکن اب لوگوں کی آمد و رفت کی وجہ سے کوئی جانور قریب نہ پھٹکتا تھا۔

خاص شہر سے اس قدر پرے تک پھیلی ہوئی یہ آبادیاں شہر کی گہما گہمی اور چہل پہل سے خالی تھیں۔ زمین کے پلاٹوں کی حد بندیاں قائم کی جا چکی تھیں اور بعض مکان کئی کئی خالی پلاٹوں سے بھی پرے ویرانے میں اکیلے دُکیلے کھڑے تھے۔ دراصل جس پلاٹ کا سودا ہو گیا یا پلاٹ کسی خریدار کو پسند آ گیا اس نے وہاں مکان بنوا لیا۔

اس آبادی کا حسن کچھ علیحدہ ہی تھا۔ جدید وضع کے بنے ہوئے نئے نئے، کھلی فضا، دھوئیں اور گرد کا نام تک نہ تھا۔ ایک بہت پُر امن خاموشی طاری رہتی تھی۔ بعض مکان بن چکے تھے، بعض ادھورے ہی کھڑے تھے، بعض کی بنیادیں ہی رکھی جا رہی تھیں۔ مکانات کے ارد گرد دور تک پکی اینٹوں کے چٹے موجود تھے یا کچھ اینٹیں چونا وغیرہ ادھر ادھر بکھرا ہوا دکھائی دیتا تھا۔ کچھ راستوں پر بیل گاڑیوں

کے پہیوں کے گہرے نشانات پڑ گئے تھے۔ ارد گرد پھیلے ہوئے گڑھے بھی موجود تھے جہاں سے کمہار مٹی کھود کھود کر لے جایا کرتے تھے۔ شہر کی طرف دیکھیں تو دھند لے دکھائی دینے والے کارخانوں کی چمنیوں میں دھوئیں کی بل کھاتی ہوئی لکیریں دکھائی دیتی تھیں۔

نہر کی جانب ایک شخص تنہا کھڑا تھا۔ اس کے قریب سے کچی سڑک گزرتی تھی جو آبادی سے نہر کی طرف جاتی تھی عورتوں اور مردوں کی کوئی اکا دُکا ٹولی سیر کرتی آبادی سے نہر کی طرف یا نہر کی طرف سے آبادی کی طرف جاتی دکھائی دے جاتی تھی۔ بعض منچلے کھیتوں کی طرف بھی نکل جاتے تھے۔ دور لہلہاتے ہوئے ہرے بھرے کھیتوں میں ہوا میں اڑتے ہوئے رنگین دوپٹے بھی دکھائی دے جاتے تھے۔۔۔۔۔۔۔ وہ شخص معمولی شریفانہ کپڑے پہنے کھڑا تھا۔ عمر لگ بھگ تیس برس کے ہو گی۔ وہ میانے قد اور اکہرے بدن کا معمولی شکل و صورت والا شخص تھا۔ اس وقت فلالین کی پتلون اور ایک پرانا گرم کوٹ پہنے تھا۔ اس کا ہیٹ سر کی پچھلی جانب جھکا ہوا تھا۔ اس لیے اس کی پیشانی کے اوپر بالوں کا گچھا ہوا میں ہلتا ہوا دکھائی دے رہا تھا۔ وہ یکے بعد دیگرے سگریٹ سلگا سلگا کر پیے جا رہا تھا۔ وہ بالکل بے فکر نظر آتا تھا۔ اس کی گہرے بھورے رنگ کی پتلیاں ڈوبتے ہوئے سورج کی روشنی میں چمک رہی تھیں۔ جب وہ اوپر کی طرف نگاہ اٹھا کر دیکھتا تو اس کی ہموار پیشانی پر ہلکے خطوط نظر آنے لگتے تھے۔

وہ عام آنے جانے والوں کی نظروں سے ذرا ہٹ کر کھڑا ہوا تھا۔ کبھی کبھی وہ گھوم کر بلند قہقہہ لگانے والی کسی عورت یا مرد کی طرف دیکھ لیتا تھا۔ پھر سگریٹ کے بچے کھچے ٹکڑے سے نیا سگریٹ سلگا کر اسے چٹکی سے پرے پھینک دیتا اور وہ ٹکڑا ایک آدھ چنگاری ہوا میں چھوڑ کر سامنے والے گڑھے کے پانی میں ''شرٹپ'' کی آواز کے ساتھ جا گرتا ہے۔

اس نے سگریٹ کا ایک گہرا کش کھینچا اور دھواں آسمان کی طرف مرغولے بنا بنا کر چھوڑنے لگا اور جب وہ اس طرح منہ اوپر اٹھائے ہوئے تھا اسے دور سے ایک عورت بچہ گاڑی دھکیلتی ہوئی ایک مکان کے پھاٹک سے نکلتی دکھائی دی۔ وہ ذرا سنبھل کر ٹکٹکی باندھ کر اس طرف دیکھنے لگا۔

دور سے اس عورت کی ارغوانی رنگ کی اوڑھنی ہی نمایاں طور پر دکھائی دے رہی تھی۔ لیکن جب وہ قریب آئی تو اس کی صورت بھی دکھائی دینے لگی۔ وہ کشیدہ قامت مخملیں لب خوبصورت عورت تھی۔ وہ بھڑک دار ہلکے سرمئی رنگ کی شلوار پہنے تھی۔ اور ایک اچھی قطع کا زنانہ گرم کوٹ زیب تن کیے تھی جس کی تنگ گرفت میں چھاتیوں کا دم گھٹتا دکھائی دیتا تھا۔

اس شخص نے عورت کو قریب آتے دیکھا تو سگریٹ کا گہرا کش لے کر اسے پرے پھینک دیا اور دستانے ہاتھ میں پکڑے عورت کے آگے آگے بہت آہستہ آہستہ چہل قدمی کرتا ہوا نہر کی طرف بڑھنے لگا۔۔۔۔۔۔ وہ عورت جو شکل و صورت سے تعلیم یافتہ معلوم ہوتی تھی بچہ گاڑی کو دھکیلتی ہوئی اس کی نسبت قدرے تیز رفتاری سے چلی آرہی تھی۔ جب وہ اس کے قریب سے گزری تو اس نے ان کی طرف کنکھیوں سے دیکھا۔ لیکن وہ اپنی دھن میں اپنے مسکراتے ہوئے بچے کی طرف دیکھتی ہوئی بڑھی چلی جارہی تھی۔ جب وہ اس کے قریب سے گزری تو اس نے اپنے جسم کو کچھ اس طرح حرکت دی جیسے وہ عورت سے کچھ کہنا چاہتا ہے۔ لیکن جھجک کر رہ گیا۔ گاڑی میں بیٹھے ہوئے بچے کے ہاتھ میں جھنجھنا تھا۔ وہ ہاتھ پاؤں ہلا کر ہنسے جا رہا تھا۔ سفید اونی سویٹر اور ٹوپی میں برف کا گالا دکھائی دیتا۔ ابھی چار پانچ قدم آگے بڑھے ہوں گے کہ بچے نے جھنجھنا پرے پھینک دیا یا اس کے ہاتھ سے چھوٹ گیا۔ مرد نے فوراً لپک کر جھنجھنا اٹھا لیا اور بڑھ کر بچے کے ہاتھ میں دے دیا اور ننھے بچے کے رخسار کو چھو کر آہستہ سے بولا " کیسا پیارا بچہ ہے‘‘

عورت نے خوشنودی کا اظہار کیا جب دونوں کی نظریں تو مرد نے دونوں ہاتھ جوڑ کر کہا۔ ''نمستے سر لادیوی!۔۔۔۔۔‘‘

عورت نے حیرت سے اس کی طرف دیکھا۔ مرد نے ہنستے ہوئے کہا۔ ''سر لادیوی شاید آپ نے مجھے نہیں پہچانا۔ لیکن آپ غور کیجیے اپنے ذہن پر زور دے کر سوچیے آپ نے ضرور مجھے کہیں دیکھا ہے‘‘ عورت کی صورت سے سوچ بچار کے آثار نظر آنے لگے۔ حسن ہر کیفیت میں نئی کشش رکھتا

ہے۔اس وقت ایسے پُرخلوص انداز سے سوچتی ہوئی وہ کیسی پیاری لگتی تھی۔ "جی"،اس نے دانتوں میں نازک انگلی دبا کر کہا۔ "آپ درست فرماتے ہیں۔میں نے آپ کو کہیں دیکھا ہے۔اور پھر آپ میرے نام سے بھی واقف ہیں۔نہیں کہہ سکتی آپ کو کس جگہ دیکھا ہے۔۔۔۔۔۔معاف کیجیے گا۔۔۔۔۔۔ ۔۔۔۔۔۔ "دیکھیے ابھی یاد آ جائے گا"

نوجوان مرد نے قدرے تامل کیا۔لیجیے میں بتائے دیتا ہوں۔آپ کو پریشان نہیں کرنا چاہتا۔۔۔۔۔۔ یہ آپ کا دوپٹہ زمین سے چھورہا ہے۔۔۔۔۔۔آپ کو یاد ہے جب آپ کرسچین کالج میں پڑھتی تھیں؟

سرلا نے آنچل اٹھا کر کہا "جی جی یاد آیا۔۔۔۔۔۔کوئی پانچ چھ برس پہلے کی بات کر رہے ہیں آپ۔۔۔۔۔۔"

"جی ہاں میں آپ کا ہم جماعت تھا۔۔۔۔۔۔شاید آپ کو یاد ہو۔بائبل کی گھنٹی میں جب پروفیسر میسی کی میز کے قریب دائیں ہاتھ کی طرف آپ دوسری لڑکیوں کے ساتھ بیٹھا کرتی تھیں۔ میں ان دنوں عین آپ کے سامنے بیٹھا کرتا تھا۔ہو سکتا ہے کہ آپ نے کبھی مجھے بہت غور سے نہ دیکھا ہو۔کیوں کہ آپ کی نظریں ہمیشہ جھکی جھکی رہتی تھیں۔۔۔۔۔۔لیکن اس کے باوجود میں پورے وثوق کے ساتھ کہہ سکتا ہوں کہ آپ کم از کم میری صورت سے آشنا ضرور ہوں گی۔۔۔۔۔۔"

"جی اب مجھے یاد آ گیا۔۔۔۔۔۔اب میں اچھی طرح یاد کر سکتی ہوں کہ آپ کی صورت اس وقت کیسی تھی۔ بلا ناغہ ایک دوسرے کی طرف دیکھنے کا موقع ملتا تھا۔انسان صورت سے آشنا ہوئے بغیر رہ ہی نہیں سکتا۔۔۔۔۔۔لیکن اُس وقت آپ کے چہرے پر داڑھی نہیں اُگی تھی۔۔۔۔۔۔کیوں یہ صحیح بات ہے نا؟"

"آپ درست فرماتی ہیں مجھے داڑھی کچھ زیادہ عمر میں اُگی۔شاید اسی وجہ سے آپ مجھے پہچان بھی نہیں سکیں۔اور پھر میری ان چھوٹی چھوٹی مونچھوں کی وجہ سے تو آپ اور بھی زیادہ مغالطہ میں پڑ گئی ہوں گی۔۔۔۔۔۔"

اب وہ آہستہ آہستہ نہر کی طرف بڑھ رہے تھے۔

’’جی ہاں ایک تو آپ کی مونچھوں کی وجہ سے مجھے مغالطہ ہوا اور دوسری بات یہ ہے کہ اب پہلے کی بہ نسبت آپ کا بدن بھی ہلکا دکھائی دیتا ہے،،

مرد نے قہقہہ لگایا۔ ’’برعکس اس کے آپ کچھ موٹی ہو گئی ہیں۔ اس سے میری مراد یہ نہیں کہ آپ کا موٹاپا کچھ بھدا نظر آتا ہے۔ بلکہ کہنا چاہیے کہ آپ پہلے ضرورت سے زیادہ دبلی تھیں۔ اب جسم بھر کر بس ایسا ہو گیا ہے جیسا کہ ہونا چاہیے اور چہرے پر تو مردوں کی طرح کوئی تبدیلی پیدا ہوتی ہی نہیں۔

’’۔۔۔۔۔،، یہ کہہ کر پھر اس نے ہلکا سا قہقہہ لگایا۔ اس نے محسوس کیا یہ بات کچھ بے تکی سی منہ سے نکل گئی اس نے جلدی سے عورت کے چہرے پر اس کا ردِّعمل دیکھنے کے لیے اُچٹتی ہوئی سی نگاہ ڈالی۔ لیکن اس کے چہرے سے بدمزگی کے کوئی آثار ہویدا نہ تھے۔ ’’آپ ان دنوں بالکل خاموش رہتی تھیں۔ اگر میں غلطی نہیں کرتا تو آپ اپنی ہم جولیوں سے بھی زیادہ بے تکلف نہ تھیں۔ میں نے جب کبھی آپ کی طرف دیکھا آپ پتھر کی مورتی کی طرح چپ چاپ اور سنجیدہ دکھائی دیتی تھیں۔ لڑکوں کے دلوں میں آپ کا بہت احترام تھا۔ دوسری لڑکیاں تو بڑے طمطراق سے ادھر اُدھر گھوما کرتی تھیں لیکن میرے خیال میں آپ بے جا حد تک شرمیلی نہیں تھیں۔ صرف سنجیدہ نظر آتی تھیں۔۔۔۔۔۔،،

’’آپ نے درست فرمایا۔ وہ دن بھی خوب تھے،،

سورج غروب ہو چکا تھا۔ لیکن ابھی کافی روشنی تھی۔ اب وہ نہر کی چوڑی پٹری پر پہنچ چکے تھے وہاں کچھ اور لوگ بھی چہل قدمی کر رہے تھے۔ یہی اس آبادی کی تفریح گاہ تھی۔ چونکہ تقریباً سبھی کے گھر دور دور تھے اور ان میں بیشتر نووارد۔ اس لیے ان لوگوں کا ایک دوسرے سے میل جول کم تھا۔ چنانچہ وہ سوشل یکجہتی مفقود تھی۔ سب اپنے اپنے حال میں مست گھوما کرتے تھے۔ نزدیک ہی ایک پل تھا جہاں بہت زیادہ رونق رہا کرتی تھی۔ وہاں چائے کی ایک چھوٹی سی دکان بھی تھی۔ جہاں عورتیں اور مرد مل جل کر چائے کے پیالے ہاتھوں میں لیے ادھر ادھر کی گپ اڑایا کرتے تھے۔ پل کی دیوار پر

بھی لوگ بیٹھے باتیں کیا کرتے تھے۔

وہ دونوں چائے کی دکان کی طرف جانے کے بجائے دوسری طرف نہر کے کنارے کنارے چل دیئے۔ پٹری کے ایک سرے پر ببول کے درختوں کی قطار چلی گئی تھی۔ ان درختوں کے نیچے مویشی گھاس چرتے دکھائی دیتے تھے۔ چرواہوں نے مویشیوں کو واپس لے جانے کے لیے کھدیرنا شروع کر دیا تھا۔

مرد نے بچہ گاڑی کا دستہ تھام کر کہا ''لائیے اب یہ کام میرے سپرد کیجیے۔۔۔۔''

سرلا ہنس کر ایک طرف ہو گئی۔ ''لیجیے میں بھی تھک گئی تھی۔ وہ روزانہ میرے ساتھ آیا کرتے لیکن جن دنوں دورے پر چلے جاتے ہیں مجھے اکیلے آنا پڑتا ہے۔ نوکروں کا بڑا کال ہے اور پھر ان کے مزاج بھی تو ٹھکانے نہیں۔ دو دن نوکر کو ساتھ لائی تو ماں جی سے کہنے لگا کہ ہم گاڑی دھکیلنے کا کام نہیں کریں گے۔۔۔۔''

''ارے، ہش تیری کی۔۔۔۔ ہنستا ہے'' وہ بچے سے باتیں کرنے لگی۔ پھر مرد سے مخاطب ہو کر بولی ''دیکھیے نا، میں مخلوط طریقۂ تعلیم کے سخت خلاف ہوں یعنی جس طرح کہ آج کل یہ رائج ہے لڑکوں اور لڑکیوں کو مل بیٹھنے کا بہت کم موقع ملتا ہے۔ یہی وجہ ہے کہ لڑکے اس قدر بداخلاق نظر آتے ہیں۔ اگر کہیں لڑکی کو دیکھ پائیں تو آوازے کسنے لگتے تھے اور لڑکیاں بے چاری علیحدہ شرماتی ہیں۔ میرے خیال میں یا تو مخلوط طریقۂ تعلیم ایک سرے سے ہو ہی نہیں۔ اگر ہو تو پھر مکمل طور پر تا کہ اس قسم کی قباحتیں پیدا ہونے کا اندیشہ نہ رہے۔۔۔۔ ہم دونوں دو برس تک اکٹھے پڑھتے رہے۔ لیکن ہم ایک دوسرے کے لیے اس وقت بھی اجنبی تھے اور اب بھی ہیں۔۔۔۔''

مرد ہنس پڑا۔ ''مجھے آپ سے پورا پورا اتفاق ہوا۔۔۔۔ لیکن سرلا دیوی آپ خود بھی تو بہت شرمیلی تھیں۔ میرا مطلب ہے سنجیدہ۔۔۔۔ کسی لڑکے کی جرأت ہی نہیں ہو سکتی تھی کہ آپ سے گفتگو کر سکے۔۔۔۔''

’’میری سنجیدگی کسی کی راہ میں حائل نہ ہونی چاہیے تھی۔ لیکن دراصل یہ ایک علیحدہ سوال ہے میں نے تو ایک عام بات کا ذکر کیا ہے‘‘

’’درست ہے یہ دو رُخی کیفیت یقیناً بڑی قابلِ اعتراض ہے۔۔۔۔۔۔سرلا دیوی، شاید میں آپ کے خیالات سے بہت زیادہ واقف ہوں۔ کم از کم جو کچھ آپ سمجھتی ہیں اس سے بہت زیادہ۔۔۔۔۔‘‘

’’واقعی،‘‘ سرلا مسکرا دی۔ ’’تعجب کی بات ہے۔۔۔۔۔ افوہ زمانہ ہوا جب ہم طالب علم تھے۔ حقیقت یہ ہے کہ مجھے آپ سے مل کر بہت خوشی ہوئی۔ محض یہ خیال کہ ہم لوگ ایک ہی کمرے میں بیٹھ کر ایک ہی پروفیسر کا لیکچر سنا کرتے تھے۔ ہمارے مابین ایک نہایت لطیف رشتہ پیدا کر دیتا ہے۔ آپ سے مل کر اتنی ہی خوشی ہوئی جتنی کہ کسی بچھڑی ہوئی سہیلی سے مل کر۔ یہ صحیح ہے کہ میں نے ان دنوں کبھی نظر بھر کر بھی آپ کی طرف نہ دیکھا۔ لیکن اس وقت میں ایسا محسوس کر رہی ہوں جیسے ہم دونوں گہرے دوستوں کی طرح رہے ہوں۔ شاید ان دنوں آپ مجھ سے بات چیت کرتے بھی تو نہ مجھ میں اس قدر مسرت کا احساس کرتی اور نہ آپ مجھ سے اتنے خلوص کے ساتھ پیش ہی آتے۔۔۔۔۔ نو دس برس کے وقفے نے ان دنوں کو کس قدر حسین بنا دیا ہے۔

’’اگر آپ کو اعتراض نہ ہو تو میں سگریٹ سلگا لوں۔۔۔۔۔شکریہ۔۔۔۔۔ اب میں اپنی ایک شرارت کا ذکر کروں گا۔ ایک روز آپ کالج لائبریری کے اندر کوئی کتاب نکلوانے کے لیے گئیں۔ آپ اپنی ایک بڑی سی نوٹ بک بھول گئیں۔ آپ کی غیر حاضری میں مَیں نے اٹھا کر اُس کی ورق گردانی شروع کر دی۔ اس میں آپ نے بڑے بڑے لوگوں کے اقوال جمع کر رکھے تھے۔ میں انہیں پڑھ کر بہت محظوظ ہوا‘‘

سرلا کچھ محجوب سی ہو گئی۔ ’’جی ہاں اس وقت شباب کا آغاز ہوتا ہے نوجوان کئی نصب العین سامنے رکھتے ہیں۔ بڑے بڑے مفکروں کے اقوال پر سر دھنتے ہیں۔ لیکن آخر کار وہ گھر کے دھندوں میں پھنس کر رہ جاتے ہیں۔۔۔۔۔ آخر آپ کے کیا مشاغل رہے۔ آپ کہاں کہاں گھومے، کیا کیا واقعات

پیش آئے۔۔۔۔۔۔کوئی مزے دار بات سنائیے۔۔۔۔۔۔ ''

یہ سن کر مرد کا چہرہ پھیکا پڑ گیا۔ اس نے سگریٹ کا کش لگایا اور چپ چاپ زمین کی طرف دیکھتا ہوا بھاری قدموں سے چلتا گیا۔ سرلا اس کے چہرے پر اس قسم کے جذبات دیکھ کر متعجب ہوئی۔

''سرلا دیوی! آپ یہ کیا بات پوچھ بیٹھیں،،

سرلا نے حیرت سے کہا۔ '' آپ کا چہرہ اس قدر پھیکا کیوں پڑ گیا؟ کیا کوئی خاص حادثہ پیش آیا ہے؟''

مرد نے ہلکی سی آہ بھر کر کہا ''سرلا دیوی! یہ ایک حقیقت ہے کہ آپ کو ہر طرح سے مطمئن دیکھ کر مجھے کس قدر خوشی حاصل ہوئی۔۔۔۔۔ شکر ہے کہ میں بدنصیب ہی اس مصیبت میں گرفتار ہوا۔۔۔۔۔ میں۔۔۔۔۔ دراصل سرلا دیوی! میں نے ایک قتل کر دیا تھا۔۔۔۔۔ ''

''قتل،،

''جی ہاں۔۔۔۔۔ میں نے وہ قتل کیوں کیا؟ ۔۔۔۔۔ سرلا دیوی! مجھے خواب میں خیال نہیں تھا کہ میں کبھی کسی کا قتل کر ڈالوں گا۔۔۔۔۔ ''

عورت کی آنکھیں حیرت سے کھلی کی کھلی رہ گئیں۔ مرد نے سگریٹ پرے پھینک دیا اور کہا ''یہ قتل میری بہن کی وجہ سے ہوا۔ میرا بہنوئی بہت ہی بدمعاش شخص تھا۔ اخلاقی لحاظ سے حد سے گرا ہوا، سرلا دیوی! آپ اس بات کا اندازہ لگا ہی نہیں سکتیں کہ وہ کس قدر ذلیل انسان تھا۔ خیر وہ خود تو من مانی کا رول ادا کرتا ہی تھا لیکن اس کے ساتھ ہی میری بہن کی زندگی عذاب میں ڈال رکھی تھی۔ تنگ آ کر بہن نے ایک مرتبہ مجھے چٹھی لکھی۔ میں ان کے گھر پہنچا۔ بہن نے کل حالات بتائے۔ اتنے میں وہ خود آن پہنچا۔ آتے ہی بہن کو گندی گندی گالیاں دینے لگا۔ اس وقت کچھ نشہ میں بھی تھا۔ نہ اس نے میرا خیر مقدم کیا نہ کچھ لحاظ بہن نے میرا واسطہ دے کر اسے منہ بند کرنے کے لیے کہا تو وہ مجھ پر پل پڑا۔ مجھے از حد غصہ آ رہا تھا۔ ٹوٹی ہوئی چارپائی کا ایک پایہ میرے ہاتھ میں آ گیا۔ میں نے ایک بھرپور ہاتھ جو دیا تو بھیجا باہر نکل پڑا۔ میرے ہاتھوں کے طوطے اڑ گئے۔ اسے فوراً ہسپتال لے گئے

لیکن وہ وہاں پہنچتے پہنچتے مرگیا۔۔۔۔۔۔سرلا دیوی! اب آپ سے کیا چھپانا۔ یہ ہمارا گھریلو معاملہ تھا۔۔۔۔۔۔۔ میں گرفتار ہو گیا،،

عورت مارے تعجب کے اسی جگہ جم کر کھڑی ہو گئی۔ ،،پھر؟،،

،،پھر مجھے پھانسی کی سزا ہوگئی،،

عورت کے منہ سے ہلکی سی چیخ نکل گئی۔اس نے بچہ گاڑی کو مضبوطی سے پکڑ لیا۔ ،،پھر آپ بھاگ آئے جیل سے؟،،

مرد نے کھلی کھلی نظروں سے عورت کی طرف دیکھا۔ ،،جی نہیں کل مجھے پھانسی کے تختہ پر لٹکا دیا جائے گا،،

قدرے تامل کے بعد وہ پھر کہنے لگا،، آپ کو تعجب ہو رہا ہے؟ جی ہاں، آپ کیا میں خود تعجب میں ہوں۔ میں خود اس بات پر یقین نہیں کرنا چاہتا۔ لیکن یہ ایک حقیقت ہے ۔۔۔۔۔۔شاید آپ کو یاد ہو۔ ہمارے ساتھ ایک لڑکا شیو شنکر پڑھا کرتا تھا۔۔۔۔۔۔ جی ہاں وہی جو بائبل کے گھنٹے میں سب سے زیادہ اعتراضات کیا کرتا تھا۔۔۔۔۔۔ وہ آج کل جیلر انچارج ہے۔ وہ میرا جگری دوست تھا۔ میں نے اس کی منت کی کہ مجھے چند گھنٹوں کے لیے آزاد کر دے ۔۔۔۔۔۔اسی کے طفیل میں اب اس کھلی ہوا، لہلہاتے ہوئے کھیتوں، ہنستے کھیلتے لوگوں اور ان خاموش درختوں کو الوداع کہنے آیا ہوں۔۔۔۔۔۔ ،،

اس کے بعد سکوت طاری ہو گیا۔ عورت اپنے خیالات میں گم ہو گئی۔ اس نے ایک آدھ مرتبہ اُچٹتی نظروں سے مرد کی طرف دیکھا جس کا چہرہ لاش کی طرح سفید ہو رہا تھا۔ اس کے بے جان سے بازو آہستہ آہستہ حرکت کر رہے تھے۔ اس نے کپڑے بھی بے پروائی سے پہن رکھے تھے۔۔۔۔۔۔

اس طرح بالکل چپ چاپ وہ دس پندرہ منٹ بعد چلے گئے۔

سورج غروب ہو چکا تھا۔ اب پورا چاند آسمان پر جلوہ افروز ہو رہا تھا۔ اس کی صاف ستھری چاندنی بھی اداس دکھائی دیتی تھی۔ نہر کا پانی بھی ایسا معلوم ہوتا تھا جیسے چوروں کی طرح پاؤں دبے پاؤں چلا

جارہاہو۔

معاً عورت کی ہلکی سی چیخ نکل گئی۔ مرد نے چونک کر اس کی طرف دیکھا ببول کا کانٹا اس کے سینڈل کی کھلی جگہ سے اس کی ایڑی میں جا چبھا تھا۔ اس نے بچہ گاڑی کو چھوڑ کر اسے سہارا دیا۔ ''آپ ادھر بیٹھ جائیے اونچی جگہ پر۔۔۔۔۔ذرا صبر کیجیے''

عورت بیٹھ گئی مرد نے اس کا پاؤں اپنے زانو پر رکھ لیا۔ ''کانٹا ٹوٹ گیا ہے یہ کہہ کر وہ اپنے کوٹ کا کالر ٹٹولنے لگا۔ ایک پن نکال کر اس نے عورت کا سینڈل اتار دیا اور کانٹے والے مقام کو چٹکی میں دبا کر اس نے اس جگہ کو پن سے کریدنا شروع کر دیا۔ عورت نے ہونٹ دانتوں تلے دبا کر اپنی پنڈلی دونوں ہاتھوں میں مضبوطی سے پکڑ لی۔۔۔۔۔۔ درد کے مارے اس کا چہرہ سرخ ہو رہا تھا۔ اس کے ہاتھوں کی انگلیاں بڑی احتیاط سے حرکت کر رہی تھیں۔ اس کی متجسس آنکھیں ایڑی پر جمی ہوئی تھیں۔ اس وقت وہ صورت سے کس قدر بے لوث اور سیدھا سادا شخص دکھائی دیتا تھا۔ اس کے سر کے بال بچوں کے بالوں کی طرح باریک اور ملائم نظر آتے تھے۔ وہ ازحد احتیاط سے کانٹے کے ارد گرد کا گوشت ہٹا رہا تھا۔ پھر اس نے پن کو ایک طرف رکھ کر کانٹے کو چٹکی میں پکڑا اور باہر کھینچ لیا۔ عورت کو درد کا ایک جھٹکا سا لگا اور پھر اُسے بے حد راحت کا احساس ہوا۔ مرد نے کانٹا ہتھیلی پر رکھ کر دکھایا۔ اس وقت اس کے اداس چہرے پر بچوں کی سی بھولی ہنسی کس قدر بھلی دکھائی دیتی تھی۔

عورت نے ایڑی گھما کر دیکھا۔ خون کی ایک بوند جھلک رہی تھی مرد نے کہا ''ذرا ٹھہریے'' یہ کہہ کر اس نے جیب میں سے رومال نکالا اور وہ بوند پونچھ ڈالی اور پھر رومال کی تہ بنا کر اُسے اُسی مقام پر باندھ دیا۔

سرد ہوا کے جھونکے پانی کو چھو کر آتے اور ان کے بالوں سے اٹھکیلیاں کرتے ہوئے آگے نکل جاتے۔ وہ تھوڑی دیر تک اسی جگہ بیٹھے رہے۔ ہر طرف سکون اور خاموشی طاری تھی۔ دور چائے کی دکان سے روشنی نظر آ رہی تھی اور اس روشنی میں چند متحرک سائے دکھائی دے رہے تھے۔ بچہ ہمک کر

چاند کی طرف دیکھ رہا تھا۔ جب وہ گردن پھیرتا تو اس کا سر جھک جاتا اور وہ پھر اپنے سر کو اٹھاتا اور چاند پر نگاہیں جما دیتا۔۔۔۔۔۔۔۔

اس اداسی میں بھی بچے کی اس حرکت پر ان دونوں کے لبوں پر مبہم سی مسکراہٹ کھیلنے لگی۔۔۔۔۔۔

یکایک مرد نے عورت کی طرف دیکھا "سرلا دیوی!۔۔۔۔۔۔"

"جی!"

"مجھے آپ سے ایک بات کہنی ہے۔ اب میں کہے بغیر نہیں رہ سکتا۔۔۔۔۔۔"

عورت نے کچھ متعجب ہو کر اس کی طرف دیکھا۔

مرد نے قدرے تامل کیا پھر بولا۔ "میری جرأت کا برا نہ مانیے گا۔۔۔۔۔۔ میں آپ سے محبت کرتا ہوں۔۔۔۔۔۔ میں شرمسار ہوں۔۔۔۔۔۔ لیکن میں آپ کی پوجا کرتا ہوں۔ طالب علمی کے اس زمانے سے میں۔۔۔۔۔۔ آپ ہی کی پرستش کرتا ہوں۔۔۔۔۔۔ کیا آپ خفا ہو گئیں۔۔۔۔۔؟"

عورت کے دونوں ہاتھ سینے پر جا لگے۔ تعجب کے مارے اس کا منہ تھوڑا سا کھل گیا اور اس کے سپید دانت ہونٹوں میں سے اپنی جھلک دکھانے لگے۔

"سرلا دیوی! میں نے بہت دنوں تک یہ آگ اپنے سینے میں دبائے رکھی۔ میں آپ کو یقین دلاتا ہوں کہ میں اپنے آپ کو آپ کی محبت کے قابل نہیں سمجھتا اور اب جب کہ آپ شادی شدہ عورت ہیں۔ میرا یہ کہنا بالکل زیب نہیں دیتا۔ کبھی یہ الفاظ اپنے منہ سے نہ نکالتا۔ لیکن آج جب کہ میری زندگی کا آخری دن بھی ختم ہو چکا ہے۔ میں صرف اتنی سی بات کا اعتراف کرنے کے لیے آپ کی خدمت میں حاضر ہوا ہوں۔۔۔۔۔۔ اور فرمائیے میں ناچار تھا۔۔۔۔۔۔ آپ سے میں نے جان بوجھ کر محبت نہیں کی۔۔۔۔۔۔ میری داستان صرف اتنی ہی ہے کہ آپ نے جب پہلی مرتبہ میری طرف دیکھا تھا۔ میں اپنا دل کھو بیٹھا۔ میں مجبور تھا۔ مجھے اپنی شکست کا اعتراف ہے۔۔۔۔۔۔ میں آپ سے یہ بات کبھی

بھی نہ کہہ سکا۔۔۔۔ میں اس قابل ہی کہاں تھا۔ مجھے یہی احساس تھا کہ میں آپ کے قابل نہیں کس منہ سے آپ کی محبت کا دم بھروں۔۔۔۔ بزدل کہیے۔ مجھے انکار نہیں۔۔۔۔ کمینہ کہیے میں برا نہیں مانوں گا۔۔۔۔ انسان کی فکرخواہ کتنی بھی بلند کیوں نہ ہو جائے۔۔۔۔ اور اس کے کارنامے خواہ کچھ بھی کر دکھائیں حقیقت یہ ہے کہ وہ پھر بھی بعض مقامات پر ہمیشہ کمزور رہے گا۔۔۔۔ بیسیوں لڑکیاں آئیں اور گزر گئیں۔ انھوں نے کبھی میرے دل پر اس قسم کا اثر نہیں ڈالا۔ وہ آپ سے زیادہ خوبصورت بھی تھیں۔ زیادہ چنچل اور شاید زیادہ خوش گفتار بھی۔ لیکن میں نہیں جانتا کہ مجھے آپ کی کون سی ادا بھا گئی۔ میں نہیں جانتا کہ آخر مجھے ہوا کیا۔ مجھے آپ یا کوئی شخص کچھ بھی کہے لیکن میرے لیے آپ ہی سب کچھ تھیں۔ کالج میں آپ کا یہ پرستار خاموشی سے آپ کی پوجا کرتا رہا۔۔۔۔ آپ نے تعلیم کا سلسلہ بند کر دیا۔ میں دور ہی دور سے آپ کی زیارت کرتا رہا۔۔۔۔ آپ کی شادی ہو گئی میں نے اُف نہیں کی۔۔۔۔ آپ خوش ہیں۔ یہی امر میرے لیے باعثِ تسکین تھا۔۔۔۔ مجھ میں اتنی جرأت نہیں تھی کہ میں اپنا سینہ کھول کر آپ کے سامنے رکھ دوں۔۔۔۔ آپ مجھے خواہ کچھ بھی کہیے بس اتنی سی بات سمجھ لیجیے کہ میں آپ کا بندہ تھا۔ آپ کا زرخرید غلام تھا۔ میں آپ کا اپنا ہی تھا۔۔۔۔ سالہا سال سے یہ روگ میری جان کو گھن کی طرح کھائے جا رہا تھا۔۔۔۔ آج کے روز میں اس بات کا اعتراف کیے بغیر نہیں رہ سکتا۔۔۔۔ آپ نے انجانے طور پر ابرو کے ایک اشارے سے مجھے کہیں کا نہ رکھا۔۔۔۔ شاید جان بوجھ کر آپ ایک حقیر چیونٹی کو نہ مارکیں۔۔۔۔ لیکن ایک آتما اتنے دنوں تک آپ ہی کی خاطر اس قدر دکھی رہی۔۔۔۔ کیا آپ کا حساس دل اسے پورے طور پر محسوس کیے بغیر رہ سکتا ہے۔ کیا مجھ مجبور کے دل کی جلن کا اندازہ لگا سکتی ہیں۔۔۔۔ کیا آپ اس سالہا سال کے کرب اور بے چینی کا تصور کرسکتی ہیں۔۔۔۔ آپ برا نہ مانیے گا۔۔۔۔ میں جذبات کی رو میں نہ معلوم کیا کیا بک گیا۔۔۔۔ "

اچانک یہ معلوم اور محسوس کر کے کہ کسی شخص کی اس کی محبت میں کیا سے کیا حالت ہوئی عورت کے

چہرے پر ایک عجیب کیفیت پیدا ہو گئی وہ بت کی طرح خاموش اور جامد بیٹھی تھی۔ وہ نہیں جانتی تھی کہ وہ کیا کہے۔ مرد کی آواز شدتِ جذبات سے تھرتھرائی ہوئی تھی اور اس کے الفاظ میں کوہِ آتش فشاں کے دہانے سے نکلتی ہوئی آگ کے شعلوں کی سی گرمی اور تندی تھی۔۔۔۔۔۔ عورت کی آنکھیں جھک گئی تھیں۔ وہ ایک لفظ تک نہ کہہ سکی۔ وہ اس سے نظر تک نہ ملا سکی۔۔۔۔۔۔ کچھ دیر سکوت طاری رہا۔۔۔۔۔۔ پھر عورت نے چھپی نظروں سے اس مرد کی طرف دیکھا جس نے اس سے اس قدر شدت سے اور اتنی خاموش محبت کی تھی۔۔۔۔۔۔ مرد کا سر جھکا ہوا تھا۔ وہ بھی زمین کی طرف دیکھ رہا تھا۔ اس عورت کے روبرو کسی مرد نے آج تک اس طرح محبت کا اظہار نہ کیا تھا اور یہ سب کچھ آنکھ جھپکتے میں ہو گیا۔ وہ سنبھل ہی نہ پائی آخر اب وہ کیا کرے۔۔۔۔۔۔؟

مرد نے تنکا توڑتے ہوئے کہا ''سرلا دیوی! اپنے اس پگلے کو معاف کر دیجیے۔ چند گھنٹوں کی بات اور ہے۔ مرنے والے کی باتوں کا غصہ نہ کیجیے گا۔ میں جانتا تھا مجھے یہ سب کچھ ہرگز نہ کہنا چاہیے تھا۔۔۔۔۔۔ لیکن سرلا دیوی! چند گھنٹے پہلے جب شیو شنکر نے مجھ سے کہا دوست! جاؤ چند گھنٹے دنیا کی سیر کر آؤ۔ مجھے تم پر اعتماد ہے۔۔۔۔۔۔ مجھے یقین ہے کہ تم ہماری دوستی کی پاکیزگی کی توہین نہیں ہونے دو گے۔۔۔۔۔۔ میں چند گھنٹوں کے لیے تمہاری غیر حاضری کا راز پوشیدہ رکھ سکتا ہوں۔۔۔۔۔۔ میں جب باہر آیا تو وسیع دنیا میرے سامنے تھی۔ ایک بہن تھی یہاں سے بہت دور میں وہاں تک پہنچ نہ سکتا تھا۔ باقی اس دنیا میں میرا کون تھا۔ میں نے سوچا بہت سوچا۔۔۔۔۔۔ اور پھر سرلا دیوی مجھے آپ کا خیال آیا۔ یہ درست ہے کہ آپ نے آج تک کبھی میری بابت سوچا تک نہ ہو گا۔ لیکن میری زندگی کا ہر لمحہ آپ کی یاد میں گزرا تھا۔ آپ کے لیے میں بیگانہ تھا۔ لیکن میرے لیے آپ بیگانہ نہیں تھیں۔ میں نے آپ کی تصویر کو ہمیشہ اپنے دل کے اس قدر قریب رکھا تھا کہ مجھے یوں محسوس ہوا جیسے آپ میری ہی ہیں۔ جس کی یاد میں میں نے زندگی کی ایک ایک گھڑی گزار دی۔ کیا اس پر میرا اتنا بھی حق نہ تھا۔۔۔۔۔۔ شاید زندگی میں دوسرے مرد اس طرح محبت نہ کرتے ہوں۔ وہ میرا مذاق اڑائیں۔ لیکن

سرلا دیوی! میں تو آپ کا بندہ ہوں۔ اب خواہ اپنے اس غلام کو سزا دیجیے یا اس کی جان بخشی کر دیجیے۔ میری گستاخی معاف فرمائیے۔۔۔۔۔ شاید آپ دریافت فرمائیں کہ آخر اب اس محبت کو جتانے کا مقصد کیا تھا؟ سو جواب میں عرض ہے کہ کچھ مقصد نہیں، کوئی غرض نہیں۔ یوں ہی دل نے چاہا کے مرنے سے پہلے محبوبہ کے کانوں تک اپنی محبت کا پیغام پہنچا دے۔ موت کے اس قدر قریب پہنچ کر میں ضبط نہ کر سکا۔ میں محض اعتراف کرنے کے لیے چلا آیا۔ بس۔۔۔۔۔۔ اب میں ادب کے ساتھ آپ سے درخواست کروں گا کہ اگر میرے الفاظ سے آپ کے دل کو صدمہ پہنچا ہو تو باور فرمائیے اس کے لیے تہِ دل سے شرمسار ہوں بلکہ مجھے خود اس امر کا دکھ ہے ۔۔۔۔۔۔ "

عورت بے خیالی میں گھاس پر ہاتھ پھیرتی رہی۔ اس کی نظریں جھکی ہوئی تھیں۔ اس کا سینہ سانس کے اتار چڑھاؤ کے ساتھ نیچے اوپر ہو رہا تھا۔۔۔۔۔ مرد بھی خاموشی سے دوسری جانب تکتا رہا۔ وہ خود عورت سے نظریں ملانے سے کتراتا تھا۔

خاموش لمحے گزرتے گئے۔۔۔۔۔ بالآخر مرد نے کہا آئیے اب واپس چلیں۔ عورت چپ چاپ اٹھ کھڑی ہوئی۔

بچہ گاڑی کے پہیوں میں سے چوں چوں کی آواز سنائی دے رہی تھی۔ بچہ سو گیا تھا۔ اس ویرانے کی ہر شے پر غنودگی سی طاری ہو رہی تھی۔

وہ چلتے چلتے چائے کی دکان تک پہنچے۔ وہاں مرد سگریٹ لینے کے لیے گیا۔ عورت اسے پیچھے سے دیکھتی رہی۔ جب وہ واپس آیا تو وہ سر جھکائے اس کے ساتھ ہو لی۔ نہر کی پٹری سے اتر کر تھوڑی دور پہنچے تو مرد رک گیا۔ اس نے سگریٹ کا گل جھاڑتے ہوئے کہا۔ "اچھا سرلا دیوی! اب مجھے اجازت دیجیے۔ نہ معلوم آپ دل میں میری بابت کیا خیال کرتی ہوں گی۔۔۔۔۔ کم از کم مجھے اتنا تو بتا دیجیے کہ آپ مجھ سے خفا تو نہیں ہیں؟

عورت نے پاؤں سے زمین کریدنے کی کوشش کرتے ہوئے آہستہ سے کہا۔۔۔۔۔ "جی

نہیں۔۔۔۔۔ ''

''بہتر۔۔۔۔۔'' مرد نے ہاتھ جوڑتے ہوئے کہا۔ ''نمستے،،

عورت نے کچھ جواب نہ دیا۔ اس نے رخ پھیر لیا اور پھر آہستہ آہستہ جلدی۔۔۔۔۔ مرد قدرے سکوت کے بعد کھیتوں کی طرف نکل کھڑا ہوا۔۔۔۔۔ کچھ دور جاکر اس نے مڑ کر دیکھا کہ عورت چپ چاپ کھڑی اس کی طرف دیکھ رہی ہے۔ وہ بھی رک گیا اسے ایسے معلوم ہوا جیسے وہ بلا رہی ہو۔۔۔۔۔ وہ کچھ دیر رُکا رہا کہ شاید وہ چل دے۔ لیکن وہ اپنی جگہ سے نہیں ہلی۔ وہ پھر واپس اس کے پاس پہنچا۔ ''آپ۔۔۔۔۔ گھر جائیے نا؟ رات ہو گئی ہے۔۔۔۔۔ ''

وہ چپ رہی۔

''آپ جاتی کیوں نہیں؟''

عورت نے دھیمی آواز میں پوچھا۔ ''آپ کو واپس کس وقت پہنچنا ہے؟''

''صبح چار بجے سے پہلے پہلے،،

عورت نے اُچٹتی ہوئی نظروں سے اس کی طرف دیکھا۔۔۔۔۔ ''آپ آج ہمارے ہاں آ جائیے نا۔۔۔۔۔ سب لوگ سو جائیں تو۔۔۔۔۔ ہم باتیں کریں گے،، یہ کہتے کہتے اُس کے رخسار سرخ ہو گئے۔

۔۔۔۔۔ وہ چل دی۔

مرد کچھ دیر تک اسے دیکھتا رہا۔ جب وہ کافی دور نکل گئی تو اس نے ایک نیا سگریٹ منہ میں دبا لیا۔ اس کے لبوں پر ایک شریر مسکراہٹ پیدا ہوئی۔۔۔۔۔ اور اس کی بھوری آنکھیں شرارت سے چمک اٹھیں۔

عورت بڑی کھڑی کے قریب بیٹھی دھڑکتے ہوئے دل کے ساتھ اپنے عاشق کا انتظار کرتی رہی۔ دور سے ہر پرچھائیں پر اُسے اس کا شبہ ہوتا تھا۔۔۔۔۔ لیکن وہ نہ آیا اور نہ پھر کبھی اس کی صورت

ہی دکھائی دی۔

اجنبی

برآمدے کے جس حصے میں وہ بیٹھا تھا وہ حصہ اس کے بنگلے کے بالکل ایک کنارے پر تھا۔

رات کا وقت تھا، بارش ہو جانے کی وجہ سے آسمان دھل دھلا کر صاف ہو گیا تھا اور ستارے چھوٹے بڑے بتاشوں کی طرح بکھرے ہوئے تھے۔ درختوں کی ٹہنیاں اور پتیاں بوجھل ہو کر جھکی ہوئی اس طرح دکھائی دیتی تھیں جیسے وہ کچھ سوچ رہی ہوں۔ بارش ہو جانے کے بعد اگر چہ سردی پہلے سے بھی زیادہ ہو گئی تھی۔ لیکن اس کے باوجود موسم بہت خوش گوار تھا۔ ایسے اچھے موسم میں چاہیے تو یہ تھا کہ ہر شے مارے مسرت کے رقص کرتی ہوئی دکھائی دیتی۔ لیکن اس کے برعکس ہر چیز چپ چاپ تھی۔۔۔۔۔۔ یہ خاموشی اداسی کی خاموشی نہیں تھی بلکہ یوں معلوم ہوتا تھا جیسے ہر چیز مسرت و شادمانی کی منزلوں سے لرز کر مکمل اطمینان اور آسودگی میں ڈوبی ہوئی تھی۔ جیسے ہر پیڑ، ہر پودے، ہر مکان، ہر اینٹ، ہر پتھر، گھاس کی ہر پتی غرض ہر شے پر غنودگی سی طاری ہے۔ جیسے وہ سب ہلکے نشے میں مبتلا ہوں۔ یا جیسے ابھی ہر چیز جاگ اٹھے گی اور ایک ہی تال پر وہ سب مل جل کر کوئی اچھوتا گیت اور کوئی نیا رقص شروع کر دیں گے۔

بیرونی دنیا پر اگر اس قدر سکون طاری تھا تو اس کے دماغ میں نیا طوفان اٹھ رہا تھا۔

اس وقت اس کی عمر ساٹھ برس کے قریب تھی۔ اگر چہ وہ اپنی عمر کے لحاظ سے صحت ور تھا۔ لیکن بڑھاپا پھر بڑھاپا ہے۔ وہ پہلے کی سی امنگ اور ترنگ اب کہاں۔ اس وقت وہ ایک آرام کرسی پر بیٹھا خلا میں گھور رہا تھا۔

یہ بنگلہ اسی کا بنوایا ہوا تھا۔ وہ سالہا سال سے اپنے مخصوص کمرے کے سامنے اسی برآمدے میں اسی طرح بیٹھے رہنے کا عادی تھا۔ سامنے دھند لکے میں ٹینس کورٹ پر کھینچی ہوئی چونے کی پھیکی، ٹوٹی پھوٹی اور ادھوری لکیریں نظر آ رہی تھیں۔ ٹینس کورٹ کے اس طرف لوہے کی ایک بنچ پڑی تھی۔ جب اس نے یہ بنگلہ بنوایا تھا اسی وقت یہ بنچ پڑی رہی لیکن اس کا کچھ نہ بگڑا تھا۔ کس قدر مضبوط تھا یہ لوہا۔۔۔۔۔ بیٹھے بیٹھے وہ فلسفیوں کی طرح اس بنچ پر غور کرنے لگا۔ ایک بڑی سی پھیلی ہوئی گود کی طرح یہ بنچ بالکل کوئی جان دار معلوم ہوتی تھی۔

زندگی میں کتنی مرتبہ وہ اس بنچ پر بیٹھا تھا، لیٹا تھا، اس کا سہارا لے کر کھڑا ہوا تھا۔ اس کی بیوی اور اس کے بچے بھی اس پر بیٹھے رہے تھے۔ وہ بچے جو کبھی بڑی مشکل سے اس پر چڑھ پاتے تھے۔ اب کھڑے کھڑے اسے پھلانگ سکتے تھے۔ ہر شے بدل گئی۔ اس کے بچے جوان ہو گئے وہ جوان سے بوڑھا ہو گیا لیکن اس بنچ کا کچھ نہ بگڑا تھا۔ وہ کھلائی بھی جو گھر میں بچوں کے لیے مقرر کی گئی تھی اب بوڑھی ہو چکی تھی۔ حالانکہ جب وہ آئی تھی تو نہ صرف اس کی صورت اچھی خاصی تھی بلکہ جوان بھی تھی۔ ان دنوں اس کی پہلی بچی پیدا ہوئی تھی۔ وہ بھی جوان تھا اس کی بیوی بھی جوان تھی۔ اس لیے اس کی بیوی اس عورت کو گھر میں ملازم رکھنے سے کچھ ہچکچائی بھی تھی۔ اسے یہ بات اچھی طرح یاد تھی کہ اپنی بیوی کو چڑانے کے لیے وہ یوں ہی نئی ملازمہ کی تعریف کر دیا کرتا تھا۔ یا کوئی بھی مشکوک حرکت کر دیا کرتا تو اس کی بیوی دل ہی دل میں جلا کرتی تھی۔ اب وہ کھلائی بھی بوڑھی ہو گئی تھی۔ بلکہ اب تو خیر سے وہ چشمہ بھی لگاتی تھی جس کے دونوں سروں پر دو موٹے موٹے سیاہ رنگ کے تاگے بندھے ہوئے تھے۔ اب اس کی بیوی کو کوئی فکر نہ تھی۔۔۔۔۔ ادھر یہ بنچ اسی طرح کھڑی تھی۔ اسے بھی وہ کسی خدمت کے لیے خرید کر لایا تھا۔ اس نے خدمت گزاری بھی کی اور پھر ویسی کی ویسی ہی تھی۔

بعض اوقات اگر انسان ان باتوں پر غور کرے تو ایسی بے جان چیزیں جو بدستور اپنی اصلی حالت پر قائم رہتی ہیں انسان کے لیے بہت ہی افیت دہ ثابت ہوتی ہیں۔ عمارتیں، سڑکیں، پہاڑ، دریا وغیرہ

ایک انسان کی زندگی کے دوران میں عموماً روزِ اول ہی کی طرح قائم اور سلامت رہتے ہیں۔ انسان بدلتا رہتا ہے لیکن اس ارد گرد کی چیزوں میں کوئی فرق پیدا نہیں ہوتا۔ یہ بات اس طرح بڑی اذیت رساں محسوس ہونے لگتی ہے کہ پہلے جس پہاڑ پر انسان ہنستا کھیلتا، چٹکیاں بجاتا چڑھ جاتا تھا۔ اب اس سے کسی صورت میں بھی اس پر نہیں چڑھا جاتا۔ اس طرح کچھ اس قسم کا احساس ہونے لگتا ہے جیسے اسے بھری محفل سے بے آبرو کر کے دھکے دے دے کر نکالا جا رہا ہو۔

وہ دریا جو پہلے آغوش پھیلائے ہنس ہنس کر اس پار تک تیرنے کی دعوت دیتا تھا۔ اب اس کے سامنے علانیہ حقارت سے ہنس کر آگے بڑھ جاتا ہے اور بوڑھا انسان چپ چاپ کھڑا رہ جاتا ہے۔

وہ بڑے سے بڑا درخت جس پر وہ اُچک کر بندر کی طرح چڑھ جاتا اور چشمِ زدن میں اس کی بلند ترین ٹہنیوں پر پہنچ جاتا تھا۔ اب اُس بوڑھے کھوسٹ کو بڑی رعونت سے دیکھتا ہے اور ایسی بے رخی سے پیش آتا ہے جیسے کبھی اسے دیکھا ہی نہ ہو۔

وہ بھرپور چھاتیوں والی عورتیں جن کی طرف دیکھ کر جب وہ آنکھ مار دیا کرتا تھا اور وہ جواب میں دل فریب مسکراہٹ کے ساتھ نظریں جھکا لیتی تھیں۔ اب "ہٹ رے بابا! رستہ چھوڑ"، کہہ کر ایک زناٹے کے ساتھ قریب سے گزر جاتی ہیں اور انسان کا دل کٹ کر رہ جاتا ہے۔ لیکن اس پر کسی کا کیا زور تھا۔ ایک نامعلوم بہاؤ تھا کہ انسان اس میں بہتا چلا جا رہا تھا۔ یہاں ڈوبتے کو روایتی تنکے کا سہارا نہ ملتا تھا۔ بڑھاپا بجائے خود ایک مرض تو خیر ہے ہی۔ لیکن اگر اس کے ساتھ ہر جان دار اور بے جان چیز کی بے رخی بھی شامل ہو جائے تو زندگی کس قدر تلخ ہو جاتی ہے۔ اس عمر میں ہر شے یہی کہتی دکھائی دیتی ہے: "ہٹ رے بابا! رستہ چھوڑ" ہر چہار طرف سے اسی قسم کی آوازیں آنے لگتی ہیں اور ہمارا نحیف و نزار بوڑھا لڑکھڑاتا ہوا حیرانی سے ان لوگوں کی طرف دیکھتا ہے جو بڑے جوش و خروش کے ساتھ بڑھے جاتے ہیں۔ انہیں اس قدر جلدی کس بات کی ہوتی ہے۔ وہ کہاں پہنچ جانا چاہتے ہیں۔۔۔۔۔ آخر میں تو یہی ہو گا کہ ان کا وہ دن بھی آپہنچے گا جب کہ دنیا کی کوئی شے ان کی رفاقت کا دم نہ بھرے

گی۔ انہیں بھی سب رستہ چھوڑنے کے لیے کہیں گے۔

تو کیا خود اس نے ان باتوں پر پہلے بھی کبھی غور کیا تھا؟

اس کے کانوں کو سردی محسوس ہونے لگی اس نے مفلر کانوں پر لپیٹ لیا اور برآمدے میں لٹکے ہوئے لوہے کے تاروں کے گملوں کی طرف دیکھنے لگا۔ جن میں بیلیں نکل کر نیچے کی طرف بڑھ آئی تھیں اور ہلکے رنگوں کے پھول بالکل ساکن دکھائی دیتے تھے جیسے رقص کرتے کرتے ایک دم رک گئے ہوں۔ گملوں میں سے اب بھی پانی رس رس کر بوند بوند کر کے نیچے گر رہا تھا۔

معاً ہنسی اور شور و غل کی آوازیں سن کر وہ چونک اٹھا۔ اس کی خاموش اور سنجیدہ دنیا سے یہ دنیا کس قدر علیحدہ تھی۔ یہ اسی کے بچے تھے دو لڑکے اور تین لڑکیاں۔ سب سے بڑے لڑکے کی عمر اٹھائیس برس کے قریب تھی اس کی شادی ہو چکی تھی۔ اس سے چھوٹی لڑکی تھی۔ چوبیس برس کے قریب اس کی بھی شادی ہو چکی تھی۔ اس سے چھوٹی لڑکی کی عمر انیس برس کی تھی۔ اس سے چھوٹا چودہ سالہ لڑکا اور سب سے چھوٹی بارہ برس کی لڑکی۔ ان میں اس کے لڑکے کی نوجوان بیوی اور اس کا چھوٹا سا پوتا بھی شامل تھا۔ وہ سب لوگ ہنس کھیل رہے تھے اور وہ خود تنہائی میں بیٹھا تھا۔ عرصہ دراز سے یہی سب کچھ ہو رہا تھا۔ لیکن اسے کبھی ان باتوں کا احساس ہی نہیں ہوا تھا۔ پہلے اس کی زندگی بھر پور تھی۔ وہ کماتا رہا اور اپنے مشاغل میں محو رہا۔ اس کے دوست تھے جن کے ساتھ یکجا کھانا اور پھر پینا بھی ہوتا تھا۔ ان کی صحبت میں چنگ و رباب کی محفلیں بھی گرم ہوتی تھیں۔ سیر و شکار کی مہموں پر بھی جاتے تھے۔ گھر والوں سے اس کا کچھ زیادہ تعلق نہ تھا۔ اس کا ایک علیحدہ کمرہ تھا۔ وہ اپنے وقت کا زیادہ حصہ اسی کمرے میں صرف کرتا تھا۔ یہیں اس کے دوست بھی آ پہنچتے تھے۔ یہیں برج بھی کھیلی جاتی تھی۔

دوستوں نے فرصت پاتا تو پھر دفتر کا کام بھی تھا اور کئی مسائل تھے جن پر سوچنا پڑتا تھا۔ وہ گھر میں سخت قسم کا ڈسپلن پسند کرتا تھا۔ بچے اس کے پاس کم آتے تھے۔ وہ سخت طبیعت کا شخص تھا۔ اس میں بھی شبہ نہیں کہ اسے باپ ہونے کا غیر معمولی احساس تھا۔ وہ بلاضرورت شاذ و نادر ہی بچوں

سے بات چیت کرتا تھا۔ وہ گھر کے اندر بھی کم و بیش ہی داخل ہوتا تھا۔ اگر اس کے بچوں میں سے کسی کو کسی شے کی ضرورت ہوتی تو وہ موقع پا کر اس کے پاس آتا، مدعا بیان کرتا۔۔۔۔۔ وہ بچوں کا رونا دھونا، ان کی ضد اور شور و غل برداشت نہیں کر سکتا تھا۔ اسی لیے اس نے اپنا کمرہ بالکل علیحدہ کر رکھا تھا۔ بچوں کے لیے وہ ایک بلند مرتبہ افضل ہستی تھا جو کسی اونچے سنگھاسن پر متمکن تھا۔ اس کے نزدیک جانا یا بلا وجہ اس کے سامنے ہنسنا اور باتیں کرنا وہ مناسب نہیں سمجھتے تھے۔ وہ اپنے باپ کی عزت کرتے تھے۔

وہ اپنے بچوں کے اس رویہ سے بالکل مطمئن تھا۔ اس نے بچوں کو بہت اچھی طرح سے پالا پوسا۔ ان کی ضروریات کا خیال رکھا۔ اس طرح وہ ہمیشہ ان کے لیے ایک بہت ہی بلند ہستی بنا رہا۔ اسے خواب میں بھی خیال نہیں آیا کہ اس سے بڑھ کر کسی شے کی ضرورت ہو سکتی ہے۔ والدین اور اولاد کے مابین اس سے بھی قریبی تعلقات لازمی ہیں۔ اس کی اولاد نیک تھی۔ وہ سب بااخلاق، تعلیم یافتہ اور باادب بچے تھے۔ وہ نہیں جانتا تھا کہ ان کے تعلقات میں کسی قسم کی کوئی کمی رہ گئی تھی۔

کچھ نئے قسم کے خیالات تھوڑے ہی عرصہ میں اس کے دماغ میں کروٹیں لینے لگے تھے۔ اس کا جسم اب کمزور ہو چکا تھا۔ اب وہ پہلے کے مشاغل ترک کر چکا تھا۔ اتنی سکت ہی نہ تھی کہ وہ اِدھر اُدھر بھاگتا پھرے۔ اب اس کے دوستوں میں بھی بوڑھے لوگ شامل تھے وہ لاٹھیاں ٹیکے ہوئے آتے اور پھر ان میں سے کسی کے ساتھ چہل قدمی کرتا ہوا شہر سے دور چلا جاتا۔ ان بڈھوں میں سے بیشتر کو جوانوں سے کوئی نہ کوئی شکایت ضرور ہوتی تھی۔ وہ اپنا وقت زیادہ تر انہیں باتوں میں صرف کرتے تھے۔ یا پھر مختلف رشتہ داروں کی باتیں۔ گزشتہ زمانے کے قصے یا وہی مادہ پرستوں کی بے کار روحانیت، پرما آتما اور آتما کا فرق تصوف اور ویدانت کا تعلق۔ اس طرح وہ اپنی علیحدہ دنیا میں پوپلے منہ ہلا ہلا کر باتیں کیا کرتے تھے اور ان باتوں کا نتیجہ کچھ بھی نہیں نکلتا تھا۔ بس یوں ہی دل کو ڈھارس دینے کے طریقے تھے۔ اس کی طرح سب کو یہی احساس تھا کہ اب ان کا کام ختم ہو چکا۔ اب انہیں آج کل میں بوریا بستر لپیٹ کر چل دینا ہے۔

لیکن دنیا کی محفل اب بھی گرم تھی۔ شمعیں اب بھی جلتی تھیں۔ پروانے اب بھی قربان ہوتے تھے۔ اس زندگی کے ہنگاموں میں ذرہ برابر بھی فرق نہ آیا تھا۔۔۔۔۔۔۔ تو بس یہی تھی زندگی؟ اسی کے لیے اس قدر شور و غل مچا ہوا تھا؟

اس محفل سے طرح بے آبرو ہو کر نکلنا کس قدر اذیت دہ تھا۔ بھری محفل سے خارج کر دیئے جانے والا بھی کس قدر دبے پاؤں آگے بڑھتا تھا۔ کانوں کان خبر نہ ہوتی تھی۔ انسان کو ایک دم کھڑکی سے باہر نکال کر پھینک دیا جائے تو وہ ایک علیحدہ بات ہے۔ لیکن اس کے برعکس یہ عمل اس قدر آہستہ آہستہ ہوتا تھا اور یہ سارا قضیہ اس قدر طویل ہوتا تھا کہ انسان مارے اذیت کے چیخ اٹھتا تھا۔ پاگل ہو جاتا تھا۔۔۔۔۔۔ انسان کو اس بات کا احساس دلایا جاتا تھا کہ اب وہ اس محفل کے قابل نہیں رہا۔ محفل اسی طرح گرم رہتی ہے۔ وہی ساقی، وہی جام، وہی چنگ و رباب کی اڑتی ہوئی تانیں۔۔۔۔۔۔ لیکن انسان بدل جاتا ہے۔ اسے اوروں کے لیے جگہ خالی کرنی پڑتی ہے اور اگر وہ یہ نہ کرے تو پھر نوارد اس کی چھاتی پر بیٹھ کر اپنا پروگرام جاری رکھتے ہیں۔ وہی شخص جو پہلے جانِ محفل تھا اب اس کا وجود محفل کے لیے باعثِ شرم ہو جاتا ہے۔ اسی لیے بیشتر بوڑھے پگڑیاں سنبھالتے ہوئے منہ ہی منہ میں بڑبڑاتے ہوئے وہاں سے بھاگ نکلتے ہیں اور جو ضدی بچوں کی طرح وہاں اڑے رہتے ہیں ان کی مٹی پلید ہوتی ہے۔

لیکن اس ساری رنگین محفل کی رنگ ریلیوں کی تہ میں کس قدر کمینگی اور درندگی کام کرتی ہے۔ رنگین پردوں کے پیچھے خوف ناک درندے چھپے رہتے ہیں۔ مرصع کرسیوں کے نیچے سانپ پھن پھیلائے جھوما کرتے ہیں۔ وہ سب سازش کے مطابق ایک ہی وقت شکار پر جھپٹتے ہیں۔

اس نے ٹٹول کر قریب پڑی ہوئی تپائی سے سگریٹ کی ڈبیا اٹھائی۔ سگریٹ ہونٹوں میں دبا کر اسے سلگایا اور اس کے اڑتے ہوئے دھوئیں کی باریک چادر میں سے وہ مٹر کی بیلوں کی طرف دیکھنے لگا جو مٹی کی تری کیاریوں میں گڑی ہوئی چھڑیوں کے سہارے کھڑی تھی۔

وہ ایک بے بس ٹوٹی ہوئی کشتی کی طرح کنارے پر ہچکولے کھا رہا تھا۔۔۔۔۔۔۔ اس قسم کی باتیں سوچ سوچ کر وہ پاگل ہوا جاتا تھا۔

پھر اُس کے خیالات اپنی بیوی کی طرف منتقل ہو گئے۔ اس کی بابت بھی اس نے کبھی بہت زیادہ غور نہیں کیا تھا۔ وہ بھی ایک زمانے میں اسی کی طرح جوان تھی ۔۔۔۔۔۔ جوبن کی متوالی اٹھکھیلیاں کرتی پھرتی تھی۔ اکیلی بیٹھی ہوئی گیت گنگنایا کرتی تھی۔ اب وہ بھی بوڑھی تھی لیکن اس کی صورت مضحل نظر نہ آتی تھی۔ اس پر کسی قسم کا شدید ردِ عمل نہ ہوا تھا۔ نہ اس کا مزاج چڑچڑا تھا نہ وہ کبھی بڑبڑاتی تھی۔ وہ اپنے بچوں کے ساتھ خوش خوش رہتی تھی۔

وہ عورت کو کم عقل سمجھتا تھا۔ لیکن وہ سوچنے لگا کہ اگر اس کی کم عقلی ہی اس کی دلی راحت کا موجب ہو رہی ہے تو پھر یہ حماقت ہی اچھی۔ ایک روز اس نے دیکھا کہ اس کا سب سے بڑا لڑکا ماں کی گود میں سر رکھے پلنگ پر لیٹا ہے۔ یہ ایک عجیب بات تھی۔ اس کے سامنے اس کا لڑکا بھیگی بلی بنا رہتا تھا۔ اب جب کہ وہ ایک بچے کا باپ بھی بن چکا تھا وہ کبھی اس کے سامنے آنکھ اٹھا کر دیکھنے کی جرأت بھی نہ کر سکتا تھا۔ لیکن اپنی ماں کے ساتھ وہ اس قدر بے تکلف تھا۔۔۔۔۔۔ یہ منظر دیکھ کر اسے حیرت بھی ہوئی اور خوشی بھی۔ یہ عجیب قسم کی خوشی تھی۔ اتنا بڑا بال بچے دار لڑکا اپنی ماں کی گود میں چار سالہ بچے کی طرح سر رکھے لیٹا تھا۔

باہر کی محفلوں کی بابت تو کچھ کہنے کی ضرورت ہی نہیں تھی خود اس کے گھر کی محفل ابھی تک اسی طرح گرم تھی۔ بلکہ پہلے کم تھی اور اب اس کی رونق پہلے سے کہیں زیادہ ہو گئی تھی۔ بھائی بہنوں کے ہاتھ میں ہاتھ دیئے ناچا کرتے تھے۔ وہ ابھی تک ایک دوسرے سے لڑتے جھگڑتے اور شور مچاتے تھے۔ کبھی کبھی جب اسے بڑے زور زور سے پاؤں کی چاپ سنائی دیتی تو وہ چپکے سے گھر کے اندر چلا جاتا۔ دور ہی سے کسی پوشیدہ مقام سے دیکھتا کہ وہ ایک دوسرے کے پیچھے بھاگ بھاگ کر ایک دوسرے کو پکڑنے کی کوشش کرتے ہیں۔ ان کی بانچھیں کھلیں جاتی ہیں۔ چیخیں نکلی پڑتی ہیں۔ اسی طرح بھاگم بھاگ

کے بعد وہ تھک جاتے ہیں تو کوئی نیا کھیل کھیلنے کی تجویزیں سوچنے لگتے ہیں۔ ان کی ماں بھی ان کے کھیلوں میں شامل ہو جاتی ہے۔ وہ ان میں کھیلتی بھدی ہرگز نہیں دکھائی دیتی۔

جب وہ آنکھ مچولی کھیلنے لگتے تو کہتے ’’ آؤ ماں ، آنکھ مچولی کھیلیں۔۔۔۔۔۔ ‘‘

’’ بھئی مجھ سے نا کھیلی جائے آنکھ مچولی۔ اب میں بوڑھی ہو گئی ہوں۔ بس تم ہی کھیلو آپس میں۔۔۔۔۔۔ ‘‘

لیکن اس کی بیٹیاں اور بیٹے کب چھوڑتے تھے اُسے۔ نتیجہ یہ کہ ماں کو بھی گنادوڑنا پڑتا۔ اُسے بھی چور بن کر دائی کے قریب آنکھیں بند کر کے کھڑے ہونا پڑتا تھا۔ اس کے چھوٹے بچوں سے لے کر بڑوں تک کسی کو یہ احساس نہ تھا کہ اب اس قسم کے کھیل کھیلنے کی ان کی عمر نہیں رہی۔ نہ انہیں خود اس بات کا احساس تھا اور نہ وہ اپنی ادھیڑ عمر کی ماں ہی کو اس قسم کا احساس ہونے دیتے تھے۔

پہلے تو نہ کبھی اُسے تنہائی کا احساس ہوا نہ اس نے کبھی ان باتوں پر غور ہی کیا۔ لیکن جب باہر کی دنیا کے دروازے اس کے لیے بند ہو گئے تو اس نے اپنے اندر جھانکنا شروع کیا۔ کیا یہ ممکن نہیں تھا کہ وہ بھی اپنے بچوں کے کھیلوں میں شامل ہو جائے۔ یقیناً وہ ایسا کمزور تو نہیں تھا کہ تھوڑی دور بھاگ بھی نہ سکے۔ وہ چلا سکتا تھا، گا سکتا تھا، ناچ سکتا تھا۔۔۔۔۔۔ ‘‘

وہ سوچنے لگا کہ شاید ہم بچے پیدا کر کے انہیں بھول جاتے ہیں کہ ان کی رگوں میں بھی تو ہمارا خون رواں ہے۔ ہم ہی نے انہیں جنم دیا ہے۔ شاید ہم کبھی بوڑھے نہیں ہوتے۔ سدا بہار ہی رہتے ہیں۔ ہماری پیدا کردہ ہستیاں ہمیں کبھی بڑھاپے اور زندگی کی ناپائیداری کا احساس نہ ہونے دیں، اگر ہم ان پر یہ بات ظاہر کر دیں کہ صرف ہمارا ہی ان پر حق نہیں ہے ان کے بھی ہم پر حقوق ہیں۔۔۔۔۔ اس طرح یقیناً وہ ہمیں اپنے کھیلوں میں شامل کر لیں گے۔ ہمارے دماغ سے یہ خیال ہی نکال دیں گے کہ ہم کوئی غیر ہیں۔ ہمارا علیحدگی کا احساس ہی مٹ جائے گا۔

وہ اس بات پر جس قدر غور کرتا تھا اسی قدر ایک نئی دنیا اس کے سامنے روشن ہوتی جاتی تھی۔

زندگی کا یہ نیا رخ اسے بہت ہی دل فریب نظر آ رہا تھا۔ یہ کوئی بہت مشکل اور پیچیدہ مسئلہ نہ تھا۔ آخر اُسے اپنی انفرادیت پر اس قدر زیادہ اصرار کیوں تھا۔

رفتہ رفتہ اسے یقین سا پیدا ہونے لگا کہ اس بات کا حل جسے سوچ سوچ کر وہ باولا ہوا جاتا تھا اس قدر مشکل نہیں تھا۔

اتنے دنوں تک وہ گمراہ رہا۔ اب بھی وہ واپس جا سکتا تھا۔ ابھی کچھ بگڑا نہیں تھا۔ لیکن اس کے دل میں کچھ ہچکچاہٹ تھی۔ یہ کس طرح ممکن تھا کہ وہ اپنی لڑکیوں اور لڑکوں کے ساتھ کو دھاند کرنے لگے۔ وہ آج تک ان کے سامنے ضرورت سے زیادہ ہنس کر بولا تک نہ تھا۔ اب یک بیک وہ کیونکر بدل جائے۔ وہ چپ چاپ سگریٹ کا دھواں اڑاتا رہا۔ اس کے دل کا بوجھ ہلکا ہو رہا تھا۔ لیکن اسے جرأت کی ضرورت تھی۔ وہ سر پر ہاتھ پھیر پھیر کر تصور میں اپنا ناچنا کودنا دیکھ رہا تھا۔ اس کے لبوں پر مسکراہٹ کھیلنے لگی کتنی معمولی بات تھی۔ بس وہ لاٹھی ٹیکتا ہوا دفعتاً اپنے گھر والوں کے روبرو پہنچ جائے۔ آخر وہ اسی کے بچے تو تھے۔ وہی ننھے ننھے بچے جو کبھی توتلی زبان میں باتیں کیا کرتے تھے۔ اب بڑے ہو گئے تو کیا ہوا۔ وہ بڑے اپنے لیے ہوں گے اس کے لیے تو وہ وہی کل کے بچے تھے۔

اندر سے زور زور سے باتیں کرنے، گانے اور قہقہوں کی آوازیں آ رہی تھیں۔ کارواں چلا جا رہا تھا۔ وہ خواہ مخواہ بے کار ہو کر اس تاریک کونے میں منہ چھپائے بیٹھا تھا۔ وہ اس کے اپنے جسم کے ٹکڑے تھے وہ جو شاداں و فرحاں گیت گاتے چلے جا رہے تھے۔ آخر وہ اپنے آپ کو اس سے نوچ کر علیحدہ کیوں بیٹھا تھا۔۔۔۔۔؟

اتنے میں اُس کے سب سے بڑے لڑکے کے قہقہے کی آواز بلند ہوئی۔۔۔۔۔

وہ یہ قہقہہ سن کر چونک اٹھا اس کے لڑکے کی آواز پر اس کی اپنی آواز کس قدر زیادہ مشابہ تھی۔ اس کے دوستوں نے خود اس بات کا کئی مرتبہ اعتراف کیا تھا کہ اس کا لڑکا جب ہنستا تھا تو ان کو دھوکا ہو جاتا تھا۔۔۔۔۔ اُس کا بیٹا اس کس بات پر قہقہے لگائے جا رہا تھا۔ اس کی آواز میں کس قدر مسرت اور

اطمینان کا احساس ہوتا تھا۔ کوئی فکر نہیں، فاقہ نہیں، بناوٹ نہیں، ایک الہڑ نوجوان کی بیباک ہنسی ۔۔۔۔۔۔ جیسے خود اس کی روح کسی نئے جسم میں سما گئی ہو ۔۔۔۔۔۔ اسے ایک نئی مسرت کا احساس ہونے لگا۔ یہ بات بھی کس قدر خیال انگیز تھی کہ اس کی روح نئے قالب میں داخل ہو کر بالکل مطمئن اور خوشی تھی ۔۔۔۔۔۔ ایک روز اس کالڑ کا بوڑھا ہو جائے گا ۔۔۔۔۔۔ اس کی روح پھر بھی کسی نئے قالب میں اطمینان اور مسرت کے ساتھ چھپی رہے گی ۔۔۔۔۔۔ اور اس طرح ابد تک ۔۔۔۔۔۔

اس نے خاموش درختوں کی طرف دیکھا جن کی نازک کونپلیں متحرک دکھائی دیتی تھیں۔ گہرے سکون کے بعد زندگی کے آثار دکھائی دینے لگتے تھے۔

سگریٹ کا بچا ہوا چھوٹا سا ٹکڑا اس نے پرے پھینک دیا اور لاٹھی ٹیک کر اُٹھ کھڑا ہوا۔ اس نے جھک کر اپنی ٹانگوں کو ٹٹولا وہ ابھی مضبوط تھیں۔ اس کی قوتِ بینائی خاصی تھی۔ اس کی آواز بھر پور تھی، وہ سب کچھ کر سکتا تھا۔

آہستہ آہستہ لاٹھی ٹیکتا ہوا مکان کے اندر والے کمروں کی طرف بڑھا ۔۔۔۔۔۔ وہ رنگین قہقہے جو دور سے ذرا مدہم سنائی دیتے تھے نزدیک پہنچ کر واضح طور پر سنائی دینے لگے۔ اس کا ذہن ان پرمسرت قہقہوں اور چیخوں میں گھل مل کر مسرور ہو اٹھا۔

وہ تاریکی سے اٹھ کر ادھر آیا تھا۔ جوں جوں آگے بڑھتا گیا روشنی زیادہ ہوتی گئی۔ یہاں تک کہ وہ اس کمرے کے عین قریب پہنچ گیا جہاں وہ سب ہنس کھیل رہے تھے۔ وہ دروازے کے پردے کو اٹھانے ہی لگا تھا کہ ٹھٹک کر رہ گیا۔

سامنے اس کی بیوی گاؤ تکیے سے ٹیک لگائے بڑے پلنگ پر بیٹھی تھی۔ اس کا سب سے بڑا بیٹا ماں کی گود میں سر رکھے ہوئے لیٹا تھا اور اس کے ہاتھوں میں اس کا ننھا سا بچہ تھا۔ وہ اسے دونوں ہاتھوں میں تھامے ہوا میں بلند کیے ہوئے تھے۔ بچہ بہت خوش ہو رہا تھا۔ اس کی ایک لڑکی پلنگ کے پیچھے سے آگے کو جھکی ہوئی اپنی ماں کو اپنی باہوں میں جکڑے ہوئے تھی۔ اس کی بہو پرے کرسی پر بیٹھی سویٹر

بن رہی تھی۔ ایک لڑکی ہاتھ اٹھائے کولھوں کو ہلا رہی تھی اور کہہ رہی تھی ''بھلا سادھنا بوس کیسے ناچتی ہے بتاؤں؟ یہ کہہ کر وہ بڑے بانکپن سے کمر اور بازو ہلانے لگی۔ عین اس کے پیچھے اس کا چھوٹا بھائی کھڑا اس کی چوٹی کپڑے کے بنے ہوئے کتے کی دم کے ساتھ باندھنے کی فکر میں تھا۔ اس کے چہرے سے غضب کی شرارت ٹپک رہی تھی۔ باقی لوگ اس کی اس حرکت کو تاڑ رہے تھے۔ وہ ناچنے والی کا دھیان بٹائے ہوئے تھے۔ تا کہ یہ شرارت کام یاب ہو سکے۔ اس کی سب سے چھوٹی لڑکی دری پر لیٹی ہاتھوں ہی ہاتھوں سے بھائی کو گرہ دینے کے اشارے کر رہی تھی۔ ادھر گرہ بندھ گئی اُدھر ہوا میں اٹھے ہوئے بچے کی رال ٹپک کر اس کے باپ کی ناک پر جا گری۔ ان دونوں پر ایک ساتھ ہی ایسا ہلڑ مچا کہ بس توبہ ہی بھلی۔۔۔۔۔''

وہ باہر کھڑا کھڑا اکل تماشہ دیکھ رہا تھا۔ اس ہلڑ کے درمیان وہ پردہ ہٹا کر کمرے کے اندر چلا گیا۔ ایک لمحہ کے لیے تو اسی طرح شور غوغا مچا رہا۔ لیکن دفعتاً سب ایک دم چپ ہو گئے۔

بڑا بیٹا ماں کی گود سے سر ہٹا کر ایک دم سیدھا کھڑا ہو گیا۔ وہ لڑکی جس کی چوٹی سے کتا بندھا ہوا تھا ایک کونے میں دبک گئی۔ اور وہ لڑکا جس نے کتا باندھا تھا کچھ خوفزدہ سا ہو کر موڈبانہ کھڑا ہو گیا۔ باقی لڑکیاں بھی آنچل سنبھالتی ہوئی ادھر ادھر ہو گئیں۔ اس کی بیوی بھی پلنگ سے نیچے اتر آئی۔

کمرے میں اس قدر مکمل خاموشی طاری ہو گئی کہ اگر فرش پر سوئی بھی گرتی تو اس کی آواز سنائی دیتی۔

وہ پہلے کبھی اس طرح دفعتاً کمرے میں داخل نہ ہوا تھا۔ سب بچے کچھ اس طرح سہمے ہوئے نظر آ رہے تھے جیسے چڑیوں کے گھونسلے میں باز آن گھسے۔۔۔۔۔

اس نے چھپی نظروں سے سب کی طرف دیکھا۔ وہ سب نظریں جھکائے زمین کی طرف دیکھ رہے تھے۔ جیسے ان کے ہاتھوں سے کوئی بڑا بھاری گناہ سرزد ہو گیا۔

جیتے جاگتے انسانوں کے اس کمرے میں یہ قبرستان کی مکمل خاموشی اس کے تنہا گوشے کی خاموشی سے کہیں زیادہ اذیت دہ اور روح فرسا تھی۔

جھر جھری

لالہ رام لبھایا۔۔۔۔۔۔لالہ، ہاں لالہ۔ اب وہ لالہ ہی تھا۔ کبھی لوگ اسے مسٹر رام لبھایا کہہ کر بھی بلایا کرتے تھے۔۔۔۔۔۔لیکن یہ ان دنوں کی بات ہے جب آتش جوان تھا۔۔۔۔۔۔مسٹر سے لالہ وہ خود بخود ہی بن گیا۔ پہلے اس کی صورت ایسی ہی تھی جیسی کسی مسٹر کی ہونی چاہیے۔ لیکن نہ معلوم کیسے لوگوں کو جب اس کی صورت سے لالہ پن کے آثار دکھائی دینے لگے تو انھوں نے لالہ رام لبھایا کہہ کر بلانا شروع کر دیا۔۔۔۔۔۔خیر، تو لالہ رام لبھایا نے جب زندگی شروع کی تو وہ جونئیر کلرک تھا اور اب جب کہ وہ زندگی کے اس پار آن پہنچا تھا وہ ہیڈ کلرک بن چکا تھا۔۔۔۔۔۔اسے اس بات کا علم نہیں تھا کہ اس کے آگے آسمان اور بھی ہیں۔۔۔۔۔۔لیکن اگر اسے اس بات کا علم ہوتا بھی تو وہ ''آسمان'' چونکہ اس کے لیے نہیں تھے اس لیے ظاہر ہے کہ اس پر اس بات کا کچھ اثر نہ پڑتا تھا۔ اس کی ساری عمر سالانہ اضافہ اور ترقی وغیرہ کی بابت سر دھننے میں گزر گئی۔۔۔۔۔۔یہ کل ہی کی بات تو تھی جب وہ جونئیر کلرک مقرر رہوا۔ آج کے چھچھورے نوجوان تو کلرکی کے نام ہی سے بھاگتے ہیں۔ لیکن ان دنوں یہ ایک بڑا رتبہ سمجھا جاتا تھا۔ اس کا باپ فخر سے لوگوں کو بتایا کرتا تھا کہ اس کا بیٹا کلرک ہو گیا ہے اور لطف یہ کہ لوگ یہ سن کر واقعی مرعوب ہو جاتے تھے۔

لیکن ایک روز جب رام لبھایا دفتر سے واپس آ کر اپنے کوارٹر کے چھوٹے سے برآمدے میں سر کنڈوں کی گول سی کرسی پر دونوں ٹانگیں سمیٹے آرام سے بیٹھا تھا۔ حقے کی نے اس کے دانتوں میں دبی ہوئی تھی اس نے بیٹی کو پکارا ''بیٹی! چلم نہیں بھری ابھی تک؟''۔۔۔۔۔۔اس کا نشہ ٹوٹا جا رہا تھا۔ یوں

تو وہ دفتر میں بیڑیاں اور کبھی کبھی سگریٹ بھی پیا کرتا تھا لیکن اس کے دل کو تسکین نہیں ہوتی تھی۔ پہلے زمانے بھی اچھے تھے۔ جب لوگ بغلوں میں حقے دبائے اپنے کاموں پر جایا کرتے تھے۔ چاہے کھیتی باڑی کا کام ہو، مزدوری ہو، اپنی دکان ہو، کچھ بھی ہو حقہ ساتھ ساتھ رہتا تھا۔ لیکن نئی روشنی میں لوگوں کے سب اصول ہی بدل گئے تھے۔ کیا حرج تھا اگر اس کا حقہ اس کی میز کے قریب پڑا رہتا۔ آہا! پھر دفتر بھی سورگ بن جاتا۔ اسی لیے تو اب دفتر میں اس کا جی نہیں لگتا تھا۔ ادھر چھٹی ہوئی اور اُدھر وہ رسی تڑا کر ایسا بھاگا کہ بس گھر ہی پر دم لیا۔ـ.ـ.ـ.ـ.ـ.ـ لیکن یہ چھوکری ـ.ـ.ـ.ـ.ـ.ـ اور وہ پھر آواز دینے ہی کو تھا کہ اس کی لڑکی کے ہاتھ میں چلم اٹھائے برآمدے میں داخل ہوئی۔ اس نے جب اس کی طرف دیکھا تو اس کی آنکھیں جھپک گئیں۔

لڑکی تو چلم رکھ کر چلی گئی۔ لیکن وہ گہرے گہرے کش کھینچتے وقت اپنے خیالات میں کھو گیا۔

اب کی لڑکی جوان ہو گئی تھی ـ.ـ.ـ.ـ.ـ وہ عرصہ سے جوان ہو رہی تھی۔ اس کی بیوی نے بھی اس بات کی طرف اشارہ کیا تھا لیکن اب تک وہ سنا اَن سنا اور دیکھا اَن دیکھا کرتا رہا۔ لیکن آج اسے اس بات کا یقین ہو گیا کہ راہِ فرار کی اب کوئی صورت باقی نہیں رہی۔

اس کی جوان بیٹی کے پاؤں کی دھمک سے زمین ہلتی دکھائی دیتی تھی۔ اس کا جسم سڈول اور بھر پور ہو چکا تھا۔ ہر چند وہ سینہ دُہرے دوپٹے تلے چھپائے رکھتی تھی۔ چلتی بھی تو ذرا آگے کو جھک کر لیکن اس کی چھاتیاں ـ.ـ.ـ.ـ وہ انہیں نوچ کر کہاں پھینک دے ان کا ابھار چھپائے نہیں چھپتا تھا۔ اس کے کپڑے بالکل سادے ہوتے تھے، مانگ بالوں کی عین بیچ میں سے نکلی ہوتی تھی۔ آنکھیں کاجل کی سیاہی سے بے نیاز رہتی تھیں۔ زبان پر تالا پڑا رہتا، نظریں زمین میں گڑی رہتی تھیں ـ.ـ.ـ.ـ کوئی شوخی، کوئی شرارت، کوئی بناؤ سنگھار، کوئی اٹکھیلیاں نہیں۔ لیکن شباب چیخ چیخ کر اپنا اعلان کر رہا تھا۔ـ.ـ.ـ.ـ اور یہ شور دن بدن بڑھتا گیا۔

لالہ رام لبھایا بھونچکا سارہ گیا۔ زمانہ اتنی جلدی کروٹ بدلتا ہے؟ آنکھ جھپکتے بچپن شباب، شباب

پیری میں تبدیل ہو جاتا ہے؟ اسی کوارٹر میں اس کی بیوی نئی نویلی دلہن بن کر آئی تھی۔ اب وہ چار بچوں کی ماں، ڈھیلے ڈھالے پیٹ اور چپاتی کی طرح لٹکتی ہوئی چھاتیوں والی عورت تھی۔۔۔۔۔ لیکن رام لبھایا یہ سمجھنے سے قاصر تھا کہ وہ اک دم اس قدر بوڑھی کیوں کر ہو گئی۔ جب وہ اسے بیاہ کر لایا تھا تو شب و روز پروانے کی طرح بیوی کے ارد گرد منڈلایا کرتا تھا۔ وہ ایک سیدھی سادی دیہاتی عورت تھی۔

سامنے سفیدی پھری مٹی کے بنے ہوئے کرشن جی کھڑے بنسری بجا رہے ہیں۔ ان کے تاج میں لگا ہوا مور کا پر بھدے سے سبز رنگ سے بنایا گیا ہے۔ مسخروں نے پاؤں میں گھنگرو باندھ دیئے ہیں۔ لیکن کرشن جی گھنگرو تو نہیں باندھتے تھے پاؤں پر۔ ممکن ہے کچھ اور ہی ہو۔ پھولوں کے گجرے ہوں شاید۔ آخر اس زرد رنگ سے انسان کیا سمجھ سکتا تھا؟۔۔۔۔۔ اور پرے وہی پرانی تصویر تھی۔ وہ بے چارے کوئی رشی جی تھے۔ ان کی تپسیا بھنگ کرنے کے لیے ایک پری زمین پر اُتری اس نے رشی جی کے سامنے رقص کیا۔ رشی جی عورت کے تیر نگاہ کے گھائل ہو گئے اور اس کا نتیجہ یہ نکلا کہ ان کے ہاں ایک لڑکی پیدا ہوئی اب رشی کو ہوش آیا۔۔۔۔۔ پری بچی کو آگے بڑھا کر اس کی گود میں دے دینا چاہتی تھی رشی جی ایک ہاتھ اوپر اٹھا کر اسے اپنے سے دور رہنے کی ہدایت کر رہے تھے اور خود جنگلوں کی طرف بھاگے جا رہے تھے۔

اور تو اور پان دان کے قریب مٹی کا بنا ہوا ایک بینگن بھی پڑا تھا یہ بینگن بالکل اصلی کی مانند نظر آتا تھا۔ اس کی بیوی تو واقعی اس کو بالکل اصلی بینگن سمجھ بیٹھی تھی۔ اور جب اُسے معلوم ہوا کہ وہ اصلی بینگن نہیں بلکہ مٹی کا بنا ہوا ہے تو وہ ہکا بکا رہ گئی۔

اُن دنوں جب بھی اس کے دفتر کے دوست آواز دے کر بلاتے ”مسٹر رام لبھایا! آیئے نا! ذرا گھوم آئیں۔۔۔۔۔“

اس وقت وہ اپنی بیوی کو گود میں بٹھائے ہوتا تھا۔ اسے ان دوستوں پر بہت سخت غصہ آتا تھا۔ لیکن قہر درویش بر جانِ درویش بے چارا چل کھڑا ہوتا۔ اگر نہ جاتا تو دوسرے روز اسے زن مرید کہہ

کر آوازے کسے جاتے۔

وہ اس زمانہ کی یاد مکمل طور پر تازہ کر سکتا تھا۔ وہ گڑ کی مکھی کی طرح ہمیشہ بیوی سے چپکا رہتا تھا اور پھر اس کی بیوی نے بچے دینے شروع کیے پے در پے جیسے زلزلے کا جھٹکا لگنے پر پہاڑ سے چٹانیں لڑھکنے لگیں۔

پہلی مرتبہ جب اس کی بیوی کا پیٹ پھول گیا تو وہ بہت خوش ہوا وہ ایک دبلا پتلا اور دبوسہ شخص تھا۔ اس نے زندگی میں نہ کبھی کبڈی کھیلی تھی نہ کشتی لڑی تھی۔ نہ کبھی کوئی نظم کہی تھی نہ کوئی تصویر بنائی تھی۔ اس نے کوئی بھی ایسا کام نہ کیا تھا جس سے لوگوں میں واہ واہ ہوتی لیکن اس نے اپنی عورت کا پیٹ بڑا کر دیا تھا۔

اسی طرح وہ ایک کرسی پر بیٹھا حقے کی نے دانتوں تلے دبائے دھوئیں کے بادل اڑایا کرتا تھا اور کنکھیوں سے گھر میں چلتی پھرتی بیوی کے پیٹ کی طرف دیکھا کرتا تھا جس کی جلد خوب تن کر چکنی سی دکھائی دینے لگی تھی۔

ایک روز اس کی بیوی نے ایک بچہ اُگل دیا ۔۔۔۔۔۔۔ وہ بے تابی سے برآمدے میں ٹہل رہا تھا۔ پیٹ کا پھلاؤ دیکھ کر تو اسے خیال پیدا ہوتا کہ اس میں سوائے لڑکے کے اور کچھ ہو ہی نہیں سکتا۔ لیکن جب اسے معلوم ہوا کہ اس کے ہاں لڑکی ہوئی ہے تو اگرچہ اس کے دل کو خاص خوشی محسوس نہ ہوئی لیکن اس کے ساتھ ہی وہ مایوس بھی نہیں ہوا۔ یار زندہ صحبت باقی۔

یہی وہ پہلی لڑکی تھی جو اب خود بچے دینے پر تلی ہوئی تھی ۔۔۔۔۔۔ پہلے پہل یہ بچی کس قدر معصوم اور بے ضرر ننھی سی جان نظر آتی تھی۔ وہ اس کے لیے بازار سے لوہے کی جالی کا بنا ہوا مضبوط پنگوڑا لے آیا۔ اس کی بیوی نے ایک چھوٹا سا گدیلا سی کر پنگوڑے میں بچھا دیا۔ حقیقت یہ تھی اس کی بچی ان کو ذرا دق نہ کرتی تھی۔ نہ وہ روتی تھی نہ چیختی تھی نہ چلاتی تھی۔ بس چپکے سے پنگوڑے میں پڑی ہاتھ پاؤں چلایا کرتی تھی اور چھت کی طرف نہ معلوم کیا کچھ دیکھ دیکھ کر خود بخود ہنسے جاتی تھی۔ اس کی

بیوی نے کئی مرتبہ اس بات کا ذکر کیا کہ ان کی بچی بہت ہی اچھی تھی اور پھر بھاگوان بھی کیوں کہ جب وہ پیدا ہوئی تو کچھ ہی روز بعد اس کی تنخواہ میں بھی کچھ اضافہ ہو گیا۔ بیوی نے جب یہ خوش خبری سنی تو کہنے لگی ''ایشور بڑا دیالو ہے۔ وہ تو پتھر کے کیڑے کو بھی کھانے کو دیتا ہے۔ یہ بچی اپنا نصیب اپنے ساتھ لائی ہے۔ ادھر یہ پیدا ہوئی اُدھر تنخواہ میں ترقی ہو گئی۔

وہ اسے بھاگوان ہی سمجھتے رہے۔ وہ پنگوڑے میں پڑی رہنے والی بے ضر ربچی دھواں بن کر او پر کو اٹھنے لگی۔ یہاں تک کہ وہ سارے آسمان پر چھا گئی۔ وہ ایک خاموش آندھی بن کر انہیں ڈرانے لگی۔ اتنے وسیع و عریض آسمان سے وہ خوف ناک آنکھوں سے ان کی طرف گھورنے لگی اس کے جبڑے ملنے لگے۔ جیسے وہ ان کی اپنی آنکھوں میں سے نکلنے والی جوالا میں بھسم کر کے ان کی راکھ تک اڑا دے گی یا جیسے وہ اپنے ہلتے ہوئے جبڑوں میں پیس کر رکھ دے گی۔

وہ سہم گئے وہ ہر طرف پھیلی ہوئی تاریکی میں اندھوں کی طرح ہاتھ پاؤں مارنے لگے۔ لحظہ بہ لحظہ طوفان بڑھتا آ رہا تھا۔ اس کی آمد بتدریج بھی تھی اور دہشت ناک بھی۔۔۔۔۔۔

لالہ رام لبھایا کو اس دن زندگی میں پہلی مرتبہ معاملے کی نزاکت کا احساس ہوا۔ وہ تھوڑی دیر تک حقہ پیتا رہا اور اس کے ساتھ ساتھ سوچتا بھی رہا۔ بڑی دور دور تک دماغ دوڑایا لیکن اس سوچ بچار کا کچھ نتیجہ نہ نکلا۔ پھر اس نے حقہ سر کا را ک طرف رکھ دیا اور سلیپر چٹخاتا ہوا باورچی خانے کی طرف بڑھا۔ صحن میں اس کے چھوٹے تین بچے کھیل رہے تھے۔ اس کی بیوی نے بچے بڑی فراخ دلی سے دیئے تھے۔ لیکن ان میں سے بیشتر چھوٹی عمر ہی میں مر گئے۔ اس وقت اس کی بڑی بیٹی لوکی کو کدو کش پر رگڑ رہی تھی۔ نیچے تھالی میں لوکی کے بل کھاتے ہوئے لچھے جمع ہو رہے تھے۔ گویا آج کا کدو کا راتا تیار ہو رہا تھا۔ اسے کدو کا راتا پسند تھا۔ بڑی بیٹی نے کدو کش دونوں پیروں سے دبا رکھا تھا۔ اس کی ساری ذرا او پر کو کھسک گئی تھی۔ وہ اس کے ٹخنے اور گول گول پنڈلیوں کے نصف حصے دیکھ سکتا تھا۔ اسی سے وہ اس کے جسم کی صحت اور بھوک کا اندازہ لگا سکتا تھا۔ بیٹی کی آنکھوں سے آنکھیں ملانے کی

اسے ہمت ہی نہ ہوئی۔ وہ چپکے سے دھوتی سنبھالتا ہوا باورچی خانے میں گھس گیا۔

اس کی بیوی راستے کے لیے دہی بلو رہی تھی۔ یہ اس کے قریب چپکے سے ایک چوکی پر بیٹھ گیا اور پھر چولہے میں جلتی ہوئی لکڑی کی کچھی میں سے ایک بے ڈول سا تنکا توڑ کر کان کریدنے لگا۔ اس کی بیوی نے دہی میں تھوڑا سا دودھ ملا دیا۔

"بھئی یہ کیا کرتی ہو؟"

بیوی نے اس کی صدائے احتجاج کی پروا نہ کرتے ہوئے کہا "دہی کھٹا ہے دودھ ملانے سے اس کا مزا بہت اچھا ہو جائے گا۔۔۔۔۔"

اس کا چھ سالہ لڑکا اندر آ گیا۔ اس نے سر پر ایک لمبوتری سی کاغذ کی ٹوپی پہن رکھی تھی۔ وہ باپ کو ٹوپی دکھانے آیا تھا۔ باپ کے دماغ میں اور ہی طوفان برپا تھا۔ اس نے بیوی کے دوپٹے کے آنچل سے اس کی ناک صاف کر دی "جاؤ بیٹا کھیلو۔۔۔۔ ہاں، بھئی واہ واہ کیا شان دار ٹوپی ہے۔۔۔۔ جاؤ۔۔۔۔"

"ہائے رام یہ کیا آپ نے میرے دوپٹے سے اس کی ناک پونچھ ڈالی۔ ابھی نیا نکال کر سر پر رکھا تھا۔۔۔۔۔ آج ہمارے یہاں شیلو کی ماں آنے والی ہے"

"شیلو کی ماں؟"

"ہاں آ رہی ہے وہ اس کے ساتھ اور عورتیں بھی ہوں گی۔۔۔۔" پھر اس نے بیٹی کو آواز دے کر کہا "لا رے لو کی مجھے دے دے تو منہ ہاتھ دھو کر پکڑے پہن لے نا"

رام لبھایا کا دل کھٹکا۔ کچھ دریافت کرنے کی ہمت نہ ہوتی تھی۔ وہ جاننا چاہتا تھا کہ "کیا کوئی خاص بات ہے"

"بھی آپ سا غافل بھی دیکھنے میں نہیں آیا۔ وہ لڑکی کو دیکھنے کے لیے آ رہے ہیں۔۔۔۔ آخر آپ اتنی گرمی میں چولہے کے پاس کیوں بیٹھے ہیں۔۔۔۔ ہائے رام آپ نے دفتر سے آ کر کچھ کھایا

بھی تو نہیں، کیا کھائیں گے۔۔۔۔۔۔ مجھے آج بہت سا کام کرنا ہے۔ مہمانوں کے لیے مٹھائی بھی منگوانی ہو گی۔ تھوڑی سی مٹھائی ہو، چائے ہو اور ساتھ کچھ نمکین چیز۔۔۔۔۔۔ سموسے یا دال موٹھ۔۔۔۔۔۔۔"

وہ اٹھ کر چلا آیا۔ اسے کچھ کہنے کی ہمت نہ ہوئی۔ اس کی بیوی ایک عملی عورت تھی۔ وہ نہ صرف سوچتی تھی بلکہ ہمت سے کچھ کام بھی لیے جا رہی تھی۔ وہ دوبارہ اپنی سرکنڈے کی کرسی پر آن بیٹھا۔ کجلائے ہوئے اپلے کے ٹکڑوں کو ہلایا اور پھر لمبے لمبے کش لینے لگا۔ اس نے دفتر میں برسوں بڑی کامیابی سے کام کیا تھا۔ بڑا صاحب ہمیشہ اس سے خوش رہتا تھا۔ یہ اس کی نظر عنایت کا کرشمہ تھا کہ وہ بیالیس برس کی عمر میں ہی ہیڈ کلرک بن گیا۔ دفتر میں کوئی بات ہو بس ہیڈ کلرک صاحب سے پوچھو۔ وہ دفتر کا پرانا کام کرنے والا تھا۔ اس سے کون سی بات پوشیدہ تھی اور اپنے نیچے کام کرنے والے جونیئر اور سینیئر کلرکوں کو وہ سالہا سال تک پڑھا سکتا تھا لیکن اپنے گھر میں اس کی ایک نہ چلتی تھی۔ وہ گھریلو معاملات میں تھا بھی بدھو۔۔۔۔۔ جب بیوی نے اسے "غافل" کہا تھا تو دراصل وہ اسے اول درجے کا احمق کہنا چاہتی تھی۔ لیکن اس نے یہ بات کہی نہیں۔ وہ پتی برتا استری تھی نا۔ لالہ رام لبھایا کو اپنی بے بضاعتی کا شدید احساس ہونے لگا تھا۔ وہ جانتا تھا کہ لڑکیوں کی شادی پر والدین کے گھر اجڑ جاتے ہیں۔ پہلے زمانے میں لڑکیاں بکتی تھیں۔ اب لڑکے بکتے ہیں۔ لڑکیوں میں پہلے تو دنیا بھر کے اوصاف تلاش کرتے ہیں۔ بہت حسین و طرح دار ہو، کھانا پکانے اور سینے پرونے سے بخوبی واقف ہو۔ ہنس مکھ اور پتی برتا ہو۔ پڑھی لکھی ہو، گانا بجانا اگر ہو سکے تو ناچنا بھی جانتی ہو۔ اور اگر سب شرائط پر لڑکی پوری اترے تو پھر آخری سوال یہ کیا جاتا ہے کہ "ہاں صاحب! لڑکی کے ساتھ کیا دو گے؟"

یہ باتیں سوچ سوچ کر رام لبھایا کا دل بیٹھا جا رہا تھا۔ شاید اس کی بیوی نے ان سب باتوں پر غور کر لیا ہو اور اس کا حل بھی نکال لیا ہو۔۔۔۔۔۔

اس روز جب وہ سیر کرتا ہوا دور تک چلا گیا۔ اپنے خیالات میں غلطاں گیا۔ جب وہ اسٹیشن پر پہنچا تو اس نے سوچا پلیٹ فارم کے بک اسٹال تک چکر ہی لگا آؤں۔ پلیٹ فارم پر پہنچ کر لوگوں کی گہما گہمی

میں چند لمحوں کے لیے اس کا دل بہل گیا۔ وہ بک اسٹال پر رسائل اور کتابوں کی ورق گردانی کرتا رہا۔ پھر وہ بڑے پل پر چڑھ گیا۔ رات ہو چکی تھی۔ تاروں کی مدہم روشنی میں ریلوے کی پٹریاں دور دور تک چمکتی ہوئی دکھائی دے رہی تھیں۔ بل کھاتی، پھیلتی اور سمٹتی ہوئی لائنوں کو دیکھ کر اسے زندگی میں پہلی مرتبہ اس بات کا احساس ہوا کہ ان لوہے کی لائنوں کا بھی ایک خاص حسن ہے ادھر اُدھر بے کار کھڑے ہوئے ڈبوں سے بہت پرے آسمان میں اٹھے اونچے اونچے کھمبوں پر سگنل کی سرخ سرخ روشنی کس قدر بھلی معلوم ہوتی تھی۔

وہ بہت دیر تک اس جگہ کھڑا رہا۔ اسے مدہم روشنی میں ادھر سے ادھر آتے جاتے ریلوے کے بھاری بھرکم انجن جان دار دکھائی دیتے تھے۔ ان کی آوازیں ایسی تھیں جیسے کوئی عظیم الجثہ جانور بھاری بوجھ تلے ہانپ رہا ہو۔ لیکن یہ آہنی جانور بھی مصروف تھے۔ انہیں دن رات کام کرنا پڑتا تھا۔ انسان نے زندگی کی تنگ و دو میں بے جان چیزوں کو بھی شامل کر لیا تھا۔ لوہے، بھاپ اور بجلی کو بھی انسان کے کاموں سے فرصت نہ تھی۔ اور انسان نے ” کیوں اور کہاں‘‘ کہنا تو چھوڑ ہی دیا تھا۔ پہلے انھوں نے مشینوں کو اپنا غلام بنایا اور پھر وہ خود مشینوں کے ہاتھ غلام بن کر رہ گئے۔ لیکن یہ سب کچھ کس قدر بوجھل اور بے کیف معلوم ہوتا تھا۔۔۔۔۔۔۔ وہ فلاسفر نہ تھا۔ لیکن مختصر پیمانے پر ہر شخص فلاسفر ہوتا ہے۔ سڑکوں پر چھڑ کاؤ کرنے والا سقا، مکئی بھوننے والا بھٹر بھونجا، چنے اور کلمچے بیچنے والا اور کلمچے بیچنے والا اور کلچے کاندار غرض ہر کسی کا کوئی نہ کوئی اپنا فلسفہ ہے۔ وہ کئی مرتبہ فلاسفروں کی طرح سوچتے اور انہیں کی طرح باتیں بھی کرتے ہیں۔

جب وہ گھر پہنچا تو بیوی کا چہرہ کچھ اترا ہوا تھا۔ بچے روٹی کھا چکے تھے۔ اس وقت وہ صحن میں چارپائیوں پر بیٹھے بڑی بہن سے کہانی سننے پر اصرار کر رہے تھے۔ وہ سیدھا باورچی خانے میں چلا گیا۔ بیوی بھی اس کے ساتھ ہی چلی آئی اس نے اس کے چہرے کی کیفیت گھر میں داخل ہوتے ہی بھانپ لی تھی۔ لیکن اس نے کچھ کہا نہیں، وہ خود ڈر رہا تھا۔ وہ چپ چاپ روٹی کھانے لگا۔ اس کی بیوی نے بھی کوئی بات نہیں کہی چپ چاپ پنکھا جھلتی رہی۔ کبھی کبھار پوچھ لیتی ”روٹی دوں؟‘‘۔۔۔۔۔ راستا

لیجیے گا۔۔۔۔۔؟،،

روٹی کھانے کے بعد وہ حقہ لے کر برآمدے میں جا بیٹھا۔ جب اس کی بیوی آئی تو اس نے برآمدے کی بتی بجھا دی تا کہ باہر سٹرک پر آنے جانے والوں کی نظر ادھر نہ پڑے۔ اس کی بیوی چپ چاپ دروازے کی چوکھٹ میں بیٹھ گئی۔

اسے پہلے کے دن یاد آ گئے جب وہ اپنی بیوی کو کبھی آرام سے نہ بیٹھنے دیتا تھا۔ کبھی اس کی چوٹی کھینچتا، کبھی ان پر چٹکی لیتا، کبھی اسے چھاتی سے لگا کر بھینچ لیتا۔ لیکن ازدواجی زندگی میں سب سے راحت انگیز دور وہی ہوتا ہے جب پہلا طوفان کم ہو جاتا ہے۔ بعد میں میاں بیوی میں وہ جوش رہتا ہے نہ وہ گرمی، نہ جسم آگ کی طرح جلتا ہے، نہ دل مچلتا ہے۔ پھر دونوں میں ایک راحت انگیز سمجھوتا اور روح پرور یگانگی پیدا ہو جاتی ہے۔ وہ دونوں ایک دوسرے کو پچھلی شرارتوں پر لعنت ملامت کرتے ہیں۔ کچھ جھینپتے ہیں کچھ لطف اندوز ہوتے ہیں۔

اس دور زندگی کے بعد وہ آزمائے ہوئے دوستوں کی طرح ایک دوسرے کی محبت اور اعتماد میں زندگی کی نہایت پُر امن اور سرور انگیز گھڑیاں گزارنے لگتے ہیں۔ اور یہ ایک حقیقت ہے کہ ان گھڑیوں کے سامنے زندگی کے پہلے طوفانی اور ہنگامہ خیز لمحے کچھ حقیقت نہیں رکھتے۔ لیکن اس میں شبہ نہیں کہ آخری دور کا پہلا دور ہی جنم دے سکتا ہے۔

جب وہ حقہ گڑ گڑا رہا تھا اور اس کی بیوی سٹرک کے پرے تاریکی میں چند چلتے پھرتے سایوں کی طرف دیکھ رہی تھی۔ ان کے دل ایک ہی تال پر دھڑک رہے تھے۔ رام لبھایا نے اپنی ہمت استوار کرنے کے لیے خوب گہرا کش لیا اور کھانس کر بولا۔

،،وہ آئی تھیں؟،،

،،جی ہاں،،

وہ چپ ہو گیا۔ اب وہ چاہتا تھا کہ وہ خود ہی باقی بات کہہ دے لیکن اس کی بیوی بھی شاید اسی بات

پر تلی ہوئی تھی کہ اگر وہ کچھ پوچھے تو وہ جواب دے۔ وہ پھر حقہ گڑ گڑانے لگا۔ یہ خاموشی بڑی اذیت رساں محسوس ہونے لگی اس نے پھر کمر ہمت باندھی "تو پھر کیا ہوا؟"

"کچھ نہیں"

اس نے سوالیہ نظروں سے بیوی کی طرف دیکھا۔ لیکن اس کا دھیان دوسری طرف تھا۔ کہنے لگی "لڑکی کو دیکھ لیا ہے انھوں نے میں نے خاطر و تواضع بھی کر دی تھی۔ لیکن کچھ امید نہیں"

"کیوں امید کیوں نہیں؟"

وہ چپ رہی۔

"بھئی جب لڑکی میں کوئی عیب نہیں اور پھر تم نے ان کی خاطر بھی اچھی طرح کر دی تو اور کیا چاہیے۔ تم بھی بڑی وہمی ہو۔ کیا انھوں نے انکار کر دیا؟ بولو، کہو نا۔ کیا انھوں نے تم سے کچھ کہہ دیا؟"

"آپ بھی عجیب باتیں کرتے ہیں۔ دوسرا کچھ کہے تب ہی انسان کو پتہ چل سکتا ہے۔ ان کی صورت ہی سے دل کا حال ظاہر تھا"

اس بات پر رام لبھایا گرم ہو گیا۔ "صورت سے ظاہر ہو گیا تو جائیں بھاڑ میں۔۔۔۔۔ ہماری بیٹی کسی اور کے پلے بندھ جائے گی۔ آخر ہمیں فکر بھی کیوں ہو۔ جب ہماری بیٹی بے داغ، نیک چلن اور سگھڑ ہے تو پھر میں تو یہی کہوں گا کہ اسے لڑکوں کی کچھ کمی نہیں۔ ایسی لڑکی ملتی بھی ہے کہیں؟"

"آپ تو پھر وہی باتیں کرتے ہیں۔ کتنی مرتبہ تو لوگ دیکھ گئے ہیں آخر بتاؤ کسی نے ہاں بھی کہی؟"

اب اس کے چپ رہنے کی باری تھی۔ وہ جلدی جلدی حقے کے چھوٹے چھوٹے کش لینے گا اور بڑی تیزی کے ساتھ وہ کچھ سوچنے کی کوشش کر رہا تھا۔

"یہ کام یوں نہیں ہوا کرتے"

اس نے حقے کی نے پر ے ہٹا کر تعجب سے پوچھا۔ "اچھا تو اور کیسے ہوا کرتے ہیں میری کٹو؟"

"چلیے بس آ گئے اپنی باتوں پر۔۔۔۔۔ ہائے کب سوچو گے تم۔ لڑکی کو دیکھ کر تمہیں ڈر نہیں

لگتا اور پھر اوپر سے زمانہ جانتے ہو کون سا جا رہا ہے وہ تو کہیے ہماری بیٹی ہے ہی کٹو۔ اور لڑکیوں کو دیکھو کیسی بے شرم ہیں، آنکھیں پیشانی پر جڑی ہوئی،،

اب اس کی بیوی خفا ہو رہی تھی۔ کیونکہ جب وہ اسے کہہ کر مخاطب ہوتی تھی تو سمجھ جاتا تھا کہ اب خیر نہیں۔ اب اس نے نرمی اختیار کی "بھئ دیکھو نا! تم خود بہت سیانی ہو۔ میں تو پر ماتما کا ہزار ہزار شکر ادا کرتا ہوں کہ میرے پلے تم بندھیں۔ اب تم نہ مانو۔۔۔۔۔۔تم ایسی بھاگوان عورت کے قابل ہی کہاں ہوں میں۔۔۔۔۔،،

اس کی بیوی اس کے الفاظ کی حقیقت کو خوب سمجھتی تھی۔ لیکن وہ اس ابلتی دال کی طرح جس پر ٹھنڈے پانی کے چار چھینٹے دے دیئے گئے ہوں فوراً نیچے بیٹھ جاتی تھی۔

رام لبھایا مسکرایا "اب تم جو کہو وہی کروں۔ تم مجھ پر خفا ہوتی ہو اب کہہ دو بھگوان کو سامنے جان کر کبھی میں نے تمہیں کوئی بری بھلی بات بھی کہی۔ کبھی تمہارا ہاتھ بھی روکا میں نے۔۔۔۔۔،،

"میں نے یہ کب کہا،، اس کی بیوی کی آواز میں کچھ رقت سی پیدا ہو گئی۔ "آپ بس میرا ہاتھ بٹائیے نا، باقی میں کر لوں گی سب کچھ،،

"ہاں ہاں، بھئ تمہارا ہاتھ بٹانا کوئی غیر کا ہاتھ بٹانا تو نہیں نا؟،،

لیکن اس کے بعد جب اس کی بیوی نے تجویز پیش کی تو وہ دم بخود رہ گیا۔ وہ تجویز یہ تھی:

"چند دنوں کے لیے کہیں سے مانگ کر اعلیٰ فرنیچر اور سجاوٹ کا سامان لایا جائے۔ چینی کے برتن ہوں، دو نو کر ہوں۔ اگر سامان مانگے سے نہ ملے تو کرایہ پر لایا جائے اور پھر دروازے پر ایک بھینس اور ایک گائے بندھی ہو۔ وغیرہ وغیرہ،،

بیوی نے اس بات پر زور دیا کہ ظاہراً ٹیپ ٹاپ بھی تو ہونی چاہیے۔ آخر اسی ترکیب پر عمل کیا گیا۔ ایک مہینے کے لیے کرایہ پر بہت اعلیٰ فرنیچر، دریاں، چینی کے برتن، دو نو کر بھی رکھ لیے گئے دیہات سے ایک رشتہ دار کی ایک بہت اعلیٰ بھینس لا کر دروازے پر باندھ دی گئی۔ بچوں کو ہر وقت

نئے کپڑوں میں لپیٹے رکھا۔ بچے بے چارے حیران کہ آخر یہ کیا سے کیا ہو گیا۔

یہ ترکیب کام کر گئی۔ اب جو لوگ لڑکی کو دیکھنے کے لیے آئے۔ انھوں نے لڑکی کو بھی دیکھا بھالا۔ لیکن لڑکی سے زیادہ ان کی نگاہیں ساز و سامان پر پڑتی رہیں ۔۔۔۔۔ اور ان کو لڑکی بہت پسند آئی۔ ادھر اُدھر کی ضروری اور غیر ضروری بات چیت کے بعد شادی کا دن بھی مقرر ہو گیا۔

ایک روز جب کہ اس کے گھر پر "ویلکم" کے تختے لگائے جا رہے تھے کیلے کے درختوں کے بڑے بڑے دروازے بنائے جا رہے تھے۔ رنگ رنگ کے کاغذوں کی جھنڈیاں رسیوں سے چپکا کر انہیں اُدھر اُدھر باندھا جا رہا تھا۔ اس نے ایک جگہ سے تین ہزار روپیہ قرض لیا۔ گھر آ کر جب اس نے روپے بیوی کے حوالے کر دیئے تو اس کا دل بیٹھ گیا۔ گھر کی ساری پونجی کے ساتھ تین ہزار روپیہ قرض۔ یہ شادی ہو جائے گی وہ سرخرو ہو جائیں گے۔ لڑکی اپنے گھر میں جا بسے گی ۔۔۔۔۔ اور اگر وہ اپنے ساتھ اچھا جہیز گہنے اور نقدی لے کر جائے گی تو غیروں کے گھر میں بھاگوان کہلائے گی۔ ورنہ ۔۔۔۔۔ ادھر وہ کولھو کے بیل کی طرح تھکے ماندے قدموں سے آگے بڑھتا چلا جائے گا اور یہ قرضے کا بوجھ اس کے سینے پر دن بدن زیادہ ہوتا جائے گا۔

اس رات اسے نیند نہ آئی۔ بُرے بُرے خواب آتے رہے۔ اس نے جو ساری عمر اس قدر محنت کی تھی کیا اس کا یہی نتیجہ تھا؟ اسے نہیں معلوم کہ وہ کب سویا۔ سویا کیا بے ہوش ہو گیا۔

جب صبح ہوئی تو معلوم ہوا کہ اس کی بڑی بیٹی کو بخار ہو گیا ہے۔ ڈاکٹر کو بلایا گیا۔ دوا پلائی گئی، تیار داری ہونے لگی۔ شادی میں زیادہ دن نہ رہ گئے تھے۔ اس لیے ان کی یہی کوشش تھی کہ وہ جلد از جلد اچھی ہو جائے۔

لیکن بخار دن بدن بڑھتا چلا گیا۔ پہلے تو کچھ پتہ ہی نہ چلا کہ یہ بخار کون سا تھا۔ لیکن بالآخر ڈاکٹر نے کہا کہ معیادی بخار ہو گیا ہے اور اس کا کوئی علاج نہیں۔ تیار داری کیے جاؤ ۔۔۔۔ تیار داری کی گئی دن رات والدین بیٹی کے سرہانے سے لگے بیٹھے رہتے ۔۔۔۔۔ لیکن وہ جاں بر نہ ہو سکی۔

سب لوگ اس کی موت پر انتہائی افسوس کا اظہار کر رہے تھے کیسی بے وقت کی موت تھی۔ چڑھتی جوانی میں جب کہ اس کے ہاتھ مہندی سے رنگے جا رہے تھے یم راج نے اسے آن دبوچا۔ پر ماتما کے کاموں میں واقعی انسان کو کچھ دخل نہیں۔

انھوں نے اپنی لاڈلی کٹو بٹیا کو دوسری ہی پالکی پر بٹھایا اور شمشان کی طرف چل کھڑے ہوئے۔ وہ ہرا بھرا جسم جسے سینچ سینچ کر انھوں نے اس قدر بڑا کیا تھا لکڑیوں پر رکھ کر اسے آگ دکھا دی۔

جب شعلے سرد ہو گئے وہ لوگ واپس گھر کو لوٹ آئے۔ شادی کے ہنگامے موت کے نوحوں میں تبدیل ہو گئے۔ وہ رات کس قدر بوجھل اور تاریک تھی۔

رام لبھایا برآمدے میں اپنی سرکنڈے کی کرسی پر حسبِ معمول ٹانگیں سمیٹے بیٹھا تھا۔ حقہ قریب ہی پڑا تھا۔ لیکن اس کی چلم ٹھنڈی پڑی تھی۔ پہلے وہ اپنی بیٹی کو آواز دے کر چلم بھروا لیا کرتا تھا۔ وہ کھوئی کھوئی نظروں سے خلا میں گھور رہا تھا۔ آخر یہ بے چاری اتنی بڑی کیوں ایسی جوان ہوئی۔ کیوں نہ۔ بچپن ہی میں مر گئی۔ جیسے اس کے اور بھائی بہنیں مر گئی تھیں۔ وہ اس وقت پیدا ہوئی جب وہ جوان تھا جب وہ مسٹر رام لبھایا تھا۔ اس وقت تو وہ ان کے لیے ایک ننھا سا کھلونا تھی۔ لڑکیوں کی اتنی پروا ہی کہاں کی جاتی ہے۔ لیکن وہ ہمیشہ چپ رہی۔ اس نے کبھی کسی شے کے لیے ضد نہیں کی۔ جب بچی ہی تھی تب بھی وہ کسی کو دق نہ کرتی تھی۔ بھوکی ہو یا پیاسی آرام سے اپنے لوہے کے پنگوڑے میں لیٹی مسکرایا کرتی اور وہ لوہے کا پنگوڑا اب تک گھر میں موجود تھا۔ اس کے بعد وہ پنگوڑا اس کے بھائی بہنوں کے کام آتا رہا۔

بے چاری جوان ہوئی تو اس نے کبھی گھر سے باہر قدم نہیں رکھا دروازے یا کھڑکی میں سے تاک جھانک نہیں کی۔ اپنے والدین اور بزرگوں کا پورا الحاظ اور ادب کیا۔ بچپن میں سر اٹھا کر نہ چلی اور جب سے جوان ہوئی نظر اٹھانا اسے بار ہو گیا۔

آخر اس پر بھی تو اسی طرح جوبن آیا تھا جیسے اور لڑکیوں پر آتا ہے۔ اس کا دل بھی تو محبت کے

لیے اسی طرح تڑپتا ہو گا جیسے اور لڑکیوں کا۔ وہ بھی نسوانیت سے مجبور ہو کر چاہے جانے کی تمنا کرتی ہو گی۔ لیکن اس نے ماں باپ کی آبرو کا خیال رکھا اور جب کہ اس کے والدین اپنا آخری فرض پورا کرنے والے تھے وہ چل بسی۔ ہمیشہ ہمیشہ کے لیے پرلوک کو چل دی۔ رام لبھایا کی آنکھوں میں آنسو آ گئے۔

دماغ ہلکا ہونے کے بعد اس کے دل کے ایک گوشے سے اطمینان اور شادمانی کی ایک ننھی سی شعاع بلند ہوئی اور وہ بلند سے بلند تر ہوتی گئی۔ یہاں تک کہ اس نے اسے اچھی طرح پہچان لیا، سمجھ لیا، محسوس کر لیا۔ اس نے ایک جھر جھری سی لی۔۔۔۔۔۔ اب اس پر کوئی بوجھ نہ تھا۔ اس کی پونجی بچ گئی تھی، وہ تین ہزار روپیہ فوراً واپس کر دے گا وہ تباہ نہ ہو گا۔

دفعتاً اس کا دل زور سے دھڑک گیا۔ وہ ایک قدم پیچھے ہٹ گیا۔ اور چوروں کی طرح اِدھر اُدھر دیکھنے لگا۔

کاغذ کی جھنڈیاں خاک میں مل گئی تھیں، خوش آمدید کے تختے الٹ گئے تھے۔ کیلوں کے درختوں کے دروازے ایک طرف گرے پڑے تھے۔ ہر شے اُداس، خاموش، بے حس، بے کیف۔۔۔۔۔۔

آزاد فاقہ

1939ء میں جب کہ دوسری جنگِ عظیم کا آغاز ہوا میں روزگار کی تلاش میں آوارہ پھرا کرتا تھا۔ جنگ عظیم شروع ہو جانے کے بعد تو روزگار کی کچھ ہی کمی نہ رہی۔ لیکن میں نے انہیں دنوں بلیو بلیک روشنائی بنانے کا کام شروع کر دیا۔

مجھے اچھی طرح یاد ہے کہ میں نے یہ کام پندرہ روپے کے سرمایہ سے شروع کیا تھا۔ جس بازار میں ہم رہتے تھے وہ شہر کا بہت اہم بازار نہیں تھا۔ لیکن میرے کام کے لیے یہ جگہ بری نہیں تھی۔

پہلے پہل اس کام میں کامیابی کی کوئی صورت نظر نہ آئی تھی۔ اکیلا کام کرنے والا تھا۔ خود ہی روشنائی تیار کرتا۔ خود ہی شیشوں میں بھر کر ڈبوں میں بند کرتا اور پھر خود ہی دکان داروں کے پاس انہیں بیچنے کے لیے جاتا۔ لیکن ان دنوں ہندوستان کی بنی ہوئی سیاہیوں کو پوچھتا ہی کون تھا۔ لیکن جب جنگ کی وجہ سے باہر کا بنا ہوا مال آنا ناممکن ہو گیا تو پھر دیسی چیزیں بھی مارکیٹ میں کھپنے لگیں۔

ہاتھ بٹانے کے لیے میں نے دو نوکر بھی رکھ لیے۔ گھر کی حالت بھی سدھر گئی۔ اگرچہ ایک طرف گرانی کی وجہ سے گھر کے اخراجات بہت بڑھ گئے تھے۔ لیکن دوسری جانب آمدنی بھی امید سے بڑھ چڑھ کر ہو رہی تھی۔

شام کے وقت گلی محلہ کے لوگ بھی میری دکان پر وقت گزارنے کے لیے آن بیٹھتے تھے ان میں دفتروں کے وہ بابو بھی تھے جنہیں پہلے میں رشک کی نظروں سے دیکھا کرتا تھا۔ خود میں نے ان سے کئی مرتبہ کہا تھا کہ بھئی مجھے بھی کوئی چھوٹی موٹی نوکری دلوا دو۔ لیکن اب وہ مجھے رشک کی نظروں

سے دیکھتے تھے۔ رفتہ رفتہ مجھے محسوس ہونے لگا کہ میں ان کی نسبت آرام سے ہوں۔ وہ مجھے حقیر مخلوق نظر آنے لگے۔

میرا کاروبار اب ترقی کی راہ پر گامزن تھا۔ میں نے دو تین مرتبہ وقت نکال کر ادھر ادھر کے شہروں کا چکر لگالیا اور مجھے معلوم ہوا کہ اگر باقاعدہ گھوم پھر کر یہ کام کیا جائے تو اچھا خاصہ روپیہ کمایا جا سکتا ہے۔

چناں چہ ایک روز شام کے وقت چند دوست حسبِ معمول میری دکان میں جمع ہوئے تو میں نے انہیں بتایا کہ میں چاہتا ہوں کہ یہاں دفتر میں ایک پڑھا لکھا مینجر ملازم رکھ لوں جو وقتاً فوقتاً صوبے بھر کے شہر میں گھوم پھر کر آرڈر بھی لایا کرے۔

میرے دوستوں نے یہ بات سنی تو حیران رہ گئے تعجب ان کے چہروں سے صاف عیاں تھا۔ وہ جانتے تھے کہ میں خاصے روپے کما رہا ہوں۔ لیکن خواب میں بھی ان کا خیال یہ نہ تھا کہ میں اس قابل بھی ہو گیا ہوں کہ ایک مینجر بھی ملازم رکھ سکتا ہوں۔

انھوں نے مشورہ دیا کہ اخبار میں اس مطلب کا اشتہار نکلوا دوں اس طرح کئی اشخاص درخواستیں دیں گے۔ اور پھر ان میں سے کسی کا انتخاب کر لینا مشکل نہ ہو گا۔

مجھے یہ تجویز معقول معلوم ہوئی۔ چناں چہ اخبار میں اشتہار دے دیا گیا خلاف امید ڈیڑھ سو سے اوپر درخواستیں آئیں۔ اس رات میں بیوی کے ساتھ بیٹھا درخواستیں پڑھتا رہا۔ بیوی مجھے دیکھ دیکھ کر خوش ہو رہی تھی۔ پہلے میں خود درخواستیں بھیج کر بیٹھا جواب کا انتظار کیا کرتا تھا۔ آج ڈیڑھ سو سے اوپر نوجوان میری توجہ کے منتظر تھے۔ ہمارے گھر میں یہ ایک بالکل ہی نئی بات تھی۔

درخواستوں پر غور کرنے کے بعد میں نے سولہ امیدواروں کو انٹرویو کے لیے بلایا۔

انٹرویو سے ایک روز پہلے میں خود پریشان ہو رہا تھا۔ جیسے خود میرا انٹرویو ہونے والا ہو۔ گھر کے سبھی لوگ یعنی بوڑھا باپ، ماں، بیوی، بہنیں اور چارپائیوں اور کرسیوں پر بیٹھی اپنی اپنی قیمتی رائے کا اظہار کر رہی تھیں۔ خاندان کا ہر فرد اپنی اہمیت کو محسوس کر رہا تھا۔ میں بظاہر بڑی سنجیدگی سے ٹانگ پر ٹانگ

رکھے بیٹھا تھا۔ جیسے وہ سب میرے بائیں ہاتھ کا کھیل ہو۔ گھر والوں کو بھی مجھ پر پورا بھروسا تھا۔ اخبار میں اشتہار دینے کی ترکیب سنتے ہی سب میرے نام کا کلمہ پڑھنے لگے تھے۔ لیکن میرے دل میں ایک طوفان سا اٹھ رہا تھا۔ امیدواروں میں مجھ سے کہیں زیادہ پڑھے لکھے اور تجربہ کار اشخاص تھے۔ میں اسی فکر میں گھلا جا رہا تھا کہ میں ان سے کیوں کہ گفتگو کروں گا۔ کیا کیا سوالات دریافت کروں گا اور جب وہ جواب دیں گے تو میں کیونکر اپنے سر کو ایک خاص انداز سے حرکت دوں گا۔ جیسے سب کچھ سمجھتا ہوں اور پرانا گھاگ ہوں۔

کئی رات تک میں اسی قسم کی باتیں سوچتا رہا اور مجھے کچھ علم نہیں کہ کب میری آنکھ لگ گئی۔ البتہ اتنا یاد ہے کہ گھر کے اور سب لوگ کبھی کے سو چکے تھے۔

صبح ہی صبح آنکھ کھلی۔ دانتوں کو صاف کرتا ہوا نیچے گیا۔ دفتر کی صفائی کرائی، ہر شے قرینے سے رکھی۔ میز پر دھوبی کی دھلی ہوئی چادر بچھا دی۔ قلم دان، مہریں، پن کشن وغیرہ ہر چیز جھاڑ پونچھ کو مناسب جگہ پر رکھ دی گئی۔ کیلنڈر کی تاریخ بدل کر لگا دی۔

ان انتظامات کے بعد اوپر گھر میں پہنچ کر خوب اچھی طرح داڑھی بال سنوارے، اچھے کپڑے پہنے اور ناشتا کیا۔ جب اُمیدواروں کے آنے کا وقت ہوا تو میں دفتر میں جا بیٹھا۔ نوکر کو ہدایت کر دی کہ جو کوئی آئے اُسے برآمدے میں پڑی بنچوں پر بٹھا دے۔

بڑی میز کے آگے بیٹھا بیٹھا میں ریہرسل کرنے لگا۔ جب امیدوار کمرے میں داخل ہو گا تو وہ مجھے خوب جھک کر یا بڑے ادب کے ساتھ سلام کرے گا۔ اور میز کے سامنے اس وقت تک کھڑا رہے گا جب تک کہ میں اسے بیٹھنے کا اشارہ نہ کروں۔ لیکن میں بہت جلد ہی اسے بیٹھنے کا اشارہ کر دوں گا۔ وہ بیٹھ جائے گا تو میں پوچھوں گا۔۔۔۔۔۔ "ہم۔۔۔۔۔۔ تو آپ کا نام۔۔۔۔۔۔ ہے؟"

"جی بندہ پرور"

"۔۔۔۔۔۔ او نہہ۔۔۔۔۔۔ او نہوں۔۔۔۔۔۔"

میں بہت کم بولوں گا۔ ہر لفظ بڑے رعب سے ادا کروں گا۔۔۔۔۔۔از حد سنجیدہ بنا رہوں گا۔ خواہ امیدوار کیسے بھی دانت نکالے۔ میں زیادہ سے زیادہ اپنے لبوں پر ہلکی سی مسکراہٹ پیدا ہونے دوں گا۔ پھر میں انہیں کام کی نوعیت بتاؤں گا اور یہ کہنے میں بھی کچھ حرج نہ ہو گا کہ میں وقت کا بہت پابند ہوں اور اسی قسم کے ملازموں کو پسند کرتا ہوں۔

تھوڑی دیر بعد امیدوار آنے شروع ہو گئے۔ میں دروازے کے قریب کھڑا چپ کر ہر آنے والے کو دیکھ رہا تھا۔۔۔۔۔۔ پھر میں نے دھڑکتے ہوئے دل سے ایک امیدوار کو اندر بلایا۔

ایک ہی امیدوار سے نپٹنے کے بعد میرا حوصلہ بڑھ گیا۔ جو بے چارے ملازمت کے لیے آتے ہیں وہ خود ہی پریشان ہوتے ہیں۔ اُن کے اپنے دل دھڑکتے ہوتے ہیں۔ بھلا وہ بے چارے مجھ پر کیا رعب جمائیں گے۔

میرا خیال ہے کہ آٹھواں شخص جو میرے کمرے میں داخل ہوا وہ مظفر تھا۔

مظفر کا قد کچھ نکلتا ہوا تھا۔ اکہرا بدن، آنکھوں پر چشمہ، سر کے بال برش سے پیچھے کی طرف ہٹے ہوئے، مانگ ندارد، پتلے حساس ہونٹ، ناک ذرا خم کھائی ہوئی، تیز چمکیلی آنکھیں۔ وہ کمرے میں یوں بے تکلفی سے داخل ہوا۔ اپنے ہیٹ کو چھو کر اس نے سر کو ذرا خم دیا اور پیشتر اس کے میرا ہاتھ بیٹھنے کا اشارہ کرنے کے لیے اوپر اٹھے، مکمل طور پر اوپر اٹھے وہ "تھینک یو" کہہ کر بیٹھ گیا۔

مجھے اس کا انداز پسند نہیں آیا۔ میں نہیں جانتا میرے چہرے سے کس قسم کے جذبات کا اظہار ہو رہا تھا۔ اس نے کہا:

"آپ کو مینجر چاہیے نا! جی تو میں اپنی خدمات پیش کرتا ہوں۔۔۔۔۔۔" "آپ نے اشتہار میں کوئی تفصیل نہیں دی۔ لیکن میں دیکھتا ہوں کہ آپ سیاہیوں کا کام کرتے ہیں۔ اور میری رائے میں دوران جنگ میں یہ بہت منافع بخش کام ثابت ہو گا۔۔۔۔۔۔ ایک بات اور عرض کروں۔۔۔۔۔۔ ہندوستان میں کچھ لوگ نئے قسم کے کام شروع کریں گے۔ لیکن سب کی ذہنیت یہی ہو گی کہ پبلک کی

مجبوری کا ناجائز فائدہ اٹھاتے ہوئے وہ زیادہ سے زیادہ روپیہ کمائیں۔۔۔۔۔ لیکن آپ محتاط رہیے گا۔ اگر آپ نے اپنا کام ایمانداری اور اعلیٰ پیمانے پر جاری رکھا تو یقین فرمائیے جنگ ختم ہو جانے کے بعد بھی آپ اپنا کام جاری رکھی سکیں گے۔۔۔۔۔۔"

اس نے مجھے کچھ کہنے کا موقع ہی نہ دیا۔ چونکہ اس نے اتنی باتیں کہہ دی تھیں۔ مجھے بھی ہوں ہاں کر کے کچھ نہ کچھ جواب دینا ہی پڑا۔۔۔۔۔۔۔

اس نے ہیٹ اتار کر میز پر رکھ دیا۔ اتنی دیر تک ہیٹ اتارنے کی اس نے ضرورت ہی محسوس نہیں کی۔ پھر اس نے جیب میں سے سگریٹ کیس نکالا اور ایک سگریٹ مجھے دکھا کر کہنے لگا۔ "اجازت ہے؟" اور پیشتر اس کے کہ میرے منہ سے کوئی لفظ نکلے۔ اس نے سگریٹ ہونٹوں میں دبا کر دیا سلائی جلائی۔

مجھے اس کی بیہودگی پر غصہ آرہا تھا۔ لیکن اس کے چہرے پر غرور یا شرارت کا شائبہ تک نہ تھا۔ بلکہ وہ اس طرح گفتگو کر رہا تھا۔ جیسے ایک انسان کو کسی انسان سے کرنی چاہیے اور مجھے اس کا اس طرح آزاد اور بے تکلف ہونا بھی پسند نہ تھا۔

اس نے دھواں اڑاتے ہوئے کہا "آپ اس کام کو بڑھائیے"

"جی ہاں"، میں نے جواب دیا "اسی ضرورت سے یہ اشتہار شائع کیا تھا۔ میں چاہتا ہوں کہ کوئی ایسا شخص ہو جو یہاں کام سنبھال سکے اور باہر کے شہروں کا دورہ بھی کر لے۔ اس طرح ترقی کی زیادہ امید ہے"

میں نے یہ باتیں ایسے لہجہ اور ادا میں کہہ ڈالیں جیسے میں اس میدان کا کوئی پرانا کھلاڑی ہوں۔ وہ اس دوران میں کرسی کے پیچھے کی طرف جھکا ہوا اس راس طرح ہلاتا رہا جیسے میں اس کے سامنے ایک طفل مکتب ہوں۔

میری مکمل گفتگو سن لینے کے بعد اس نے سگریٹ کا گل جھاڑتے ہوئے کہے۔ "دیکھیے اگر آپ برا نہ مانیں تو عرض کروں کہ ہمیں یہ دورے وورے پر جانا پسند نہیں کرتا۔ وجہ یہ کہ میں، جیسا آپ دیکھ

رہے ہیں ذرا کمزور سا آدمی ہوں مجھ سے یہ جھنجھٹ تو ہرگز نہ ہو گا۔۔۔۔۔''

مجھے اس کی یہ بات بہت عجیب معلوم ہوئی۔ بھلا اس بھلے آدمی سے کوئی پوچھے کہ میں نے تمہیں منیجر بنایا کب ہے جو ابھی سے حیل وحجت شروع کر دی۔ میں اس کی اس بات کا کوئی چست سا جواب دینا چاہتا تھا لیکن جلدی میں کچھ نہ سوجھا۔

اس نے بڑے اطمینان سے کش کھینچتے ہوئے کہنا شروع کیا۔ ''میری ناچیز رائے میں آپ کو اس وقت بہت ہی پھونک پھونک کر قدم رکھنے کی ضرورت ہے۔۔۔۔۔ آپ دو تین ایجنٹ رکھ لیجیے مختلف علاقے ان کے سپرد کر دیجیے۔ اس میں فکر کی کوئی بات نہیں ان ایجنٹوں کے اخراجات نکال کر بھی آپ کو معقول منافع ہو گا۔۔۔۔۔ پھر اس نے انگلی سے اشارہ کرتے ہوئے کہا۔ ''اس کرسی پر جس پر کہ اس وقت آپ بیٹھے ہوئے ہیں آپ کا ایک سمجھ دار اور تجربہ کار منیجر بیٹھا ہونا چاہیے۔ جو کوئی یہاں آئے اچھا اثر لے کر جائے۔۔۔۔۔ اور جناب لاہور کوئی معمولی شہر نہیں۔ آپ اس شہر کے اندر اپنے کاروبار کو اور زیادہ آرگنائز کیجیے۔ سرکاری ٹھیکوں کے لیے کوشش کیجیے۔ پرائیویٹ فرموں سے تعلقات پیدا کیجیے۔ اسکولوں اور کالجوں کے دفتروں میں اپنی سیاہی پہنچائے۔ ہر اچھے دکاندار کو اپنی روشنائی کا ایک بڑا سا بورڈ موٹ دیجیے اور بیسیوں گر ہیں بزنس (تجارت) کے۔۔۔۔۔ درحقیقت آپ کو ایسے ہی منیجر کی ضرورت ہے جو نہ صرف اچھی بات چیت کے فن سے واقف ہو۔ بلکہ وہ گاہکوں کو اپنی چیز کی برتری کا یقین دلا سکے۔ بس یہی ایک شے ہے۔ اگر گاہک آپ پر ایمان لے آئے تو بس چاندی ہے۔ لیکن ایک بات یاد رہے کہ کبھی دل میں گاہک کو بے وقوف بنانے کا خیال نہ آئے۔ میری بات سمجھے نا! آپ؟۔۔۔۔۔ بزنس مین وہ ہے جو اڑتی چڑیا کو پہچان لے''

یہ آخری فقرہ نہ معلوم اس نے کیوں کہا۔ میں اسے اپنے آپ سے منسوب کر کے کچھ مرعوب سا ہو گیا تھا۔

''بہتر''، اس نے سگریٹ پر ے پھینک کر کہا ''اب میرے خیال میں دیگر ضروری باتیں بھی ہو

جانی چاہیئیں ۔۔۔۔۔ اچھا لو ۔۔۔۔۔ "

"میں شاید پہلے بھی کہہ چکا ہوں کہ مجھے ایسے مینجر کی ضرورت ہے جو دورہ بھی کرے اور یہاں کام بھی بھگتا سکے۔ اس صورت میں اسّی روپے ماہوار دے دوں گا"

اس نے ہیٹ ہاتھ میں تھام کر جواب دیا "آپ میری گزارشات پر غور کر لیجیے ۔۔۔۔۔۔ میری ناچیز رائے میں آپ کو اسی قسم کے مینجر کی ضرورت ہے جو مستقل طور پر یہاں رہ کر اس کام کو ترقی دے سکے۔ فی الحال میں سو روپیہ ماہوار لے لگوں گا ۔۔۔۔۔۔ اور پھر اس میں چار پانچ ماہ بعد کم از کم پچاس روپیہ کا اضافہ ہو جانا چاہیے ۔۔۔۔۔ میں کل صبح خود ہی حاضر خدمت ہو جاؤں گا، آپ غور کر لیں"

میں سارا دن اور ساری رات اس بات پر غور کرتا رہا اور دوسرے دن جب وہ آیا تو میں نے اسے ملازم رکھ لیا۔

اس نے آتے ہی دفتر کا حلیہ بدل دینے کے لیے کہا۔ چنانچہ ہم دونوں بازار گئے۔ کچھ اچھی قسم کا فرنیچر اور دری چٹائی وغیرہ خرید لائے اور اسی دن اس نے دفتر کی صورت بدل دی۔ واقعی اب دفتر خوبصورت دکھائی دینے لگا۔ اس نے بڑی میز سے ذرا پرے کھڑے ہو کر کہا "نائیس (Nice)۔ اب یہ انسانوں کی جگہ ہو گئی ہے"

اس کی اس قسم کی باتیں دل میں نشتر کی طرح اتر جاتی تھیں۔ میں جب اس کے چہرے کی طرف دیکھتا تو وہ از حد سنجیدہ اور متین نظر آتا تھا۔

دوسرے روز جب میں دس بجے کے قریب اوپر سے نیچے دفتر کی طرف گیا تو دیکھا کہ مظفر کرسی پر بیٹھا کام میں مصروف ہے۔ اس وقت وہ چند نئے رجسٹروں میں پنسل سے لکیریں لگا رہا تھا۔ میں جب اندر داخل ہوا تو اس نے بلا میری طرف دیکھے کہا۔ "آداب عرض جناب"

مجھے تعجب ہوا کہ اس نے بلا دیکھے مجھے کیسے پہچان لیا۔

اس نے مسکرا کر کہا۔ "میں آپ کے قدموں کی چاپ ہی سے آپ کو پہچان سکتا ہوں۔ اگر آپ

دس آدمیوں کے ساتھ اپنی عام چال کے مطابق گھوم رہے ہوں، تو بھی مجھے آپ کی چال پہچان لینے میں کوئی دشواری پیش نہیں آئے گی،،

میں دل ہی دل میں ہنسا۔سوچا یہ کوئی شرلاک ہومز کا چچا معلوم ہوتا ہے۔

میں چپ چاپ میز کے قریب جا کھڑا ہوا۔ اس نے میرے لیے میز کی خاص کرسی خالی نہیں کی۔

ہاتھ سے سامنے والی کرسی کی طرف اشارہ کرتے ہوئے بولا:

،،تشریف رکھیے نا،،

پھر اس نے سگریٹ سلگا لیا۔

،،دیکھیے یہ لیبل جو آپ نے چھپوائے ہیں بہت بھدے ہیں اور یہ ڈبے بھی۔ میں یہ سمجھنے سے قاصر ہوں کہ آخر اتنے رنگوں میں لیبل چھپوانے کا آپ کو مشورہ کس بے وقوف نے دیا تھا،،

وہ لیبل دراصل میری ہی تجویز کے مطابق چھپے ہوئے تھے۔ اس نے سلسلہِ کلام جاری رکھتے ہوئے کہا:

،،اس قسم کے لیبل چھپوانا اور انہیں شیشیوں اور بوتلوں پر لگانا بھی بدذوقی کا ثبوت دینا ہے۔۔۔۔۔۔ ایک رنگ صرف ایک رنگ کافی ہے ۔۔۔۔۔۔ آپ سمجھے ۔۔۔۔۔۔ اور پھر حروف بھی سادہ ہونے چاہیئیں۔ زیادہ ڈیکوریشن کی ضرورت نہیں ہے ۔۔۔۔۔۔ دیکھیے میری تجویز یہ ہے۔ اس جگہ روشنائی کا نام بس اتنے بڑے حروف میں لکھا ہوا ہے۔ نیچے باریک حروف میں اس کی تعریف میں ایک سا جملہ۔ ادھر بھی ایک موٹی سی لکیر اور اس طرف بھی ۔۔۔۔۔۔ ،،

اس نے اپنی مرضی کے مطابق کسی آرٹسٹ سے ڈرائنگ بنوا لی۔ اور پھر اس کا بلاک بنوا لیا۔

اس کے جسم میں خون کی کمی معلوم ہوتی تھی۔ جسم کمزور، آنکھوں کے نیچے گڑھے، ہونٹ یوں ہی پھیکے سے چہرہ زردی مائل۔ لیکن وہ غضب کا پھرتیلا شخص تھا۔ اس اکیلے شخص کی چلت پھرت سے دفتر میں رونق سی رہتی تھی۔

اس کی تجویز کے مطابق دو ایجنٹ بھی رکھ لیے گئے۔ ایک کو باہر بھیج دیا گیا۔ ایک لوکل کام کے لیے رکھ لیا گیا۔

وہ یقیناً بڑا چلتا پرزہ شخص تھا۔ چند ہی دنوں کے اندر اس نے سب لوگوں سے واقفیت پیدا کر لی۔ اسکولوں کے ہیڈ ماسٹر، کالجوں کے پرنسپل، دیسی و انگریزی فرموں کے منیجر بھی سبھی اس کے دوست بن گئے۔ ایک روز میں برآمدے میں کھڑا ہوا تھا کہ ایک انگریز وہاں آیا۔ کہنے لگا "میں منیجر سے ملنا چاہتا ہوں۔ میں تو اسے دیکھ کر ڈر ہی گیا اور جب مظفر کمرے سے باہر آ کر اس سے بڑے تپاک کے ساتھ ملا تو میں حیران رہ گیا۔ وہ اسے دفتر میں لے گیا۔ وہاں وہ دونوں کافی دیر تک باتیں کرتے رہے۔

اس میں شبہ نہیں کہ اب پہلے کی نسبت کہیں بہتر کام ہو رہا تھا۔ بلکہ کہنا چاہیے کہ مظفر نے میرے کاروبار کی کایا پلٹ دی۔ اب کام ایسے پیمانے پر چل رہا تھا کہ میں خواب میں بھی اس کا خیال دل میں نہ لا سکتا تھا۔ مظفر اس قدر محنتی شخص تھا کہ شاید میں خود بھی اتنا کام کبھی نہ کر سکتا تھا۔ اور وہ یہ کام اس طرح کرتا تھا جیسے زندگی میں اس کا نصب العین ہی یہی تھا کہ اسے کام یاب بنائے۔ لیکن ان سب باتوں کے باوجود میں کچھ بے چین سا رہتا تھا۔

جب سے وہ آیا تھا میرے لیے کوئی کام ہی نہ رہ گیا تھا۔ سارا سارا دن بیٹھا مکھیاں مارا کرتا۔ میرا منیجر کبھی مجھ سے کسی قسم کا مشورہ طلب کرنے کی ضرورت محسوس نہ کرتا تھا۔ بلکہ اگر میں کوئی صلاح دیتا بھی تو اگر وہ میرا زیادہ لحاظ کرتا تو چپ رہ جاتا ورنہ اسے میری بات رد کر دینے میں بھی کچھ تکلف نہ تھا۔ میری بات رد کر دینے کے بعد فوراً کوئی ایسی تجویز پیش کر دیتا جو مجھ سے یقیناً کہیں بہتر ہوتی تھی۔ اس لیے مجھے خاموش رہنا پڑتا تھا۔۔۔۔۔ یہاں تک کہ میں اس کے سامنے تجویز پیش کرتا ہوا بھی ڈرنے لگا تھا۔

پہلے چند ماہ تو واقعی میں مرعوب رہا۔ مجھے اپنا بے کار بیٹھنا پسند نہ تھا۔ یہ درست ہے کہ جب میرا کام اچھا خاصہ چل رہا تھا تو پھر مجھے اس قدر بے چینی کا اظہار کرنے کی ضرورت بھی کیا تھی۔ میری

الجھن کا سبب یہ تھا کہ مجھے اُس نے اس بات کا شدید طور پر احساس کرا دیا تھا کہ میں ایک نااہل شخص ہوں۔ میری کوئی رائے اس قابل نہیں کہ اُس پر عمل کیا جا سکے۔

یہ بھی درست ہے کہ وہ محض باتیں نہیں بناتا تھا بلکہ جو کچھ کہتا تھا کر کے دکھا دیتا تھا۔۔۔۔۔۔ لیکن مجھے اس نے بالکل ہی نظر انداز کر دیا تھا۔ میں دفتر یا برآمدے میں یوں ہی بے کار کتے کی طرح گھوما کرتا تھا۔ اس نے کبھی مجھے خوش کرنے کی کوشش نہیں کی۔ وہ کہتا تھا۔ میں صرف آزادی کے ساتھ کام کر سکتا ہوں۔ مجھے ایک مرتبہ میرا فرض سمجھا دیا جائے اور ایک مرتبہ مجھے اپنے کام کی نوعیت معلوم ہو جائے تو بس پھر مجھے آزاد چھوڑ دیا جائے۔ میں یہ بات پسند نہیں کرتا کہ جو کاٹھ کا الو اٹھے میرے کام میں ٹانگ اڑا دے۔

اسی پر بس نہ تھی بلکہ اس نے اپنی سہولت کے مطابق سارا ٹائم ٹیبل ہی بدل ڈالا تھا۔ میں نے صبح نو بجے سے لے کر شام کے چھ بجے تک دفتر کا وقت مقرر کیا تھا۔ دوپہر کو پون گھنٹے کا وقفہ کھانا کھانے کے لیے۔ لیکن اس نے اسے بدل کر دس سے ساڑھے چار بجے تک کام کا وقت مقرر کر دیا تھا اور دوپہر کے وقت ڈیڑھ گھنٹے کا وقفہ۔ میں نے اس کی ہر بات برداشت کرنے کی کوشش کی تھی۔ لیکن یہ تو بس حد ہی ہو گئی۔ اس طرح دوسرے نوکروں پر بھی برا اثر پڑتا تھا۔ وہ یوں ہی بڑبڑاتے رہتے تھے۔ میرے پاس آ کر چغلیاں کھاتے تھے۔

میں نے ایجنٹ سے کہا کہ وہ کسی طرح مظفر کے کانوں تک یہ بات پہنچا دے کہ میں اس بات کو پسند نہیں کرتا۔

جب ایجنٹ نے اس سے یہ بات کہی تو اس نے یہ جواب دیا کہ ان کی پروا مت کرو۔ انہیں ان باتوں کی کچھ خبر ہی نہیں۔ دل لگا کر انسان جو کام ایک گھنٹہ میں بھگتا سکتا ہے وہی کام اگر بے دلی سے کیا جائے تو تین گھنٹے میں بھی ختم نہیں ہو سکتا۔ یہ بھی بزنس کا ایک گر ہے کہ نوکروں کو زیادہ سے زیادہ آرام اور تفریح کرنے کا موقع ملے۔ اس طرح وہ زیادہ بہتر کام کر سکتے ہیں۔

اس کا یہ جواب معقول تھا۔ لیکن دوسرے نوکروں کے سامنے وہ مجھے عقل سے کورا ظاہر کرے یہ بات میری قوتِ برداشت سے باہر تھی۔

چنانچہ ایک روز دوپہر کے وقت جب وہ کھانا کھا کر واپس آیا تو میں نے ذرا بگڑ کر کہا۔

’’مسٹر مظفر! آپ نے دفتر کا وقت بالکل بدل ڈالا ہے۔۔۔۔۔۔‘‘

’’جی۔۔۔۔۔ دیکھیے صبح میں ذرا دیر سے جاگتا ہوں۔ شام کے وقت مجھے ٹینس کھیلنے کے لیے جانا ہوتا ہے۔ اگر مجھے چھ بجے تک اس جگہ بیٹھنا پڑے تو پھر میرا سارا پروگرام درہم برہم ہو جائے‘‘

’’اور پھر آپ دوپہر کو بھی پون گھنٹے کے بجائے ڈیڑھ گھنٹے کی چھٹی مناتے ہیں۔۔۔۔۔‘‘

’’خاں صاحب! میرے خیال میں آپ کو میرے کام میں نگاہ رکھنا چاہیے۔۔۔۔۔ پندرہ منٹ مجھے گھر جانے کے لیے درکار ہیں اور پندرہ منٹ واپس آنے کے لیے چاہئیں۔ آپ خود ہی بتایئے کہ پندرہ منٹ میں روٹی کیسے کھا سکتا ہوں۔۔۔۔۔ غور فرمایئے میں پیٹ کے لیے ملازمت کرتا ہوں۔۔۔۔۔ اگر روٹی بھی نہ کھاؤں تو کام کیسے کروں۔۔۔۔۔‘‘

میں نے گرم ہو کر جواب دیا:

’’جو کچھ بھی ہو اگر آپ واقعی کام کرنا چاہتے ہیں تو آپ کو میری شرائط کے مطابق کام کرنا ہو گا‘‘

مجھے اس کی اس قدر مکمل دلیل بازی اور ہر بات میں اپنی ہی سبکی کے اظہار سے نفرت سی ہو گئی تھی۔

میں اپنے دل میں اس بات کا ضرور متمنی تھا کہ وہ میری ہستی کو بالکل ہی عضو معطل بنا کر نہ ڈال دے۔ بلکہ پروپرائٹر ہونے کی حیثیت سے میرے احساسات کی قدر کرے۔

اس کے چہرے سے معلوم ہوتا تھا کہ اس وقت کی میری بات اُسے بے حد گراں گزری ہے، وہ منتظر ہے کہ میں اپنے تخیلات واپس لینے کی طرف توجہ کروں گا مگر میں ان باتوں سے اکتا سا گیا تھا اور میں نے ایسا نہیں کیا۔

وہ چند لمحوں کے لیے میری آنکھوں میں آنکھیں ڈالے دیکھتا رہا۔ پھر اپنی تیز آواز میں بولا۔

’’خاں صاحب! اگر آپ سمجھتے ہیں کہ کام چل نکلا ہے اور اب آپ اسے چلا لیں گے تو آپ کا یہ خیال سراسر غلط ہے ۔۔۔۔۔ اور اگر مجھے نوکری کرنے کے باوجود فاقہ کرنا پڑے تو میں ۔۔۔۔۔ آپ جانتے ہی ہیں کہ میں آزادی سے کام کرنے کا عادی ہوں ۔۔۔۔۔ اس لیے میں غلامی کے فاقہ پر آزادی کے فاقہ کو ترجیح دوں گا‘‘

یہ کہہ کر اس نے اپنے کمزور شانوں کو حرکت دی اور سگریٹ پیتا ہوا گھر کو چل دیا۔

سکوت

یہ چھوٹا سا بنگلہ نما مکان شہر کے باہر سول لائنز کے اس حصہ میں بنا ہوا تھا جس سے آگے چند پلاٹ خالی پڑے تھے۔ لیکن اور کوئی عمارت نظر نہ آتی تھی۔ ایک تو سول لائنز کی یہ آبادی ہی شہر سے باہر تھی اور پھر یہ مکان بھی آبادی کے ایک خاموش گوشے میں تنہا کھڑا ہوا تھا۔ اس لیے یہاں سرِشام ہی ہر طرف خاموشی طاری ہو جاتی تھی۔۔۔۔۔ اور جب تھکا ماندہ شبیر اپنے دوست کے مکان کی طرف قدم بہ قدم بڑھتا رہا تھا، تو اس کی تکان زدہ آنکھیں مکان پر گڑی ہوئی تھیں۔۔۔۔۔۔

عموماً جب انسان دن بھر کام کرنے کے بعد واپس لوٹتا ہے تو اسے ہمیشہ یہی احساس ہوتا ہے جیسے اس کا مکان بازو کھولے اُس کے استقبال کے لیے کھڑا ہو اور جب وہ اندر داخل ہو گا تو مکان کے اندر حسبِ حیثیت کرسیاں ہوں گی، یا کوچ بچھے ہوں گے، یا کم از کم چارپائی ہو گی ۔۔۔۔۔۔ وہ بیٹھ یا لیٹ کر تھوڑا سا آرام کرے گا۔۔۔۔۔۔ پھر وہاں منہ ہاتھ دھونے کے لیے پانی بھی ہو گا۔ منہ ہاتھ دھونے کے بعد اس کے کھانے کے لیے بھی کوئی نہ کوئی چیز موجود ہو گی۔ اپنے گھر کی آزادی، امن، جانی پہچانی ہوئی فضا، مکمل راحت وغیرہ تو مسلمہ خوبیاں ہیں۔ لیکن جب شبیر نے اپنے دوست پر نگاہ ڈالی تو اسے اس قسم کی بات محسوس نہ ہوئی۔ وہ مکان یوں ہی پیلے رنگ کے مینڈک کی طرح بے حس دکھائی دے رہا تھا اور یہ معلوم ہوتا تھا کہ اگر وہ اس کے قریب گیا تو مکان پھدک کر کہیں دور جا رہے گا۔ وہ اس کے پیچھے بھاگتا چلا جائے گا اور مکان پھدکتا ہوا دنیا کے دوسرے گوشے میں جا پہنچے گا۔ یہاں تک کہ وہ بے چارا کہیں رستے ہی میں تھک کر چور ہو جائے گا اور کسی گڑھے میں گر کر کراہتا رہے گا۔ یا

کسی جھاڑی میں الجھ جائے گا۔ وہاں اس کے گھٹنے چھل جائیں گے۔ کانٹوں کے چبھ جانے سے اس کے جسم میں درد کی ٹیسیں اٹھیں گی۔۔۔۔۔۔۔شبیر رُک گیا۔

اس مکان سے کس قدر سرد مہری ٹپکتی تھی "خوش آمدید" کہنا تو خیر دور کی بات تھی۔ بلکہ اگر وہ وہاں سے بھاگ کر مکان سے پرے چلا جائے تو وہ دل کھول کر قہقہے لگائے گا، بغلیں بجائے، اور یومِ نجات منائے گا۔۔۔۔۔۔۔کچھ بھی ہو وہ مکان سے پرے بھاگ جانے پر آمادہ تھا۔ لیکن وہ بھاگ کر کہاں جائے۔

یہ اس کی زندگی کے تاریک دن تھے۔ وہ دنیا میں تنہا تھا۔۔۔۔۔۔۔ بلکہ تنہا چھوڑ دیا گیا تھا۔ باپ نے اپنی ہوس کی سیری کے لیے اسے لنڈورے چوہے کی طرح اکیلا چھوڑ دیا۔ یہ ایک لمبی داستان تھی باپ کے بھیجے ہوئے وہ روپے جن پر اس کا گزارا ہو رہا تھا ایکایک آنے بند ہو گئے۔ اس کی اعلیٰ تعلیم کا سلسلہ منقطع ہو گیا اور اس نے ایک اسکول میں چھوٹی سی نوکری کر لی۔

جس جگہ وہ پہلے رہتا تھا اسے وہ چھوڑنی پڑی۔ اس نے کم کرائے کا چھوٹا سا کمرہ تلاش کیا لیکن نہ ملا۔ وہ عارضی طور پر اپنے دوست کے ہاں آ کر رہنے لگا تھا۔ وہ مثل مشہور ہے ایک دن کا مہمان اس کے بعد شیطان۔۔۔۔۔۔۔

۔۔۔۔۔۔۔چھوٹی سی باڑ کے پیچھے زمین پر اُگی ہوئی گھاس اس سے پرے مکان۔۔۔۔۔۔۔بے حس، سرد مہری، چپ چاپ۔۔۔۔۔۔۔کھڑکیوں میں روشنی دکھائی دے رہی تھی۔ وہ کس قدر اداس اور پریشان کن تھی۔

تاریکی بڑھتی جا رہی تھی۔ وہ چپ چاپ گھر کے اندر چلا گیا۔۔۔۔۔۔۔اس کے دوست کے بچے باپ کو دیکھ کر چلا اٹھتے تھے۔ لیکن وہ اس سے مانوس نہیں تھے۔ وہ پہلے تو اسے پہچان نہ سکے۔ لیکن جوں ہی انھوں نے اسے پہچان لیا مسرت و شادمانی کی چیخیں ان کے لبوں تک پہنچتی رہ گئیں۔ دوست کی بیوی اس سے پردہ نہیں کرتی تھی۔ وہ بہت اچھے دوست تھے اس لیے اس قسم کے تکلفات کا دخل ہی نہیں

تھا۔۔۔۔۔۔ لیکن اس کی بیوی شبیر سے بے تکلف بھی نہیں تھی۔ جس قدر اس کا دوست لطیف بدصورت تھا اسی قدر اس کی بیوی حسین تھی۔ دونوں کی جوڑی اور بھی کئی پہلوؤں سے اچھی خاصی بے جوڑ تھی۔

شبیر سیدھا ڈرائنگ روم میں چلا گیا اور خاموشی سے ایک آرام کرسی پر دراز ہو گیا۔ کسی غیر کے مکان میں آرام کرسی پر دراز ہونا کس قدر اذیت دہ تھا۔ وہ گرم جوشی اور پرخلوص استقبال کا بھوکا تھا وہ آنکھیں بند کیے کچھ دیر تک یوں ہی پڑا رہا۔۔۔۔۔۔ اتنے میں لطیف کے بولنے کی آوازیں بھی آنے لگیں۔۔۔۔۔۔ وہ یوں ہی سر جھکائے چپ چاپ بیٹھا رہا۔

بچوں اور بیوی کے ساتھ باتیں کرنے کے بعد لطیف ادھر چلا آیا۔۔۔۔۔۔ پہلے پہل جب وہ نیا نیا آیا تھا تو لطیف اس سے بات کر لیا کرتا تھا۔ اب اگر کوئی بات کہنے کی ہوتی تو وہ بولتا۔ ورنہ یوں ہی اپنے کام میں مصروف رہتا۔۔۔۔۔۔ شبیر حد سے زیادہ تھک گیا تھا آج اس نے نویں درجے کے لڑکوں کے جوابات کی کاپیاں دیکھ کر واپس کی تھیں۔ اس لیے آج سارا دن لڑکوں نے چلا چلا کر اس کا ناک میں دم کر دیا تھا۔ ایک تو ذاتی پریشانیاں، بیسیوں الجھنیں اور پھر لڑکوں کا کائیں کائیں۔ ان سب پر طرہ یہ کہ اسکول سے مکان تک تین میل اڑتی گرد میں پیدل آنا پڑا۔۔۔۔۔۔ اور مکان؟۔۔۔۔۔۔ اس کا جی چاہتا تھا کہ تھوڑی دیر کے لیے باہر کھیتوں کی طرف نکل جائے۔ وہ لطیف کو سیر کرنے کے لیے کہنا نہیں چاہتا تھا۔ کیونکہ پہلے ایک مرتبہ اس نے اس سے کہا تو اس نے جواب دیا تھا کہ اسے کام کرنا ہے۔ اس نے کچھ اصرار کیا تو لطیف نے ذرا درشت لہجے میں کہا کہ اگر میں سیر ہی کرتا رہوں تو پھر کماؤں کہاں سے۔۔۔۔۔۔ اس دن سے شبیر نے اسے کچھ کہنا ہی ترک کر دیا اور آج تو خود اسی کا بولنے کو جی نہ چاہتا تھا۔

وہ دل ہی دل میں باہر جانے کی ٹھان رہا تھا کہ لطیف نے خود ہی اس سے کہا ''باہر چلو گے؟'' شبیر منہ سے کچھ نہیں بولا۔ وہ اٹھ کر اس کے ساتھ ہو لیا۔ مکان سے سڑکوں پر کوئی اکا دکا آدمی نظر آ جاتا تھا یا کوئی کتا ایک کوٹھی کی باڑ سے گزر کر دوسری کوٹھی کی باڑ میں گھستا دکھائی دے جاتا۔ وہ

دونوں خاموش تھے۔ ہاتھ پیٹھ پر باندھے سر جھکائے وہ آگے بڑھتے چلے جا رہے تھے۔ سڑک سے گزر کر وہ گرد سے اَٹے ہوئے میدان میں سے گزرنے لگے۔ سڑک پر کھڑے ہوئے کھمبے کی روشنی میں ان کے سامنے پہلے تو خوب واضح طور پر ان کے کالے کالے سائے حرکت کرتے ہوئے دکھائی دیتے رہے۔ لیکن جوں جوں وہ آگے بڑھتے گئے سائے مدہم پڑتے گئے یہاں تک کہ وہ بالکل ہی غائب ہو گئے۔

آگے صرف تاروں کی روشنی تھی۔۔۔۔۔۔ انسانوں کی آبادی کو وہ پیچھے چھوڑ آئے تھے۔ ان کے سامنے کھیت تھے۔ پرے بہت دور دور گاؤں درختوں کے جھرمٹ میں گھاس چرنے والی بھیڑوں کی طرح دکھائی دے رہے تھے۔ وہ موٹروں کا شور، لڑکوں کی ٹائیں ٹائیں، لاریوں کے پہیوں سے اڑتی ہوئی گرد اور کانوں کے پردے سے پھاڑ دینے والی شہر بھر کی مختلف آوازوں کا گھلا ملا ہوا غل غپاڑہ۔۔۔۔۔۔ ان سب سے پیچھا چھوٹ گیا تھا۔ شبیر نے لطیف کی طرف اُچٹتی ہوئی نگاہ ڈالی۔ وہ بھی اس کی طرح بالکل سنجیدہ سا ہو رہا تھا۔ اس کے سر کے بال الجھے ہوئے تھے۔ ماتھے پر بل، ناک کے نتھنوں کے قریب سے رخساروں کے نیچے جانے والے خطوط خوب گہرے دکھائی دے رہے تھے۔ چونکہ وہ چھوٹی چھوٹی داڑھی بھی بڑھائے ہوئے تھا۔ اس لیے اس کے چہرے سے خشونت کے آثار اور بھی شدید دکھائی دیتے تھے۔

خاموشی سے چلتے ہوئے وہ کھیتوں کے قریب ایک جوہڑ کے پاس جا پہنچے۔ وہ پہلے بھی ہمیشہ اسی جگہ آیا کرتے تھے۔ جوہر کا پانی گدلا تھا۔ لیکن گاؤں کے لوگ نہ صرف مویشیوں کو اس میں نہلاتے تھے بلکہ خود بھی اس میں نہاتے اور کپڑے دھوتے تھے۔ دن بھر پانی کی سطح پر صابن کی جھاگ تیرا کرتی تھی۔ البتہ رات کا پانی پرسکون اور صاف و شفاف نظر آتا تھا۔ یہ ایک حقیقت تھی کہ دن میں اس جوہڑ کا نظارہ طبیعت پر کچھ ناخوش گوار اثر ڈالتا تھا۔ لیکن رات کے وقت یہ کاشمیر کی کسی جھیل کی طرح دلکش نظر آنے لگتا تھا۔ چنانچہ آج بھی ململ کی طرح باریک چھوٹی سی بدلی کے پیچھے چھپے ہوئے چاند کی روشنی جوہڑ کے پانی پر جھلملا رہی تھی۔۔۔۔۔۔ وہ دونوں عین جوہڑ کے کنارے اپنی پرانی جگہ پر بیٹھ گئے۔

ہوا خنک تھی ہر طرف خاموشی اور امن کی حکومت تھی۔ آسمان قریب قریب بالکل صاف تھا۔ کہیں کہیں بادل کا ہلکا سا ٹکڑا کارواں سے بچھڑے ہوئے یوسف کی طرح آوارہ پھرتا دکھائی دے جاتا تھا۔ تارے ایسے روشن دکھائی دے رہے تھے جیسے ان کے چہرے خوب اچھی طرح سے دھو دیئے گئے ہوں اور وہ معصوم بچوں کی طرح آنکھیں جھپکا رہے تھے۔ تا حد نگاہ بڑے بڑے کھیت پھیلے ہوئے تھے اور افق میں کچھ ایسی کھلی ملی سی پھیلی پھیلی روشنی نظر آ رہی تھی جیسے کوئی مٹھیاں بھر بھر کر گلال ہوا میں اڑا رہا ہو۔ اس جگہ انسان کو ایک لامتناہی وسعت، ابدی سکون اور دائمی راحت کا احساس ہوتا تھا۔

وہ دونوں اس انداز سے بیٹھے تھے کہ ان کی ایڑیاں زمین پر ٹکی تھیں۔ گھٹنے اوپر کو اٹھے ہوئے تھے اور گھٹنوں پر ان کی کہنیاں ٹکی ہوئی تھیں لطیف کے چہرے سے یوں ظاہر ہوتا تھا جیسے وہ کسی سے لڑ کر چلا آ رہا ہو۔ شبیر سوچنے لگا۔ یہ سب کچھ میری وجہ سے ہے۔ یہی میرا دوست کس قدر خوش مزاج اور باتونی شخص تھا۔ لیکن اب اس کی زبان پر تالا سا پڑ گیا ہے۔ اگر انسان پر ذرا سی مصیبت آن پڑے تو دوست کھسکنے لگتے ہیں۔ انسان کو آنکھیں بدلتے دیر نہیں لگتی۔ آخر لوگ اس قسم کا رویہ اختیار کس طرح کر لیتے ہیں۔ کل جس دوست سے بے حد بے تکلفی تھی آج اس سے بات کرنے کے روادار نہیں۔

اس طرح کے خیالات میں کھوئے کھوئے اس نے اپنے دوست کی طرف نگاہ اٹھا کر دیکھا جیسے کہہ رہا ہو "دوست! میں تمہاری پریشانی کا سبب خوب اچھی طرح سے سمجھتا ہوں۔ یوں تو تم یہی کہتے ہو گے کہ میں بے حیا ہوں جو اس طرح تمہارے گھر میں ڈیرا لگائے بیٹھا ہوں دونوں وقت روٹی کھاتا ہوں۔ اس طرح مفت میں تم سب کی پریشانی کا باعث ہو رہا ہوں۔ تم صحیح کہتے ہو میں جانتا ہوں کہ میں نے تمہیں ایک مصیبت میں گرفتار کر رکھا ہے۔ لیکن میرے لیے سوائے اس کے کوئی چارہ نہیں۔ میں جلد از جلد تمہارے گھر کو خیر باد کہہ دینا چاہتا ہوں لیکن مجبور ہوں۔ خیر یہ تو رہی میری حالت۔ لیکن تم اپنی کہو۔ کس طرح سے تم مجھے اپنے گھر لائے تھے۔ تم نے کہا اسے اپنا گھر سمجھو۔ میری حالت سے تم اچھی طرح واقف ہو۔ تمہیں میں نے دھوکا دینے کی کوشش نہیں کی۔ سب حالات جانتے ہوئے بھی

تم نے مجھے اپنے پاس بلالیا۔ اب گلے پڑا ڈھول بجانا پڑا تو گھبرا گئے۔

لطیف نے جیسے اس کی بات سن لی ہو۔ اس نے سر گھما کر اس کی طرف دیکھا جیسے کہہ رہا ہو ”بھئی میرے کہنے کی کوئی بات ہے نہیں۔ جو میرے دل میں ہے وہ میری صورت سے ظاہر ہے۔ بال بچے دار آدمی ہوں۔ زیادہ عرصہ تک مہمان اپنے گھر میں نہیں رکھ سکتا۔ ہر بات کا دھیان رکھنا پڑتا ہے۔ تم کنوارے ہو تم ان باتوں کو نہیں سمجھتے۔ بلکہ سمجھ ہی نہیں سکتے۔ میں دراصل ناچار ہوں، کچھ باتیں میرے بس میں نہیں۔ مجھے تمہارا پورا پورا خیال ہے۔ لیکن ہمارا سماجی نظام ہی کچھ ایسا ہے کہ میاں کچھ بات پسند کرتے ہیں تو بیوی کو پسند نہیں کرتیں۔ اسی طرح جو بات بیوی کو پسند ہے میاں کو نہیں، یہاں تک تو کوئی حرج نہ تھا۔ لیکن مشکل یہ آن پڑی ہے کہ ایک دوسرے کے اختلاف کو برداشت کرنے کو بھی تو وہ تیار نہیں ہوتے۔ اگر ہم ایک بات پر متفق نہیں ہو سکتے۔۔۔۔۔۔ لیکن کم از کم اختلاف پر رضامند تو ہو سکتے ہیں نا؟ تم میرے دوست ہو لیکن میری بیوی کے نہیں ۔۔۔۔۔۔ جس طرح میری بیوی کی سہیلیاں نہیں ہوتیں۔۔۔۔۔۔“

عورتوں کا خیال آنے پر شبیر کا ذہن دوسری طرف کو منتقل ہو گیا وہ سوچنے لگا کہ عورتیں بھی عجیب بلا ہوتی ہیں۔ اچھے خاصے دوستوں کو ایک دوسرے سے جدا کر کے دم لیتی ہیں۔ مرد بھی دراصل بے وقوف ہی ہوتے ہیں۔ لطیف سے تو خیر اس کا دو تین برس کا یارانہ تھا۔ اس کے اور بھی پرانے دوست وہ، لنگوٹیے یار' ہم پیالہ و ہم نوالہ ۔۔۔۔۔۔ کھیل کود میں، شرارتوں میں، باغوں کی چوریوں میں غرض تین تین چار چار روز کے لیے کوہ مری کی سیر کو نکل جاتے تھے۔ سب کس قدر بے فکرے اور ہنڈر تھے۔ لیکن جب ان کی شادی ہو گئی۔۔۔۔۔۔ کئی سال بعد جب وہ راولپنڈی گیا تو اسے معلوم ہوا کہ اس کے دوستوں میں سے بیشتر کی شادی ہو گئی ہے۔ پرانے ساتھیوں میں سے کئی دوسرے شہروں میں چلے گئے تھے۔

وہ رؤف جو محض ایک بے کار لڑکا تھا۔ خود اس کے ابا تو اسے پڑھنے کے لیے مجبور بھی کرتے

تھے۔لیکن نہ معلوم رؤف کے ابا اسے کبھی کچھ بھی نہیں کہتے تھے۔کیونکہ جب کبھی تو بس جانے
کا نام ہی نہیں لیتا تھا۔

اور وہ ہدا۔۔۔۔۔اسے کیا کام تھا بھلا۔ کچھ نہیں، اس کے ساتھ برج خواہ سارا سارا دن کھیلتے جاؤ
اور جب وہ لوگ باہر جایا کرتے تھے تو وہی شرارتیں کرنے میں سب سے پیش پیش رہتا تھا۔۔۔۔۔
لیکن جب اس نے انہیں کئی برس بعد دیکھا تو ان سب دوستوں کے حلیے ہی بدل گئے تھے۔

رؤف نے ریڈیو کی دکان کھول لی تھی۔ جب وہ اسے ملنے کے لیے گیا اور پرانے زمانہ کا ذکر چھیڑا
تو وہ کہنے لگا۔ ''یار اب کچھ نہ پوچھ۔۔۔۔۔اب وہ بات ہی نہیں رہی۔۔۔۔۔''

'' کیوں بھئی وہ بات کیوں نہیں رہی؟ شبیر کو اس کی شادی ہو جانے کی اس وقت تک کوئی خبر نہیں
تھی۔وہ کسی غیر متوقع جواب کا منتظر تھا۔

لیکن اس کی حیرت کی انتہا نہ رہی جب رؤف نے جواب دیا ''یار اب میری شادی ہو گئی ہے''
اسی طرح ہدا کی بھی شادی ہو چکی تھی۔ پہلے تو اگر جناب ایک مرتبہ مل جائیں تو پھر سارا سارا
دن اس کا ساتھ نہیں چھوڑتے تھے لیکن اب اگر ایک آدھ گھنٹہ اکٹھے بیٹھنا پڑے تو اٹھ کر گھر کی
طرف بھاگتے تھے۔ آخر بیویوں میں ایسی کیا کشش ہوتی ہے کہ بس ایک مرتبہ مرد ان کے قابو میں آیا
اور انھوں نے منتر پڑھ کر اسے گدھا بنا ڈالا۔۔۔۔۔

اب ہلکی ہلکی خنک ہوا چلنے لگی تھی۔ وہ دونوں اپنے اپنے سر کی جلد پر ہوا کی ٹھنڈک کو محسوس کر
سکتے تھے۔ دماغ کی تکان دور ہونے لگی تھی مکمل خاموشی سے ان کے اعصاب میں مسرت انگیز راحت
کی لہریں دوڑنے لگیں۔شبیر کا ذہن ماضی کی طرف منتقل ہو گیا۔۔۔۔۔عورت کیا بلا ہے؟ اس بات
کا جواب خود اسی کا حافظہ دینے لگا۔ یہ ان دنوں کی بات تھی جب گاؤں کے قریبی قصبے سے دسویں پاس
کرنے کے بعد وہ شہر پہنچا اور کالج میں داخل ہو گیا۔شہر میں اسے ایک علیحدہ کمرے کی ضرورت تھی۔
وہ ہوسٹل میں نہیں رہنا چاہتا تھا۔ ان دنوں اس کی ماں اس کے ساتھ تھی۔ ماں کی ایک سہیلی مل گئی۔ کچھ

تو وہ پہلے ہی سے سہیلیاں تھیں کچھ اتنے لمبے عرصہ کے بعد جو ملیں تو بس ایک دوسرے سے لپٹ ہی تو گئیں اور پھر اس طرح باتوں ہی باتوں میں اس کی بات بھی چھڑ گئی۔ ماں کی سہیلی کا شہر میں اپنا مکان تھا، جس میں انہیں کا کنبہ رہتا تھا۔ وہ اپنی بیٹھک دینے پر رضامند ہو گئیں ۔۔۔۔۔۔ اس نے ان کی بیٹھک میں رہنا شروع کر دیا۔ اس بیٹھک میں مالکوں کی ایک بہت بھاری لوہے کی پیٹی رکھی تھی۔ وہ انھوں نے اسی جگہ پڑی رہنے دی۔

بیٹھک کا دروازہ ڈیوڑھی کے اندر ہی تھا۔ ڈیوڑھی کو اندر سے مقفل کر دیا جاتا تھا۔ اس لیے انہیں کوئی خطرہ نہ تھا۔ باقی رہا شبیر، تو وہ ان کا اپنا بیٹا ہی تو تھا ۔۔۔۔۔۔ البتہ انھوں نے یہ ضرور کیا کہ کمرے کی ایک چابی پیٹی میں سے اسے دے دی اور ایک اپنے پاس رکھ لی تا کہ جب کبھی انہیں کسی شے کی ضرورت محسوس ہو تو وہ لے سکیں۔

ان کی ایک لڑکی تھی۔ کچھ بھلا سا نام تھا۔ حسین تھی جوان تھی بلکہ جوبن کی آمد آمد تھی۔ شبیر تنہائی پسند، خاموش اور شریف لڑکا سمجھا جاتا تھا ۔۔۔۔۔۔ اس لیے کبھی کبھی وہ لڑکی بھی پیٹی میں سے کوئی زیور یا نقدی نکالنے کے لیے چلی آتی۔ جب وہ کمرے میں داخل ہوتی تھی تو شبیر منہ پھیر کر کتاب کی طرف دیکھنے لگتا کبھی کوئی بات نہیں ہوئی اس کی شرافت کی دھوم مچ گئی۔ لیکن ایک روز گرمیوں کی ایک دوپہر کو جب لڑکی پیٹی کھولنے لگی تو چابی سوراخ میں پھنس گئی ۔۔۔۔۔۔ اس کا دھیان اپنی کتاب کی طرف تھا۔ لیکن اسے معلوم ہو گیا کہ کچھ نہ کچھ گڑبڑ ہو گئی ہے۔ لیکن وہ چپکا بیٹھا رہا۔ پھر لڑکی نے آہستہ سے کہا "چابی گھومتی نہیں ۔۔۔۔۔۔ اس کا دل دھڑکنے لگا۔ لڑکی نے آج تک اس سے کبھی کوئی بات نہ کی تھی۔ جب اس نے گھوم کر دیکھا تو وہ اس کی طرف پیٹھ کیے بیٹھی تھی۔ گویا یہ الفاظ لڑکی نے اس سے نہیں کہے تھے۔ اس نے بھی منہ پھیر لیا اور کتاب کی طرف دیکھتے ہوئے بولا "کیا میں آپ کی مدد کر سکتا ہوں؟"، لڑکی نے کچھ جواب نہ دیا۔ لیکن جب اس نے دیکھا کہ لڑکی ابھی تک بیٹھی ہے تو اس نے خاموشی نیم رضا سمجھ کر اس کی مدد کرنے کی ٹھانی۔

جب وہ پیٹی کے قریب پہنچا تو وہ چابی اس کے ہاتھ میں دے کر آپ ذرا پرے سرک کر بیٹھ گئی۔ اس نے لرزتے ہوئے ہاتھ سے چابی یوں ہی ایک سوراخ میں ڈالنی شروع کر دی ۔۔۔۔۔۔ لڑکی نے ہاتھ بڑھا کر انگلی سے اشارہ کرتے ہوئے کہا۔ ''یہتے''، یعنی اس جگہ ۔۔۔۔۔۔

اس رات اسے وہ گورا گورا منا انھا ہاتھ خواب میں نظر آتا رہا ۔۔۔۔۔۔ دوسرے تیسرے روز جب لڑکی کی ماں گھر پر نہیں تھی وہ اس سے ایک سوال سمجھنے کے لیے اس کے پاس آن بیٹھی ۔۔۔۔۔۔ پھر جب وہ ایک روز کمرے میں آیا تو اس نے دیکھا کہ اس کا کمرہ شیشے کی طرح چمک رہا تھا۔ اس کا بے ترتیبی سے پھیلا ہوا سامان کرسیاں، میز، کپڑے کتابیں سب ٹھکانے سے رکھے ہیں ۔۔۔۔۔۔ اور پھر اسی طرح اس کا کمرہ صاف رہنے لگا۔ اسے صبح کے وقت مٹھے کا گلاس اور مکھن بھی ملنے لگا۔ ایک روز لڑکی کے ہونٹوں سے اس کے ہونٹ پیوست ہو گئے۔ لڑکی کی ٹانگوں سے چھو کر اس کی ٹانگیں زور زور سے کانپنے لگیں ۔۔۔۔۔۔ یہ بھی ایک حقیقت تھی کہ چند دنوں بعد اس نے گھومنا، پھرنا، دوستوں کے ساتھ کھیلنا اور تھیٹر وغیرہ دیکھنا سب کچھ بند کر دیا تھا ۔۔۔۔۔۔

دفعتاً شبیر کی نظریں اوپر کو اٹھ گئیں۔ چند بڑے بڑے پرندے نہایت خاموشی سے پر ہلاتے ہوئے ان کے سروں کے اوپر سے گزر گئے۔ وہ دور چلے جا رہے تھے اور پھر لحظہ بہ لحظہ سے بلند تر ہوتے جا رہے تھے۔ یقیناً ان کی کوئی نہ کوئی منزل ضرور ہو گی۔ یوں ہی بلا مقصد تو نہ اڑ رہے ہوں گے۔ لیکن کیسی خاموشی کے ساتھ کس پراسرار انداز سے وہ اڑے جا رہے تھے ۔۔۔۔۔۔ پرے ہی پرے ۔۔۔۔۔۔ اس نے اپنے دوست لطیف کی طرف دیکھا اور سوچنے لگا کہ اس کا نام لطیف کس نے رکھ دیا صورت سے تو لطیف نہیں ہے ۔۔۔۔۔۔ یہ سوچ کر اس نے دل ہی دل میں ہنس کر اپنے آپ کو داد دی ۔۔۔۔۔۔ اور وہ لطیف ابھی تک اس کی طرف دیکھے جا رہا تھا۔ جیسے کہہ رہا ہو۔ ''میرے خیال میں اب تم سمجھ گئے ہو گے ۔۔۔۔۔۔''

''نہیں نہیں ۔۔۔۔۔۔ میں کچھ نہیں سمجھا ۔۔۔۔۔۔ تم عورت کی بات کہہ رہے تھے ۔۔۔۔۔۔''

شبیر پھر غور کرنے لگا۔ اس نے پیچھے جھک کر ہتھیلیاں زمین پر ٹیک دیں۔ اب وہ پہلے کی نسبت کچھ مطمئن تھا۔ اس نے دوست کی طرف دیکھا جیسے ۔۔۔۔۔۔ ''ہاں بھائی! عورت کی بابت جو تم نے کہا وہ درست ہے۔ میرا بھی یہی تجربہ ہے ۔۔۔۔۔۔ کسی نے کہا ہے کہ عورت مرد کو زمین کی طرف کھینچے رکھتی ہے۔ وہ اسے اس فانی دنیا کا بنائے رکھتی ہے۔ اگر عورت نہ ہو تو مرد نہ معلوم کن رفعتوں کی طرف پرواز کر جائے۔

عورت بے وقوف بھی تو پرلے درجے کی ہوتی ہے۔ جب رات کو ہم تم دونوں کھانا کھانے کے بعد بیٹھے بات چیت کرتے ہوتے ہیں تو تمہاری بیوی دوسرے کمرے میں سے ہاتھ سے اشارے کرتے ہوئے کہتی ہے ۔۔۔۔۔ اجی۔۔۔۔۔ میں نے کہا۔۔۔۔۔ ذرا۔۔۔۔۔۔ ادھر سنیے'' تم ان جان بن کر پوچھتے ہو۔ ''بھئی کیا ہے؟''

وہ کنکھیوں سے تمہاری طرف۔ خاص تمہاری طرف دیکھتی ہوئی پھر ہاتھ سے اشارے کرتے ہے۔۔۔۔۔ تم بظاہر برہم ہو کر بڑبڑاتے ہوئے چل دیتے ہو اور پھر جب واپس آتے ہو تو ہر چند تم اپنی مونچھیں بڑی احتیاط سے صاف کر کے آتے ہو مجھے معلوم ہو جاتا ہے کہ تمہاری بیوی نے تمہیں دودھ پینے کے لیے بلایا تھا۔ اور تم مجھ سے چوری سے دودھ پی کر معصوم صورت بنائے آ گئے ہو ۔۔۔۔۔۔ حالانکہ یہ بات روز روشن کی طرح عیاں ہو جاتی ہے کہ جب تم نے اندر جا کر اپنی بیوی کو ہاتھ میں دودھ کا گلاس تھامے ہوئے دیکھا ہو گا۔ تمہاری باچھیں کھل کر دونوں کانوں سے چھو گئی ہوں گی ۔۔۔۔۔۔ ذرا سوچو کہ کیا تم ۔۔۔۔۔ جو اتنے عقل مند بنے پھرتے ہو اس کی کوئی بہتر تجویز نہیں سوچ سکتے؟''

لطیف نے مجرموں کی طرح سر جھکا لیا جیسے اپنے گناہوں کا اعتراف کر رہا ہے ''بھئی درست ہے۔ خدا نے مہمان کا درجہ بہت بلند رکھا ہے ۔۔۔۔۔۔ دراصل ۔۔۔۔۔ انسان واقعی بہت کمزور ہے میں بھی ایک انسان ہی تو ہوں۔ مجھ سے بھی غلطی ہو ہی جاتی ہے ۔۔۔۔۔ میں بھی کمزور ہوں۔۔۔۔۔ ہے۔ نے یار! واقعی تم ہو تکلیف میں۔ میں جانتا تم ایک ذمہ دار دوست ہو۔ تم سے جب بھی ممکن ہو گا، تم چلے

جاؤ گے اور بھئی اگر اس موقع پر میں تمہارے کام نہ آیا تو کب آؤں گا؟''

شبیر کے دل کی کدورت دور ہونے لگی۔ وہ کچھ گہری سوچ میں ڈوب گیا۔ اس طرح اپنے خیالات میں گم اس نے دور کھڑے ہوئے درختوں کی طرف دیکھا۔ یہ دو درخت بھی دور سے کچھ عجیب ہی نظر آتے تھے جیسے وہ دونوں سرگوشی میں ایک دوسرے سے باتیں کر کے ہنس رہے ہوں۔

شبیر مہمانوں کی بابت سوچنے لگا۔ تھوڑی دیر بعد اس نے پھر لطیف کی طرف اس طرح دیکھا جیسے کہہ رہا ہو۔۔۔۔۔ ''بھئی میں مانتا ہوں کہ مہمان میزبان کی بابت تو سب کچھ سوچتے ہیں۔ اس کے فرائض کی لمبی سی فہرست تیار کر لیتے ہیں۔ لیکن کبھی اپنے فرائض پر غور کرنے کی ضرورت محسوس نہیں کرتے۔ بے شک مہمان کی یہی کوشش ہونی چاہیے کہ وہ میزبان کی تکلیف کا باعث نہ بنے اور میں تمہیں یقین دلاتا ہوں کہ میری بھی یہی کوشش ہوتی ہے۔ میں نہیں جانتا شاید مجھ سے بھی غلطی ہو ہی جاتی ہو۔ یعنی باوجود اس قدر احتیاط کے بھی۔۔۔۔۔ ممکن ہے۔۔۔۔۔۔ لیکن بھئی تم تو بعض اوقات یوں ہی بگڑ جاتے ہو۔ مثلاً اس دن کیا بات کی تھی میں نے؟ یہی نا کہ آؤ ذرا باہر کھیتوں کی سیر کر آئیں۔ اس پر تم فوراً بگڑ گئے۔ تم نے مجھے کچھ ایسی باتیں کہہ ڈالیں جو در حقیقت بالکل دور از کار اور بے معنی تھیں۔ ظاہر ہے کہ میری بات بالکل بے ضرر تھی۔ تم پر جو اس قدر شدید ردِّ عمل ہوا وہ بالکل بے جا تھا۔۔۔۔۔''

لطیف نے اپنی انگلی منہ میں دبا رکھی تھی۔ اس وقت اس کی آنکھیں پہلے کی طرح سکڑی ہوئی نہیں تھیں اور نہ اس کے چہرے کے خطوط پہلے کی طرح مسخ ہو رہے تھے۔ اس وقت اس کے چہرے کے خطوط پہلے کی طرح مسخ ہو رہے تھے۔ اس وقت اس کے چہرے سے ملائمت ٹپک رہی تھی۔ اس کی دونوں بھنووں کے درمیان کی لکیریں اس وقت پہلے کی نسبت مدہم دکھائی دے رہی تھیں اور آہستہ آہستہ معدوم ہو رہی تھیں۔ اس نے ایک گہری سانس لی۔ سینہ خوب اچھی طرح سے پھلا لیا۔ پھر اس نے آنکھیں موند لیں اور پیچھے کی طرف جھک گیا جیسے کہہ رہا ہو ''واقعی بعض اوقات انسان دیوتا بن جاتا ہے اور کبھی بالکل ہی شیطان کی صورت اختیار کر لیتا ہے۔ بھئی یقین مانو تمہارے یہاں ٹھہرنے سے مجھے

کوئی تکلیف محسوس نہیں ہوتی۔ جہاں اور اتنے لوگ کھانے والے ہیں تم بھی ان میں شامل ہو گئے تو کیا فرق پڑتا ہے۔ بھئی خدا گواہ مجھے تم سے کوئی شکایت نہیں ہے اور دیکھنا یار بعض دفعہ میرا موڈ یہی کچھ بگڑا ہوا ہوتا ہے۔ مجھ ہی پر کیا منحصر، ہر آدمی کا یہی حال ہے ۔۔۔۔۔ کبھی کبھی دفتر میں جھگڑا ہو جاتا ہے۔ ہمارے عملے کے آدمی ایسے بدخصلت ہیں کہ ہمیشہ لگائی بجھائی میں مصروف رہتے ہیں یعنی جس کام کی تنخواہ پاتے ہیں اس کی طرف تو دھیان دیتے نہیں ایک دوسرے کی جڑیں کاٹنے میں مصروف رہتے ہیں ۔۔۔۔۔ اور پھر بڑے افسروں کا تو خیر پوچھنا ہی کیا ہے وہ بھی ایک ہی کم بخت ہوتے ہیں۔ ان لوگوں کا نہ تو اپنا دماغ ہوتا ہے، نہ کان، نہ آنکھ ۔۔۔۔۔ بس جو کچھ ان کے پٹھوؤں نے کہہ دیا انھوں نے چپ چاپ اسے تسلیم کر لیا۔ بھئی میں تو بعض اوقات پریشان ہو جاتا ہوں۔ تم جانتے ہی ہو میں نہ تو اس قسم کی باتیں کرنا پسند کرتا ہوں اور نہ سننا ۔۔۔۔۔ کئی دفعہ دل چاہا استعفیٰ داخل کر دوں۔ جان چھوٹے ۔۔۔۔۔ بس ان چھوٹے چھوٹے بچوں اور بیوی کا خیال آتا ہے تو دس مسوس کر کے رہ جاتا ہوں‘‘

شبیر نے جوتے اتار دیئے اور پاؤں زمین پر ٹیک دیئے۔ اس کے پاؤں کے تلووں سے زمین کی ٹھنڈک اس کی آنکھوں تک پہنچ گئی۔ اس کی قمیص کے بٹن کھلے ہوئے تھے۔ ہوا کے سرد جھونکے گریبان میں گھس کر اس کی بغلوں میں گدگدی کر رہے تھے انھوں نے ادھر ادھر گھوم کر دیکھا۔ دور سے گاؤں چاند کی چاندنی میں سوئے ہوئے نظر آتے تھے۔ وہاں چلتی پھرتی زندگی کے آثار نہ تھے۔ کوئی روشنی، کوئی حرکت، کوئی آواز سنائی نہ دیتی تھی۔ سول لائنز کی طرف سڑکوں پر کھڑے ہوئے بجلی کے کھمبے بھی ایسے دکھائی دیتے تھے جیسے کھڑے کھڑے اونگھ گئے ہوں اور ان کی روشنی بھی خوابناک سی تھی۔ بادل کا اکا دکا ٹکڑا آسمان پر سبک خرامی سے اڑتا نظر آ جاتا تھا۔ یوں معلوم ہوتا تھا کہ یہ خاموشی کوئی ایسی متبرک شے تھی جسے توڑنے سے وہ بہت احتراز کرتے تھے۔

شبیر کو لطیف کا انکسار اور جھکے ہوئے سر کا انداز اس قدر پسند آیا کہ اس نے نہ صرف اسے سب کچھ معاف کر دیا۔ بلکہ وہ یہ سوچنے لگا کہ کیا کبھی ایسا موقع بھی آئے گا جب وہ اس کے لیے کچھ کر سکے۔

وہ زمین سے ہاتھ اٹھا کر پھر پہلے کی طرح آگے کو جھک کر بیٹھ گیا۔ اس کے ذہن سے سارے دن کی تھکاوٹ دور ہو گئی آج اسے لڑکوں نے کسی قدر زیادہ پریشان کیا تھا۔ ان میں ہر ایک کو اس سے یہی شکایت تھی کہ اسے کم نمبر ملے ہیں۔ ان سے نپٹنا اس کے بس کی بات نہیں تھی۔ اسے خواب میں بھی یہ خیال نہیں تھا کہ اسے یہ کام بھی کرنا پڑے گا۔ اس پر اتنی قلیل تنخواہ اور پھر دھوبی کے اس روایتی کتے کی طرح نہ گھر کا نہ گھاٹ کا۔۔۔۔۔۔ لیکن اب اس کی طبیعت بشاش تھی اور دل خوشی سے لبریز تھا۔

لطیف کا دفتر والوں سے جھگڑا ہو گیا تھا۔ وہ ان کی ذلیل حرکتوں سے پہلے ہی تنگ آ چکا تھا۔ آج تو حد ہو گئی تھی۔ آج تو اس نے صاحب کے پاس پہنچ کر سارا زہر اگل دیا۔ وہ آپے سے باہر ہو رہا تھا۔۔۔۔۔۔ صاحب نے اس کا یہ رنگ دیکھا تو اس پر سکتہ ساطاری ہو گیا۔ لیکن لطیف نے پروا نہیں کی۔ اس نے سوچا جو ہو سو آج تو اسے جو کچھ کہنا ہے وہ کہہ کر رہے گا۔

۔۔۔۔۔۔ جب وہ بول چکا تو اس نے دیکھا کہ عملے کے سب لوگ ادھر ادھر سے صاحب کے کمرے میں جھانک رہے ہیں۔ صاحب نے سب کو چلے جانے کا حکم دیا۔ اس کو جو کچھ کہنا تھا سو کہہ چکا تھا۔ اب اس پر خوف طاری ہونے لگا۔ دیکھیں اب صاحب کا کیا حکم ہو۔۔۔۔۔۔ صاحب نے نرم آواز میں یہی کہا کہ میں پوری تفتیش کروں گا۔۔۔۔۔۔ اسی وجہ سے اس کی طبیعت اور بھی زیادہ مضمحل ہو رہی تھی۔ لیکن اب وہ بے پروا ہو بیٹھا تھا۔ اس کے جسم اور ذہن کی تکان دور ہو چکی تھی۔ زندگی خوش گوار نظر آنے لگی تھی۔ اسے کیا پروا اگر کل صاحب اسے نوکری سے بھی برخاست کر دے تو اس وسیع اور عریض دنیا میں اس کے سر چھپانے کے لیے جگہ کی کچھ کمی نہ تھی۔ اب وہ پہلے کی نسبت اپنے دل میں ایک نئی امنگ محسوس کر رہا تھا۔ اسے زندگی کی دشوار گزار گھاٹیاں عبور کرنا محض ایک کھیل معلوم ہو رہا تھا۔

ہوا کچھ تیزی سے چلنے لگی۔ لیکن اس قدر تیزی کے ساتھ بھی نہیں کہ درختوں کے پتے تالیاں بجانے لگیں۔ یا سائیں سائیں کی آواز آنے لگے۔ جوہڑ کے پانی کی سطح پر چھوٹی چھوٹی لہریں اٹھنے لگیں۔ اور چاند کا عکس سنہری کشتی کی طرح ہچکولے کھانے لگا بعض اوقات تو یوں معلوم ہوتا تھا جیسے یہ کشتی

بڑی تیزی کے ساتھ بڑھی چلی جارہی تھی۔ لیکن باوجود ہچکولوں کے کشتی وہیں کی وہیں تھی۔ ہوا کے ٹھنڈے جھونکے پہلے تو کھیتوں میں اُگے ہوئے پودوں کے ہمراز بنے اور پھر ان پودوں کی نم دار زمین اور گھاس کی بھینی بھینی خوشبو اڑا کر ان دونوں کے قریب سے گزرتے ہوئے آسمان کے پرندوں کی طرح نئی زمینوں کی طرف اڑ گئے۔ اور وہ بے کراں خاموشی گہری ہوتی گئی۔ کسی آواز کا نام و نشان تک نہ تھا۔ زمین کا ذرہ ذرہ اپنی جگہ ساکن پڑا تھا۔ رات بھیگی جارہی تھی۔ سکوت بڑھتا جا رہا تھا۔۔۔۔۔۔۔۔۔اور پھر اس گہرے اور متبرک سکوت میں سے ایک نئی آواز ایک نیا نغمہ بلند ہوا۔۔۔۔۔۔۔لیکن ایسی آواز۔۔۔۔۔۔۔ کہ اس آواز اور مکمل خاموشی میں حد فاصل قائم کرنا قریب قریب ناممکن تھا دھرتی کی چھاتی پر اُگی، بچھی، بہتی اور چلتی پھرتی ہر شے اسے سننے کے لیے ہمہ تن گوش ہو گئی۔

ان دونوں نے ایک دوسرے کی طرف مسکرا کر دیکھا۔ لطیف نے جیب ٹٹول کر سگریٹ کیس نکالا اور ان دونوں نے ایک ایک سگریٹ منہ میں لے لیا۔ سگریٹ سلگا کر لطیف نے دھواں اڑاتے ہوئے کوئی مزے دار بات سنانے کے لیے منہ کھولا۔

روشنی

فلیٹ نمبر 4 والے بیچ کے کمرے کی کھڑکی میں سے آسمان دکھائی دے رہا تھا۔ آسمان کی رنگت ایسی تھی جیسے کسی مصور نے کھردرے کاغذ کی سطح پر گدلے، پھیکے اور میلے رنگ پھیلا دیئے ہوں۔ لیکن بے ترتیب اور بلا توازن۔

کمرے کے فرش پر دو پاؤں الٹی طرف کو ہٹ رہے تھے یہ دو پاؤں تقریباً چودہ سالہ لڑکے کے تھے، میلے، گیلے، پھولے ہوئے اور دو پاؤں آگے کی طرف بڑھ رہے تھے جرابوں میں لپٹے ہوئے بڑے بڑے پاؤں۔ پنڈلیوں پر کالے کالے گھنے بال۔

"حرامی کے بچے! آئینہ اوپر کو رکھ"

حرامی کے بچے نے پہلے اپنی ناک میں سے تیز سر کی آواز نکالی اور منہ کھول کر آئینہ اوپر کو اٹھا دیا۔

"آؤ میری بلی!"

بلی خاموش تھی۔۔۔۔۔رنگین گرم کپڑوں میں لپٹی ہوئی۔ اس وقت اس کے چھوٹے چھوٹے نرم اور گورے ہاتھ دستانوں سے باہر تھے۔ آنکھوں میں نیند کا خمار تھا۔ گال خوب پھولے ہوئے تھے۔

"لو ہم نے تو داڑھی پر الٹی طرف سے بھی استرا پھیر ڈالا۔۔۔۔۔یعنی ہمارے کٹو کی روز روز کی شکایت بھی رفع ہوئی۔ اب چاہیے کہ ہماری کٹو بھی رانوں پر حلوا باندھا کرے۔۔۔۔۔"

ہماری کٹو نے چپیں بجیں ہو کر آنکھیں اوپر اٹھائیں۔ اس نے دیکھا کہ ہماری کٹو اس بات پر کچھ برہم سی نظر آتی ہے۔

’’کیوں بے کتے کے پلے تو ان باتوں کو سمجھتا ہے، آئینہ اوپر کو رکھ،،

کتے کے پلے نے الو کی طرح آنکھیں پھاڑ پھاڑ کر صابن کی جھاگ میں ملتے ہوئے ہونٹوں کی طرف دیکھا۔ پھر اس کی ناک میں سر کی تیز آواز پیدا ہوئی ۔۔۔۔۔۔ اور اس نے نیچے کا جبڑا ڈھیلا چھوڑ دیا اور اس کا منہ بے معنی طور پر کھل گیا۔۔۔۔۔

’’سگریٹ پی لو یا داڑھی ہی مونڈ لو۔۔۔۔۔،،

’’لو یہ کچل کر رکھ دیا سگریٹ ہم نے ۔۔۔۔۔۔ اور کچھ؟،،

’’کتنے کے سگریٹ پیتے ہو ہر روز؟،،

’’سگریٹ یا سگار بھی؟،،

’’سگار بھی،،

’’پائپ بھی؟،،

’’پائپ بھی،،

’’یہی آٹھ دس سگار، بیس تیس سگریٹ، پانچ یا چھ حد ہے آٹھ مرتبہ پائپ،،

’’کتنے کے؟ ۔۔۔۔۔ میں پوچھتی ہوں،،

’’یہی دو روپے کے،،

’’کتنے عرصہ سے؟،،

’’یہی کوئی تیس سال سے،،

’’اگر تم اتنے روپے جمع رکھتے تو آج وہ سامنے کی بلڈنگ تمہاری ہو سکتی تھی،،

’’او ہو ہو واہ واہ ۔۔۔۔۔ یہ لطیفہ کہاں سے پڑھا تم نے ۔۔۔۔۔ پچ پچ کس نے بہا دیا ہماری کٹو کو؟،،

’’۔۔۔۔۔۔،،

"خفگی؟ چہ؟۔۔۔۔۔۔۔ دیکھو ڈارلنگ!

میں تو یوں ہی۔۔۔۔۔ ہاں بھئی کون سی بلڈنگ؟ ۔۔۔۔۔۔ وہ پیلے رنگ کی؟ ۔۔۔۔۔۔۔ اچھا تو وہ جس پر ہوٹل ڈی پیلس لکھا ہوا ہے ۔۔۔۔۔ ایں؟ ۔۔۔۔۔نہیں؟ ۔۔۔۔۔تو وہ کہو نا جس پر رات کو نیلے حروف چمکتے ہیں؟ ۔۔۔۔۔۔ او ہو تو تمہارا مطلب اس سیٹھ ڈھینگرہ کی بلڈنگ سے ۔۔۔۔۔۔ ہاں ہاں یوں کہو یعنی سب سے اونچی ۔۔۔۔۔۔ ارے بھئی جس کے پیچھے چھوٹی چھوٹی جھونپڑیوں کا سلسلہ شروع ہو جاتا ہے۔ یہ جھونپڑیاں بھی خوب ہیں میں انہیں دیکھتا ہوں تو مجھے نوشیرواں کے محل کے پاس بڑھیا کی جھونپڑی یاد آجاتی ہے تم نے وہ قصہ پڑھا ہے؟"

جدید طرز کی بڑی بڑی عظیم الشان عمارتوں کے ساتھ ساتھ جھونپڑیوں کا یہ سلسلہ دور تک چلا گیا تھا۔ عمارتیں اگر زمانہ حال کی جدل طرازیوں کے اعلیٰ نمونے تھیں تو جھونپڑیاں ان عظیم الشان عمارتوں کا منہ چڑاتی تھیں۔ انسان کی عظمت اور ذلت ہاتھ میں ہاتھ دیئے کھڑی تھیں۔ اونچے مکانوں والے جھونپڑیوں کو ہر روز دیکھتے تھے۔ جھونپڑیوں کے رہنے والے ان فلک بوس عمارتوں کو بلاناغہ دیکھا کرتے تھے۔ اور وہ ایک دوسرے کے اس قدر عادی ہو گئے تھے کہ جھونپڑیوں کے مکینوں کو اونچے مکان والے کی عظمت کا احساس نہیں ہوتا تھا۔ اور اپنے مکانوں کے رہنے والوں کو اپنی ذات کا احساس ختم ہو گیا تھا۔

یہ بھیک مانگنے والوں کی بستی تھی۔ باقی شہر کے بیچوں بیچ رہتے ہوئے ان سے علیحدہ ان کی دنیا اور تھی۔ یہاں کا اخلاق اور قوانین الگ تھے۔ اس جگہ زندگی کے نظریے ہی اور تھے۔

یہاں پر جھوٹ ٹھگی فریب کا اتنا ہی زور تھا۔ جتنا کہ اونچے محلوں میں۔ اپنی اس پست حالت سے ان بھکاریوں کو کوئی عبرت حاصل نہ ہوتی تھی۔ انھوں نے اس سے اوپر اٹھنے کا خیال ہی ترک کر دیا تھا ان کے سامنے یہ سوال ہی نہ تھا۔ ان کی زیادہ سے زیادہ جس حد تک پرواز ہو سکتی تھی وہ اسے بخوبی سمجھتے تھے۔ اپنے دائرہ سے نکلنے کی جدوجہد کرنا تو دور کی بات رہی انھوں نے اس قسم کی باتیں کبھی سوچی تک نہ تھیں اور درحقیقت اس قسم کے خیالات کا ان کے دل میں پیدا ہونا ہی ان کے قیاس سے باہر تھا۔

محرومی اور مظلومیت کا اظہار کرنا ان کے ہاں فن کا درجہ رکھتا تھا اس کا یہ مطلب نہیں تھا کہ درحقیقت وہ اپنے آپ کو مظلوم سمجھتے تھے۔ وہ بالکل آزاد تھے وہ جو چاہتے تھے ۔ مظلوم ہوتے ہوئے انہیں خیال تھا کہ وہ مظلوم نہیں۔ اپنے حقوق پامال ہو جانے پر بھی وہ یہی سمجھتے تھے کہ ان کے حقوق محفوظ ہیں۔ بھوک ان کے لیے ایک قدرتی بات تھی اس قدر قدرتی کہ انہیں یہ معلوم ہی نہ تھا کہ ہر ایک مرتبہ دسترخوان پر بیٹھ کر پیٹ بھر کر نفیس غذا کھانا کیا ہوتا ہے۔ اس لاعلمی کی وجہ سے ان کے دل مطمئن تھے۔

اپنے محدود دائرے میں وہاں بھی اچھے اچھے دولت مند بستے تھے۔ جنہوں نے مانگ مانگ کر بہت بڑی بڑی رقمیں جمع کر لی تھیں۔ وہاں اپنی حدود کے اندر ظالم بھی تھے مظلوم بھی۔ طاقت ور بھی تھے کمزور بھی، بہادر بھی، بزدل بھی۔ موجودہ نظام کی سب سے بڑی لعنت یہ ہے کہ انسان ہر شے سے محروم ہوتے ہوئے بھی یہی سمجھتا ہے کہ اس پر کوئی پابندی نہیں۔ وہ آزاد ہے جو جی میں آئے کر سکتا ہے جو دل چاہے حاصل کر سکتا ہے۔ جدھر چاہے جا سکتا ہے۔ انسان روزِ ازل سے اپنے آپ کو دھوکا دے رہا ہے لیکن خود فریبی کی یہ انتہا پہلے کبھی دیکھنے میں نہیں آئی۔

ان بھکاریوں میں ایک وہ شخص ہے جس نے اپنے کمسن بچے کی دونوں ٹانگیں کاٹ کر اسے اپاہج بنا دیا تاکہ اس کے نام پر روپیہ جمع کر سکے۔ وہ خود اچھا خاصا موٹا تازہ شخص ہے اگر واقعی کوئی مہذب سوسائٹی موجود ہو تو وہ ایک اچھا شہری بن سکتا تھا۔ لیکن نہیں، آخر ہمارے نظام کی کون سی کل خراب ہے کہ جس کی وجہ سے ایک طرف دن رات گلا پھاڑ پھاڑ کر انسانیت کا ڈھول پیٹنے والوں کے کان پر جوں نہیں رینگتی اور وہ ایسے جرائم سے چشم پوشی کر لیتے تھے۔ اور دوسری طرف ایک پشت انسان اس قدر پشت تر ہو چکا ہے کہ اس طرح کے گھناؤنے فعل کرنے سے باز نہیں آتا۔

ان میں وہ لوگ بھی ہیں جو اپنے بچوں کے بازو اور ہاتھ کاٹ کر یا آنکھیں بے کار کر کے انہیں کرائے پر دے دیتے ہیں۔ بھیک مانگنے والوں کو ایک بہانا چاہیے۔ جسے بھیک مانگنی ہوتی ہے وہ ان میں سے کوئی اولاد یا لنگڑا بچہ اٹھا کر بازار کو چل دیتا ہے۔

وہ لوگ بھی انہیں میں شامل ہیں جو ایک اپاہج شخص کو چار پہیوں والے لکڑی کے صندوق میں بٹھا کر بازاروں میں گھماتے ہیں اور خود صحیح و سالم پانچ چھ آدمی کھڑتالیں بجاتے ہوئے آگے آگے چلتے ہیں۔ اس ایک شخص کے سر پر وہ سب روٹی کھا لیتے ہیں۔

اس قسم کے لوگ بھی ہیں جو بھیک مانگ مانگ کر مالدار ہو گئے ہیں۔ لیکن وہ اپنے روپے زمین میں گاڑے جا رہے ہیں۔ نہ معلوم وہ اس کا کیا کریں گے۔ بعض فقیر اسی طرح مر جاتے ہیں اور جب ان کی جھونپڑیوں کے اندر زمین کھودی جاتی ہے تو بڑی بڑی رقمیں مل جاتی ہیں۔ ان میں ایسے انسانوں کی بھی کمی نہیں جو آپس میں ایک دوسرے کے ہاں چوریاں کرتے ہیں۔ وہ شیطان لڑکے، گھومتے رہتے ہیں انہیں معلوم ہوتا ہے کہ فلاں بڑھیا کی فلاں کٹوری میں پیسے جمع رہتے ہیں فلاں بھکاری اپنی کمائی ایک چیتھڑے میں باندھ کر آٹے کی فلاں ہانڈی میں چھپا کر رکھتا ہے۔

سارا سارا دن بھیک مانگنے اور دکھ بھری صدائیں لگا لگا کر لوگوں کو دعائیں دینے والے جب شام کے وقت ستانے کے لیے بیٹھتے ہیں تو حالات اور واقعات پر اسی طرح تبصرہ کرتے ہیں جیسے اونچے مکانوں والے۔ وہ اپنی چھوٹی چھوٹی مکاریوں اور جعل سازیوں کا اسی فخر سے ذکر کرتے ہیں جس طرح کہ اعلیٰ اور متوسط طبقے کے لوگ کرتے ہیں۔

ان میں بعض بہت شریر، بعض بدمعاش، بعض چور، بعض دھوکے باز، بعض ایماندار اور بعض بھگت مشہور ہیں۔ ان بھگتوں میں چانسو کا نام بھی لیا جاتا ہے۔۔۔۔۔۔ جن لوگوں کو ہمارے اس طبقے سے جسے ہم بھکاری کہتے ہیں کچھ دلچسپی رہی ہے وہ جانتے ہیں کہ ان میں بعض ہستیاں واقعی بہت پراسرار ہوتی ہیں۔

ان میں بعض ایسے لوگ بھی ہوتے ہیں جو پہلے کبھی اچھے خاصے کھاتے پیتے، ہنستے کھیلتے شہری تھے۔ لیکن پھر ان کے دماغ کو کوئی ایسا صدمہ پہنچا کہ وہ حواس کھو بیٹھے۔ ادھر ادھر گھومتے رہے اور پھر ان بھکاریوں میں جا ملے۔ ان میں سے کئی تعلیم یافتہ بھی ہوتے ہیں اور ہم بعض مرتبہ بازار میں گزرتے

ہوئے کسی بھکاری کو شستہ انگریزی میں اپنے آپ ہی سے گفتگو کرتے دیکھ کر حیران رہ جاتے ہیں۔ ان میں سے بعض کے حواس قائم ہوتے ہیں لیکن دماغ کا کوئی نہ کوئی پیچ ڈھیلا ہو جاتا ہے۔ یا زندگی میں ان کو کوئی اس قسم کا حادثہ پیش آتا ہے کہ ان کے لیے گھڑی کی سوئیاں ہمیشہ ہمیشہ کے لیے رک جاتیں ہیں۔ رواں دواں زندگی کو بریک لگ جاتی ہے۔ ان کا ذہن آگے بڑھنے سے انکار کر دیتا ہے۔

چانسو بھی کچھ اسی قسم کا انسان نظر آتا تھا؟ کہاں سے آیا؟ کسی کو اس بات کا کچھ علم نہ تھا۔ جس طرح کوڑے کرکٹ کے بڑے ڈھیر پر کہیں سے ایک اور ٹوکری آن گرتی ہے۔ اسی طرح ایک روز ان کی بیسیوں غلیظ جھونپڑیوں میں ایک اور اضافہ ہو گیا۔ جب وہ پہلے پہل آیا تو ادھر ادھر کے بھکاری آتے جاتے اس کے قریب رک جاتے تھے اس سے باتیں کرتے۔ لیکن وہ باتیں نہ کرتا تھا۔ وہ دوسروں ہی کی طرح غلیظ تھا۔ اس کی صورت سے جہالت کے آثار اسی طرح ہویدا تھے۔ جیسے دوسروں کے چہروں سے۔ اس کی عمر چالیس برس کے لگ بھگ ہو گی۔ وہ اکہرے بدن کا ایک معمولی شخص تھا۔ اس کے بال بڑے سخت اور کانٹوں کی طرح اٹھے ہوئے تھے۔ اس کی پیشانی تنگ تھی اس کی آنکھوں کے گوشوں پر چھوٹی چھوٹی لکیروں کا اجتماع ہو رہا تھا۔ ناک کے نتھنوں کے قریب سے دو لکیریں پھیل کر نیچے تک چلی گئی تھیں۔ وہ کھوئی کھوئی نظروں سے خلا میں ایسے گھورا کرتا تھا۔ جیسے وہ تاریکی میں دیکھ رہا ہو اور اسے کچھ بھی نہ دکھائی دے رہا ہو۔ اس کی آنکھیں معمول سے زیادہ کھلی رہتی تھیں۔ اگرچہ اس نے اپنے منہ سے کبھی ایک لفظ تک نہ نکالا تھا لیکن اس کے منہ کی بناوٹ ایسی تھی جیسے وہ ابھی کچھ کہے گا۔ کوئی بڑی زور دار بات کہے گا۔ ایسی کہ زمین اور آسمان کے درمیان ساری فضا گونج اٹھے گی۔ لیکن وہ کچھ نہیں کہتا تھا۔ ہر گھڑی یہی گمان ہوتا تھا کہ وہ اب بولا تب بولا۔ لیکن اس کے لبوں میں ایک مبہم سی حرکت پیدا ہوتی اور پھر وہ کچھ کہے بغیر رہ جاتا۔

پہلے پہل جب وہ لوگ اس نئے آدمی سے واقفیت پیدا کرنے کے لیے گئے تو بظاہر وہ ان کی طرح بھلا چنگا نظر آتا تھا۔ لیکن جب انھوں نے کوئی بات پوچھی تو اس نے جواب نہیں دیا۔ تو پھر تندو

مسخرے نے اس کی بانہہ کھینچ کر کہا "اے بھتنی کے بول... بولتا کیوں نہیں ،،

اس وقت چانسو نے معاّ اس کی طرف دیکھا اور اس کا منہ بالکل ایسے دکھائی دینے لگا جیسے وہ ابھی کچھ نہ کچھ کہہ ڈالے گا۔

سب لوگ ہنستے ہوئے پیچھے کی طرف سرک گئے۔ لیکن اس نے کچھ نہ کہا۔ البتہ اس کا منہ اسی طرح بنا رہا۔

ایک بیوہ نے اسے اپنے جھونپڑے کے ساتھ ہی ایک نیا جھونپڑا بنا دیا اور وہ اس میں رہنے لگا۔ اس کے اس بستی میں آ جانے سے یہاں کے رہنے والوں کے معمول میں کوئی فرق نہیں آیا۔ انھوں نے کسی قسم کی تبدیلی محسوس نہیں کی۔ پہلے چند لڑکوں نے اسے چھیڑا اور اسے چانسو چانسو !! کہہ کر پکارنے لگے۔ اور پھر سبھی اسے اسی بے معنی نام سے یاد کرنے لگے۔ اس نے جھونپڑے کے باہر اینٹیں جوڑ کر چبوترا سا بنا لیا۔ فرصت کے وقت وہ ان اینٹوں پر جا بیٹھتا۔ بیٹھے بیٹھے یوں ہی فضا میں اس طرح دیکھنے لگتا جیسے اسے کوئی خاص شے نظر آ گئی ہو۔ یا جیسے وہ کسی دھندلی یا چھپی ہوئی چیز کو دیکھنے کی کوشش کر رہے ہوں وہ آنکھوں پر ہاتھ کا سایہ کر لیتا اور سر گھما گھما کر بڑے غور سے دیکھنے لگتا۔ اور پھر کبھی اس کی گردن تن جاتی۔ نتھنے لرزنے لگتے اور اس کے منہ کی کچھ ایسی صورت بن جاتی جیسے وہ کچھ کہنے کو ہو۔ کوئی بڑی پُرزور بات۔ لیکن وہ چپ رہ جاتا۔ معلوم ہوتا تھا جیسے اس کی کوئی شے کھو گئی ہے جسے وہ ڈھونڈ رہا ہے۔ جو اسے صاف طور پر دکھائی نہیں دی یا روشنی کی کمی کی وجہ سے دیکھ نہیں سکتا... جیسے اسے کوئی بڑی اہم بات کہنے کی ضرورت محسوس ہوتی تھی۔ اس نے وہ بات کہنے کی کوشش کی لیکن کہہ نہ سکا۔ اب تک وہ بات اس کی ذہن میں محفوظ تھی اور اس کے لبوں تک آنا چاہتی تھی لیکن زبان اسے کسی نامعلوم وجہ سے بیان نہ کر سکتی تھی۔ اس کے ذہن کی یہ بات ایک اور ایسا راز تھی جس پر سے پردہ اٹھ جانے کی کبھی بھی امید نہ کی جا سکتی تھی۔

ہوٹل ڈی پیلیس کی پچھلی طرف کی کھڑکیوں میں اندر کے مناظر دیکھے جا سکتے تھے۔ جب کبھی

146

موسلا دھار بارش ہو رہی ہوتی تو اس فٹ پاتھ پر بیٹھ کر مانگنے والے سب بھکاری اپنی جھونپڑیوں میں جا گھستے تھے۔ لیکن چانسو اپنی جگہ سے نہ ہلتا تھا۔ پچھلی جانب سے میونسپلٹی کی لالٹین لگی ہوئی تھی۔ یہی اس کا اڈا تھا۔ بلاناغہ شام کے وقت وہ اس کھمبے کے قریب کھڑا ہو جاتا تھا۔ چپ چاپ، بلا کسی قسم کی حرکت کیے مٹی کے بت کی طرح۔ اس کی نظریں اندر کی طرف جمی ہوتی تھیں۔ اندر بجلی کی تیز روشنی میں اچھے اچھے کپڑے پہنے لوگ چہلیں کرتے پھرتے تھے۔ ان کی خدمت کرنے والے بیرے سفید وردیاں پہنے ہوئے سر پر کلاہ والی پگڑیاں باندھے ادھر ادھر گھوما کرتے تھے۔ ان کے کمر سے لپٹے ہوئے سبز رنگ کے پٹکے اور ان پر پیتل کے حروف ان کے لباس کی شان کو دوبالا کرتے تھے۔

آندھی ہو برسات ہو چانسو باہر اسی کھمبے کے پاس کھڑا رہتا تھا۔ اس کا ایک ہاتھ آگے کو بڑھا رہتا تھا۔ لیکن اسے بڑھانا بھی یاد نہ رہتا تھا۔ بس وہ یوں ہی کھڑا ہو جاتا۔ لوگ اس کے قریب سے گزر جاتے تھے کوئی نہیں جانتا تھا کہ وہ کیوں کھڑا ہوا ہے اگر کبھی وہ ہاتھ بڑھا دیتا تو جب تک وہ اس جگہ کھڑا رہتا اس کا ہاتھ اسی قدر آگے بڑھا رہتا تھا۔ سکون اور بے حسی اس پر شدت سے طاری تھی کہ وہ گھنٹوں بلا حرکت کیے بٹھایا کھڑا رہ سکتا تھا۔

وہ نہ دعائیں دیتا تھا نہ منت کرتا تھا۔ بس اس کا ہاتھ آگے بڑھا رہتا جس سے معلوم ہو سکتا تھا کہ وہ حاجت مند تھا۔ اپنے ساتھیوں کی طرح اسے آنے جانے والوں کی کامیابی، صحت یا ان کے بچوں کی پروا نہ تھی۔ وہ مریں یا جییئں اس کی بلا سے۔ اسے بھوک محسوس ہوتی تھی۔ اس لیے وہ ہاتھ بڑھا دیتا تھا۔ لیکن اس کو بہت کم پیسے ملتے تھے۔ لوگوں کو اس کا پتہ ہی نہ چلتا تھا۔ انہیں اس کے وجود کا احساس ہی نہیں ہوتا تھا۔ بعض اوقات جب اسے بہت شدت کی بھوک لگی ہوتی تھی۔ اور اسی طرح کھڑے کھڑے بہت زیادہ وقت بیت جاتا تو بعض اوقات وہ کسی بابو کو دیکھ کر خفیف سا آگے کو جھکتا۔ اس کے ہونٹ سمٹ جاتے اور پھر اس کی صورت سے یوں دکھائی دیتا کہ اب وہ اس بابو کو کچھ کہے گا۔ کوئی بڑی زور دار بات اچھل کر اس کے لبوں سے باہر نکل جائے گی۔ یہ کیفیت بہت ہی شدید صورت اختیار

کر لیتی۔ لیکن نتیجہ وہی نکلتا کہ وہ خاموش کا خاموش رہتا... جیسے کسی غیر معمولی طاقت کے زہر اثر اس کی زبان کی قوت زائل ہوگئی ہو۔

اس بستی سے دو فرلانگ پرے سکھوں کا ایک بہت بڑا گوردوارہ بھی تھا جس کی پرشکوہ عمارت پر جس قدر روپیہ خرچ آیا تھا اس رقم کے دس ہزارویں حصہ سے اتنی افیون خریدی جاسکتی تھی جس سے ان سب بھکاریوں کا صفایا کیا جاسکتا تھا۔ بڑے بڑے امیر سکھ عورتیں اور مرد قیمتی کپڑے زیب تن کیے اس غلیظ بستی میں سے صحیح سالم نکل کر گورو گرنتھ کے چرنوں تک جا پہنچتے تھے خواہ ادھر سے متبرک گورو گرنتھ صاحب کی روح اپنے ان غلیظ اور کچیلے ہوئے ہندوؤں کی بستی پر منڈلاتی پھرتی ہو۔ بارہا وہ لوگ باجے اور ڈھولکیاں بجاتے اور شبد گاتے ادھر سے گزر جاتے۔ اور چانسو گرنتھ صاحب کو دیکھتا تو یکایک پھر اس کے منہ کی وہی صورت ہو جاتی جیسے وہ کوئی بات کہنے کو ہے لیکن وہ کچھ نہ کہہ نہ پاتا...۔ وہ تاریکی میں بھٹکتے ہوئے شخص کی طرح ادھر ادھر دیکھتا لیکن اس کے بشرے سے یہی ظاہر ہوتا جیسے اسے کچھ بھی نہیں دکھائی دیتا۔

بعض اوقات فرزندان اسلام بھی جمعہ کی نماز کے لیے ادھر سے گزرتے تھے۔ اس وقت وہ عموماً صاف ستھرے کپڑے پہنے ہوتے تھے۔ بعض ان میں غریب بھی ہوتے تھے۔ بعض بڑے بڑے خان ہوتے تھے۔ جن کے طرے ہوا میں لہراتے تھے اور جن کی نظریں بلند ہوتی تھیں۔ وہ سینہ تان کر اور سربلند کر کے چلتے تھے۔ اس وقت چانسو ہاتھ پھیلا کر ان کے رستہ میں کھڑا ہو جاتا تھا۔ وہ ہجوم خدا کے گھر کی طرف بڑھا چلا جاتا تھا۔ خدا کے بندوں کی طرف دھیان دینے کا انہیں خیال ہی نہ آتا تھا یا اس کی ضرورت ہی نہ سمجھتے تھے۔ جب ہجوم گزر جاتا تو ان کے پیچھے اڑتی ہوئی گرد چانسو کے حصے میں آتی تھی۔ اور وہ وہاں سے ہرگز نہ ٹلتا تھا جب تک کہ ان کے پیروں سے اڑی ہوئی ساری گرد سے اس کا چہرہ، بال، بھنویں، اٹ نہ جاتی تھیں۔ وہ وہاں بت بنا کھڑا رہتا جیسے وہ چپ چاپ صدائے احتجاج بلند کر رہا ہو۔ لیکن اس کی آواز کوئی شخص نہ سن سکتا۔ اس کا چہرہ عام طور پر جذبات سے عاری ہوتا

تھا۔اس تیز دھوپ میں کھڑے کھڑے وہ اپنا ہاتھ آگے بڑھائے رکھتا۔ شاید یہ عالم تصور میں وہ اب بھی ایک جمِ غفیر اپنے سامنے سے گزرتا ہوا دیکھ سکتا تھا۔ یا شاید اسے انسانوں کی بخشش کی اتنی پروا بھی نہ تھی۔شاید آسمان سے کسی چیز کے ٹپک پڑنے کی امید تھی۔ لیکن جو کچھ بھی وہ سوچتا ہو۔ وہ کبھی کبھی سانس لیتے ہوئے جان دار سے ایک دم پتھر میں تبدیل ہو جاتا تھا۔ یہاں تک کہ جھونپڑی میں سے بیوہ کا لڑکا باہر نکل آتا اور اس کا ہاتھ پکڑ کر اسے اندر لے جاتا۔

اس کھلے میدان میں بڑے بھاری جلسے منعقد ہوتے تھے۔ کبھی وہاں ترکی ٹوپیوں کے پھندنے ہوا میں اڑتے دکھائی دیتے تھے۔ اور ”اللہ اکبر‘‘ کی صدائیں بلند ہوتی تھیں۔ کبھی کرپانوں کی چمک سے آنکھیں خیرہ ہو جاتی تھیں اور گرج دار آواز میں بلند بول سنائی دینے لگتے تھے۔ لیکن ان جھونپڑیوں کی دنیا میں کسی قسم کی تبدیلی پیدا نہ ہوتی۔ وہ لوگ سب کے ساتھ رہتے ہوئے بھی ان سے کوسوں دور تھے۔

رات کے وقت ادھر سے گزرنا خطرناک سمجھا جاتا تھا۔ اونچے مکانوں کے رہنے والوں کا خیال تھا کہ اس علاقے میں شہر بھر کے بڑے بڑے جرائم پیشہ لوگ رہتے تھے۔ امریکہ سے آئے ہوئے سپاہی یا غیر ممالک سے آئے ہوئے سیاح جب رات کو سنیما ہاؤس یا ناچ گھر میں وقت گزارنے کے بعد ادھر سے گزرتے تھے تو گوبر کے ڈھیروں کی طرح دکھائی دینے والی ان جھونپڑیوں اور رات کی تاریکی میں چھچھوندروں کی طرح چھپ چھپ کر چلنے اور دیدے چمکانے والی ان کالی کالی صورتوں کو دیکھ کر سمجھتے تھے کہ اس وقت وہ پراسرار مشرق میں گھوم رہے ہیں اور پھر واپس جا کر وہ اپنے ہم وطنوں کو اس جگہ کے قصے سناتے تھے کہ ایک روز رات کے وقت انہیں کسی پراسرار جگہ میں سے ہو کر گزرنا پڑا جہاں غلیظ انسان جانوروں سے بدتر زندگی بسر کرتے تھے۔ اور پھر وہ ان بھوکے اور ننگے انسانوں کے گھناؤنے پن کا ذکر کرتے تھے۔

ایک رات گیارہ بجے کے قریب جب کہ چاروں طرف تاریکی ہی تاریکی تھی۔ چانسو آوارہ گھومنے

کے بعد جھونپڑیوں کی طرف آرہا تھا۔ جب وہ گندہ نالے کے بوسیدہ اور چر چراتے ہوئے پل سے گزرا تو اس نے دیکھا کہ کالی کالی جھونپڑیوں سے پرے ڈی پیلس کی چھت پر کچھ روشنی سی ہو رہی تھی۔ معلوم ہوتا تھا آج چونکہ موسم خوش گوار تھا اس لیے رقص و سرور کی محفل ہوٹل کی چھت پر منعقد کی گئی تھی۔۔۔۔۔ وہ چھت کی طرف ٹکٹکی باندھے دیکھتا رہا اور سست قدموں سے اپنی جھونپڑی کی طرف بڑھنے لگا۔

بیوہ کا دس گیارہ برس کا لڑکا اس وقت ماں سے جھگڑ رہا تھا۔

ہوٹل ڈی پیلس پر وقتاً فوقتاً آتش بازی کا تماشہ بھی دکھائی دیتا تھا۔ کبھی ایک انار پھوٹ کر اس میں سے رنگین چنگاریاں پانی کی بوچھاڑ یا فوارے کی طرح ادھر کو اٹھ کر نیچے گرتی بہت دل فریب معلوم ہوتی تھیں۔ لڑکا اپنی ماں سے ضد کر رہا تھا کہ وہ اسے بھی کہیں سے آتش بازی کے انار لا کر دے۔ بیوہ حیران تھی کہ وہ انار کہاں سے لائے۔ ان دونوں میں کتنی ہی دیر تک جھگڑا ہوتا رہا اور جب چانسو اپنی جھونپڑی میں گھس بیٹھا تو اسے ان دونوں کے کانوں کے پردے پھاڑ دینے والی آواز سنائی دیتی رہی۔ آخر ماں نے ہار مان لی۔ وہ انار لانے کے بہانے سے اپنی جھونپڑی سے باہر نکلی اور دبے پاؤں چانسو کی جھونپڑی کے قریب دبک کر بیٹھ گئی۔ شاید اس کا خیال تھا کہ لڑکا کچھ دیر انتظار کرنے کے بعد سو جائے گا اور پھر وہ بھی اندر جا کر پڑ رہے گی۔

چانسو کے کانوں تک ان دونوں کی آوازیں پہنچتی رہی تھیں۔ جھونپڑی کے اندر برائے نام ہی روشنی تھی۔ وہ اسی طرح تاریکی میں بیٹھا آنکھیں جھپکا رہا تھا۔ ان عجیب و غریب انسانوں کی بستی میں اس کا وجود ایک معمہ سے کم نہ تھا۔ اس کا بے حس اور جذبات سے خالی چہرہ اس وقت کسی درندے سے مشابہ تھا۔۔۔۔۔ دفعتاً وہ بھی چپکے سے چوپائے کی طرح چلتا ہوا جھونپڑی سے باہر نکلا اور لڑکے کے پیچھے پیچھے ہو لیا۔

لڑکا ہوٹل کے پچھواڑے ایک دیوار سے ٹیک لگا کر کھڑا ہو گیا اور منہ اٹھا کر ہوٹل کی چھت کی طرف دیکھنے لگا۔

چھت پر رنگ برنگ کی روشنی ہو رہی تھی۔ سیاسی مائل آسمان اور زرد روتاروں کا پس منظر رنگوں اور ادھر پیلے سبز اور سرخ رنگوں او پر کی روشنی پھیل کر تاریکی میں گھل مل گئی تھی۔ نیچے سے سوائے روشنی کے کچھ دکھائی نہ دیتا تھا۔ البتہ رسیلے سازوں کی آواز اور گھنگروں کی جھنکار سنائی دے رہی تھی یا کبھی رقص کرتی ہوئی نوخیز عورتوں کی کلائیاں اور کنول سے ہاتھ چشم زدن میں ادھر سے اُدھر گھوم کر غائب ہو جاتے جیسے بجلی چمک جائے۔ غالباً ایک سے زیادہ عورتیں رقص کرتی ہوئی اِدھر سے اُدھر چکر لگا رہی تھیں۔ ان کے ہوا میں اڑتے ہوئے ارغوانی، دھانی اور ہلکے سرخ رنگ کے دوپٹے لہریں لیتے ہوئے رنگین سارھیوں کی طرح دکھائی دیتے تھے۔

جب چانسلر کے قریب پہنچا تو لڑکے نے چونک کر ایک لمحہ کے لیے اس پر نگاہ ڈالی اور اسے پہچان کر اطمینان سے پھر او پر کی جانب دیکھنے لگا۔ ملگجی روشنی میں اس کے طفلانہ چہرے سے کس قدر اشتیاق ظاہر ہو رہا تھا۔ اس کی ناک پر کہیں سے تھوڑی مٹی لگ گئی تھی۔ وہ دیوار کے ساتھ پیٹھ لگائے کھڑا تھا۔ اس کی او پر کو اٹھی ہوئی ٹھوڑی کے نیچے اس کی نرم مٹیالی گردن پر جس جگہ بل پڑتے تھے وہاں میل جم کر تین چار ہلکے ہلکے خطوط بن گئے تھے۔

چانسو اس کے قریب جا کھڑا ہوا۔ جب پھر انار چھوٹے تو لڑکے نے چانسو کی طرف اشارہ کرتے ہوئے مسرت سے چلا کر کہا۔ ”وہ دیکھو۔۔۔۔۔ ہا کیسی روشنی ہو رہی ہے“

چانسو کے لبوں پر مسکراہٹ آتے آتے رہ گئی۔۔۔۔۔ وہ لڑکا چانسو کی طرف بڑی رحم بھری نظروں سے دیکھنے لگا اور اس نے اس کے کندھے پر ہاتھ رکھ دیا۔۔۔۔۔ اور لڑکے کی نرم و نازک گردن ٹٹول کر ہاتھ میں پکڑ لی ۔۔۔۔۔ پھر اس کی گرفت تنگ ہونے لگی ۔۔۔۔۔ ایک مہیب چیخ لڑکے کے حلق میں سے نکلی ۔۔۔۔۔ لیکن پھر وہ بول نہیں سکا ۔۔۔۔۔ کشمکش کر تا رہا ۔۔۔۔۔ چانسو کی غیر معمولی طور پر باہر نکلی ہوئی آنکھیں درست حالت میں آنے لگیں ۔۔۔۔۔ لڑکے کی ماں بھاگی آئی ۔۔۔۔۔ اس نے دیکھا کہ چانسو روشنی کی طرف دیکھ رہا ہے ۔۔۔۔۔ اس کے منہ کی بناوٹ

ایک مرتبہ پھر ایسی ہو گئی جیسے وہ کوئی بڑی اہم بات کہنے کو ہو۔۔۔۔۔۔ لفظ اس کے منہ سے نکل کر فضا میں پھیل گئے "روشنی!۔۔۔۔۔ روشنی ۔۔۔۔۔۔ دیکھ روشنی!"

خون!۔۔۔۔۔خون!!

روشنی!۔۔۔۔۔روشنی!!

بھیک

ہمارے شہر کے جس چوک میں حلوائیوں کی دکانیں ہیں وہاں صبح و شام لسی اور دودھ پینے والوں کا تانتا بندھا رہتا ہے۔

گرمیوں کے دنوں میں لسی کی زیادہ کھپت ہوتی ہے۔ سردیوں میں لوگ لسی پیتے ہیں لیکن کم ... لسی کے ساتھ اور چائے کا سلسلہ بھی جاری ہو جاتا ہے۔

ادھر صبح ہوئی، حلوائی نے چبوترا دھلوا ڈالا۔ ایک طرف بھٹی پر دودھ کا بڑا کڑھاؤ رکھ دیا جاتا ہے۔ دکان کے درمیانی حصہ میں خود نانبائی جو ایک بھاری بھر کم شخص ہے، ایک بڑی سی چوکی پر آلتی پالتی مار کر بیٹھ جاتا ہے۔ اس کے سر کے بال مشین سے کٹے ہوئے ہوتے تھے۔ اس کی سیاہ بڑی بڑی مونچھیں ہیں۔ رنگ گورا، اس قدر موٹاپے کے باوجود وہ اس طرح آلتی پالتی مار کر بیٹھ کیوں جاتا ہے یہ ایک راز ہے جو دیکھنے والے کی فہم سے بعید ہے ... اس کے ارد گرد اس نے نوکر جو دہی بلونے کا کام انجام دیتے ہیں، اپنی اپنی جگہوں پر بیٹھے سوتے ہیں۔ یہ لوگ بھی عموماً اپنے لالہ کی طرح موٹے اور بھدے ہوتے ہیں لیکن ذرا چھوٹے پیمانے پر۔ وہ لالہ کے نزدیکی یا دور کے رشتہ دار بھی نہیں ہوتے لیکن اس کے باوجود وہ موٹاپے کی طرف مائل ہوتے ہیں۔ ان کی ٹھوڑیوں کے نیچے کا گوشت قدرے لٹکتا ہوا سا دکھائی دیتا ہے۔ گال بھی پھلاؤ کی طرف راغب ہوتے ہیں۔ پیٹ بھی اختیار سے باہر ہو جاتا ہے۔ غالباً یہ اس لیے ہوتا ہو گا کہ وہ سارا سارا دن لالہ کے قریب بیٹھے رہتے ہیں ... اور خربوزے کو دیکھ کر خربوزہ رنگ پکڑتا ہی ہے۔

بڑا لالہ عموماً یا تو اپنی رانیں سہلایا کرتا ہے یا وہ بیٹھا بیٹھا اپنے ایک پاؤں کو دبایا کرتا ہے اور دس دس پندرہ منٹ کے وقفہ پر زور سے کھانس کر تولہ بھر بلغم اپنے قریب ہی ایک کونے میں دے مارتا ہے۔ وہ اپنی مست آنکھوں سے آنے جانے والوں پر نگاہ رکھتا ہے۔ بس وہاں گاہکوں کی اتنی بھرمار ہوتی ہے کہ اگر کوئی شخص بلا پیسے ادا کیے وہاں سے کھسکنا چاہے تو اسے پتہ نہیں چل سکتا۔ دراصل اس کا ایک ہی کام ہے روپیہ بٹورنا۔ لوگ دودھ یا لسی پی کر دم اس کے ہاتھ میں دے دیتے ہیں۔ اکنیاں، دوانیاں، چونیاں اور اٹھنیاں وغیرہ وہ اپنے سامنے رکھے ہوئے بڑے سے تھال میں پھینک دیتا اور نوٹ وغیرہ رکھنے کے لیے اس کے پہلو میں لوہے کی ایک صندوقچی پڑی رہتی ہے۔ اس میں چابی لگتی ہے۔ چابی کے ساتھ باریک تاگا بندھا ہوتا ہے جس کے دوسرے سرے پر اس کے کان کریدنے کی چمچی اور دانت کریدنے کی پن سی بندھی ہوتی ہے۔ جس وقت وہ نوکروں کو گالیاں نہیں دے رہا ہوتا یا جب وہ اونگھتا نہیں ہوتا اس وقت وہ یا اپنے کانوں کی میل نکالنے میں مصروف رہتا ہے یا دانت کریدنے لگتا ہے۔

گاہک تو خیر دودھ یا لسی پینے کے لیے جمع ہوتے ہیں ان کے ساتھ بھکاری بھی آن دھمکتے ہیں۔ اِدھر کسی شخص نے منہ سے دودھ کا گلاس لگایا، اُدھر اس کے کانوں میں مکھی کی سی بھنک کی طرح ایک آواز متاثر ''بھوکی ہوں بابا… تمہاری گدی بنی رہے۔ تمہیں پر ماتما بہت بہت دے… میں نے کئی دنوں سے پیٹ بھر کر کھانا نہیں کھایا بابا''

جب دودھ پینے والا کچھ دم لینے کے لیے گلاس سے ذرا منہ پرے کو ہٹا لیتا ہے تو وہ سوکھی غلیظ بھکارن اس کے قریب چلی آتی ہے۔ اس کے متعفن کپڑوں سے بدبو نکل کر اس کے نتھنوں میں گھسنے لگتی ہے۔ بھکارن بڑی بھوکی نظروں سے اس کے ہونٹوں کی طرف دیکھنے لگتی ہے جو ابھی دودھ ہی میں تر ہوتے ہیں۔ پھر دفعتاً وہ ہونٹ رومال سے پونچھ ڈالے جاتے ہیں۔

نانبائی کی طرف سے ان باتوں کا کوئی انتظام نہیں ہوتا۔ البتہ دکان کے اندر کرسیاں پڑی ہوتی ہیں۔ اگر گاہک چاہیں تو ان پر بیٹھ کر آرام سے کھا پی سکتے ہیں کیونکہ وہاں بھکاریوں کے پہنچنے کا احتمال نہیں ہو

سکتا لیکن عام طور پر لوگ بہت جلدی میں ہوتے ہیں۔ وہ چاہتے ہیں کہ وہ کھڑے کھڑے پیسے اور پھر فوراً اپنے کام پر بھاگ جائیں۔ ایک سبب اور بھی ہوتا ہے، وہ یہ کہ جو لوگ باہر کھڑے ہوتے ہیں، وہ بار بار تقاضا کر کے چیز جلد حاصل کر لیتے ہیں اور جو بے چارے اندر کرسیوں پر جا بیٹھتے ہیں وہ بیٹھے کے بیٹھے رہ جاتے ہیں ... غرض لالہ نے گاہکوں کے لیے جو کچھ اس کے امکان میں تھا کیا۔ اب گاہکوں کو پوری آزادی حاصل تھی کہ وہ جس طرح چاہیں عمل کریں۔

دکان پر جانے والے آدمیوں اور بھکاریوں کی یہ کشمکش بھی بڑی دلچسپ ہوتی ہے۔ بھاری نفسیات کے استاد ہوتے ہیں۔ فرائیڈ، ایڈلر، ینگ وغیرہ نفسیات کے مسائل کو خواہ کہیں سے کہیں پہنچا دیں لیکن انسان عام طور پر انہیں پڑھے بغیر بھی نفسیات کے کارآمد اور عملی پہلوؤں کو وجدانی طور پر سمجھ لیتے ہیں اور ان سے پورا پورا فائدہ اٹھاتے ہیں۔ ہمارے نانبائی کی دکان پر جمع ہونے والے بھکاری اچھی طرح جانتے ہیں کہ جب لوگ کچھ کھا رہے ہوں تو وہ یہ پسند نہیں کرتے کہ کوئی بھوکی نظروں سے ان کی طرف دیکھے۔ اس کی بھی کئی وجہیں ہو سکتی ہیں۔ ایک تو اس وقت ایک انسان خود اپنی بھوک یا پیاس مٹانے کے لیے دکان پر جا کھڑا ہوتا ہے۔ ایسے موقع پر اسے بھوک یا پیاس کا بہت ہی شدید احساس ہوتا ہے۔ اس وقت اگر کوئی کہے کہ میں بھوکا ہوں تو اسے اس کا مطلب سمجھنے میں کوئی دقت محسوس نہیں ہوتی اور وہ دوسرے کی بھوک مٹانے کے لیے بھی کچھ نہ کچھ قربانی کرنے کے لیے تیار ہو جاتا ہے۔ دوسری بات یہ بھی ہے کہ جب انسان کچھ کھا رہا ہو تو ایسے موقع پر گندی چیزیں دیکھنے یا سننے کو جی نہیں چاہتا۔ کھاتے پیتے وقت وہ کبھی غلاظت کا نام نہ لے گا۔ نہ اُس کا ذکر سننا پسند کرے گا بلکہ یہاں تک کہ اس کی طبیعت ہر طرح سے مطمئن اور مسرور نہ ہو تو وہ اچھی طرح کھانا کھا ہی نہیں سکتا۔ اپنی طبیعت کو مسرور رکھنے کے لیے انسان کھانے کی جگہ نہ صرف صاف ستھری رکھتا ہے بلکہ میز پر پھولوں کے گل دستوں کا اہتمام بھی کرتا ہے۔ اب اگر کچھ کھاتے وقت غلیظ لالچی صورت سامنے آ کھڑی ہو تو انسان کے لیے ایک نوالہ تک نگلنا دشوار ہو جاتا ہے۔ یہی نہیں بلکہ جب تک گاہک دکان پر کھڑا پیتا

رہے، بھکاری قریب کھڑے منتیں کیے جاتے تھے ... اس کے علاوہ ہندوستانی وہمی بھی ہوتے ہیں۔ وہ سمجھتے ہیں کہ اس طرح نظر لگ جاتی ہے۔ کھایا پیا بجائے ہضم ہو کر جزوِ بدن بننے کے الٹا نقصان کرتا ہے۔ اس لیے وہ جلد از جلد کچھ دے دلاکر بھکاریوں سے جان چھڑانے کی کوشش کرتے ہیں۔ بھکاری ان باتوں کو خوب سمجھتے ہیں اور وہ ان کا پورا پورا فائدہ اٹھاتے ہیں۔

موقع و محل کو سمجھنے میں بھکاری انتہائی قابلیت کا ثبوت دیتے ہیں۔ اس کے علاوہ وہ انسان کی باقی کمزوریوں سے بھی خوب اچھی طرح واقف ہوتے ہیں۔ انہیں بے شمار دعائیں بھی یاد ہوتی ہیں۔ ان میں بعض بھکاری تو ان دعاؤں کو بڑی احتیاط سے استعمال کرتے ہیں۔ وہ اپنے شکار کو دیکھ لیتے ہیں کہ اسے کس دعا کی ضرورت ہوتی ہے۔ مثلاً عورتوں کو تو بچوں کی دعائیں ضرور ہی دیں گے۔ عورتوں کی یہ رگ بہت کمزور ہوتی ہے۔ جہاں کسی فقیر نے منمناکر اس کے بچوں کی درازیِ حیات کی دعا دی، تو وہ فوراً پگھل جاتی ہیں، جھٹ گانٹھ سے پیسہ کھول کر ان کے ہاتھ پر رکھ دیتی ہیں۔ بے چاری عورت! عورتوں کے خاوندوں کو دعائیں دینا بھی اس قدر زود اثر گُر ہے۔ "بی تیرا سہاگ بنا رہے،" اس پر ہندوستانی عورت پھول کر کپا ہو جاتی ہے۔ خاوند خواہ چور، شرابی، رنڈی باز، جو کچھ بھی ہو اس کی سلامتی بہرصورت منظور ہے۔ اس کی سلامتی نہ مانگی جائے تو عورت کی زندگی مصائب میں گرفتار ہو جاتی ہے کہ ساری عمر بے کار گزر جاتی ہے۔ اس لیے عورت کو خاوند کی سب سے زیادہ ضرورت ہے۔ خاوند ہو تو بچوں کی بھی کچھ کمی نہیں ہو سکتی۔

عورتیں بھکاریوں کا سب سے آسان شکار ہے لیکن مردوں کو پھانسنے میں بھی وہ کچھ کم ہوشیار نہیں۔ مثلاً اگر وہ کسی نئے جوڑے کو گھومتے ہوئے دیکھ پائیں تو فوراً قریب پہنچ کر کہہ دیں گے۔ "تمہاری جوڑی سدا بنی رہے،" ... عموماً مرد کو اپنی نئی دلہن بہت پیاری ہوتی ہے۔ اگر کوئی ایک مرتبہ بھی ان کے حق میں دعائے خیر کر دے تو فوراً ہتھیار ڈال دیتے ہیں۔ جھٹ ہاتھ پتلون کی جیب میں جا گھستا ہے۔ پنجاب میں مردوں کو جوانی پر ناز ہوتا ہے۔ کسی کو "پہلوان،" کہہ کر مخاطب کرنا آدھی جنگ جیت

لینے کے برابر ہے۔ اپنی اسی کمزوری کو پنجاب والے خوب سمجھتے ہیں اور وہ اسی حربے کو بڑی کامیابی کے ساتھ استعمال کرتے ہیں۔ مثلاً تانگے والا جا رہا ہو، راستے میں خواہ یوں ہی دبلا پتلا آدمی کھڑا ہو اور تانگے والا اسے دھتکارنا بھی چاہتا اور لڑائی مول لینے سے بھی کتراتا ہو تو جھٹ کہہ دے گا "ابے ہٹ پہلوان! بیچ سٹرک کے ایسے کھڑا ہے جیسے اپنے گھر کی سٹرک ہو"

اگر وہ پہلوان کا لفظ استعمال نہ کرتا ہو تو اسی بات پر تو میں میں ہو سکتی تھی لیکن صرف ایک لفظ "پہلوان" سے سٹرک کے بیچ میں کھڑے ہونے والے کا دل اس قدر مسرور ہو جاتا ہے کہ وہ دو چار گالیاں بھی کھا کر بھی خفا نہیں ہوتا۔ اسی طرح "جوان" کہلوانا بھی فخر کا باعث سمجھا جاتا ہے۔ اگر کوئی جوانی کی دعا دے دے تو کیا کہنے۔ جوان کچھ نہ کچھ دے ہی بیٹھتا ہے۔ "تمہاری جوانی سدا بنی رہے" اب سننے والا جوان ہو یا نہ ہو وہ اس بات پر پھولا نہیں سماتا۔ بعض اچھے خاصے ادھیڑ عمر بھی اس جھانسے میں آ جاتے ہیں۔ انہیں محسوس ہوتا ہے کہ جو کچھ ان کا آئینہ انہیں بتاتا ہے وہ سب جھوٹ ہوتا ہے۔ درحقیقت اس کی صورت سے بڑھاپے کے آثار ظاہر نہیں ہوتے ورنہ یہ فقیر مجھے ایسی دعا ہی کیوں دیتا۔ . . وہ سیانے فقیر کی ذہانت اور دور اندیشی سے واقف ہی نہیں ہوتا۔

اسی طرح روپے کا خمار بھی بہت زبردست شے ہے۔ دولت کا ہاتھ آنا اس دنیا میں ہر چیز کی ضرورت پوری کرتا ہے۔ یہاں تک کہ خدا کی مدد سے بے نیاز ہو جاتا ہے۔ جب دولت مند شخص خوب اینٹھتا ہوا بازار میں سے چلا جا رہا ہو تو اسے کوئی فقیر آگے بڑھ کر کہہ دیتا ہے "تیری گڈی بنی رہے" تو اس کی خوشی کی انتہا نہیں رہتی۔ گو وہ ان باتوں کو چہرے سے ظاہر بھی نہیں ہونے دیتا شاید پہلی مرتبہ کی دعا کے فوراً بعد وہ پیسہ نکال کر بھی نہیں دیتا لیکن فقیروں کے پلّے سے کچھ نہیں جاتا، وہ زبان ہلا دیتے ہیں اور سننے والے سمجھتے ہیں کہ اِدھر فقیر نے کچھ کہا اور اُدھر اس کی صدا عرش پر جا پہنچی۔ آخر وہ سیٹھ صاحب کچھ نہ کچھ دے بیٹھتے ہیں۔ ایک دو پیسوں میں ایسی شان دار دعائیں لوٹ نہیں تو پھر کیا ہے۔

اب تک تو ان بھکاریوں کا ذکر تھا جو واقعی عقل مند ہیں اور موقع محل نیز دعاؤں کے مناسب

استعمال سے اچھی طرح واقف ہوتے ہیں لیکن ان میں ان گھڑ ریوں کی بھی کچھ کمی نہیں جو دعاؤں کا بہت بے تکا استعمال کرتے ہیں۔ انھوں نے دعاؤں کا بغور مطالعہ نہیں کیا ہوتا۔ یوں ہی سنی سنائی دعائیں یاد کر لیتے ہیں اور پھر جب کسی شخص کو دیکھ پاتے ہیں تو دھڑ دھڑ دعائیں دینے لگتے ہیں۔ بچوں کے جیتے رہنے سے لے کر گدی بنی رہنے تک سب دعائیں یکے بعد دیگرے دے ڈالتے ہیں۔ اگر کوئی نشانے پر بیٹھ جائے تو بہتر ورنہ منہ تکتے رہ جاتے ہیں۔

بعض آدمی ایسے ہوتے ہیں جنہیں بچوں سے کوئی دلچسپی نہیں ہوتی۔ ابھی تک وہ اس جذبہ سے خالی ہوتے ہیں۔ نہ ان کے پاس بچے پیدا کرنے کی مشین ہوتی ہے یعنی بیوی اور نہ اتنی توفیق ہی ہوتی ہے کہ شادی کر لیں۔ ان لوگوں کو بچوں کی دعائیں دینا وقت ضائع کرنا ہے اور بعض تو اس قسم کی باتوں سے جھلّا جاتے ہیں کہ بھکاری کو یہ بھی معلوم نہیں کہ وہ تو خود ابھی بچے ہی ہیں۔ ان کے بچوں کا تو خیر سوال ہی کیا ہے۔ بعض کو بہت تاؤ آتا ہے تو کہہ دیتے ہیں ’’ہٹ مائی! کوئی نہیں بچہ وجہ...‘‘ تب مائی کو پتہ چلتا ہے کہ اس سے اصل غلطی کیا ہوئی اور وہ بے چاری حیران رہ جاتی ہے کہ اسے کون سی دعا دوں۔ دراصل لوگوں کو اس بات پر طیش نہیں آنا چاہیے۔

بچے کے علاوہ بعض کلرکوں یا اسی قسم کے بابوؤں کو بھی بھکاری غلط دعائیں دے ڈالتے ہیں۔ مثلاً ’’تیری گدّی بنی رہے،‘‘ سننے والا بے چارہ حیران ہوتا ہے کہ گدّی کیسی؟ وہ سارا سارا دن دفتر میں قلم گھسنے اور افسروں کی گھر کیاں اور دھمکیاں سہنے کے بعد کہیں دال روٹی کھا پاتا ہے اور یہ بڑھیا کہتی ہے ’’تیری گدّی بنی رہے،‘‘ وہ بے چارہ پہلے ہی پریشان ہوتا ہے۔ اسی قسم کی دعائیں ایسی محسوس ہوتی ہیں جیسے وہ بڑھیا اس کا منہ چڑھا رہی ہو۔ ایسے بھکاریوں کو عام طور پر گالی سننی پڑتی ہے۔

ہمارے نانبائی کی دکان محض دودھ لسی کی دکان نہیں بلکہ یہاں پر ہندوستان کے قسم قسم کے بھکاری بھی دیکھے جا سکتے ہیں۔ اس میں شبہ نہیں کہ ان کے ہتھکنڈے واقعی بہت موثر ہیں لیکن ان بھکاریوں کے لیے جو محض دعاؤں پر انحصار رکھتے ہیں۔ باقاعدہ تعلیم و تربیت کا انتظام ہونا چاہیے۔ عقل و ذہانت کی

تو ان میں کوئی کمی نہیں ہوتی صرف تنظیم و تربیت کی ضرورت ہوتی ہے۔ ان کو موقع و محل کے مطابق دعائیں دینے کا سلیقہ سکھایا جانا چاہیے مثلاً کوئی لڑکا امتحان دے کر آیا ہو تو ظاہر ہے اسے زیادہ تر اسی بات کی تشویش ہو گی اگر اس وقت کوئی چرب زبان فقیر یہ دعا دے ''اللہ تعالیٰ تجھے امتحان میں پاس کر دے'' تو یہ لازمی بات ہے طالب علم ضرور اسے کچھ نہ کچھ دے ڈالے گا۔ اس کو اور زیادہ تفصیل کے ساتھ سیکھا جاسکتا ہے۔ بھکاریوں کی تنظیم کر کے اس قسم کے شکار تاڑ لیے جائیں۔ اگر کوئی شخص کسی نوکری کے سلسلے میں انٹرویو کر کے آیا ہو تو اسے دعا دی جائے کہ اللہ تجھے انٹرویو میں کام یاب کرے۔ اگر کوئی شخص کسی جگہ کو جا رہا ہو اور گاڑی چھوٹنے والی ہو تو اس کے لیے دعا کی جائے ''خدا کرے تیری گاڑی تجھے مل جائے'' اگر کوئی شخص گھر کی طرف لپکا جا رہا ہو بادل گھر آئے ہوں ، بارش کا خطرہ ہو تو اسے دعا دی جائے کہ ''پرمیشور کرے تو بارش ہونے سے پہلے گھر پہنچ جائے یا گھر پہنچنے سے پہلے پہلے بارش نہ ہو'' اس قسم کی ہزاروں باتیں ہوسکتی ہیں جن میں دعاؤں سے کام لے کر فائدہ اٹھایا جاسکتا ہے۔

یہ تو عام قسم کے بھکاری ہیں جو ہماری نانبائی کی دکان پر کھڑے رہتے ہیں اور عام طور پر نظر آ جاتے ہیں لیکن ان کے علاوہ خاص قسم کے بھکاری بھی ہوا کرتے ہیں۔ مثلاً ایک نہایت مکروہ صورت بھکاری کے بھیک مانگنے کا طریقہ سب سے نرالا ہے۔ اس کا رنگ گلے سڑے چمڑے کی مانند بھدا ہے۔ اس کی ناک بیٹھی ہوئی ہیں۔ دانت آگے کو نکلنے والے اور بہت زیادہ غلیظ۔ چیتھڑے لٹکائے رہتا ہے جن میں سے بہت سخت بُو ہر طرف پھیلتی رہتی ہے۔ اس کے چہرے پر پسینہ کی بوندیں جھلکتی ہیں۔ پسینہ کے ساتھ اس کے چہرے پر خاص قسم کی چکنائی بھی ملی ہوئی دکھائی دیتی ہے۔ وہ اس قدر گھناؤنا شخص ہے کہ انسان کا اس کی طرف دیکھنے کو جی ہی نہیں چاہتا۔ اس کا خیرات مانگنے کا طریقہ یہ ہے کہ وہ بغیر منہ سے آواز نکالے۔ چپ چاپ کسی شخص کے سامنے دفعتاً ہی جا کھڑا ہوتا ہے اور پھر بڑھ کر بہت قریب چلا جاتا ہے۔ اس کا منہ بھی انسان کے منہ کے بالکل قریب پہنچ جاتا ہے۔ یہاں تک کہ اس کے دبے ہوئے نتھنوں میں سے نکلتی ہوئی ہوا ان کے چہرے کو چھوتی ہوئی محسوس ہونے لگتی

ہے۔ وہ منہ سے کچھ نہیں کہتا بلکہ بڑی دیدہ دلیری کے ساتھ آنکھوں میں آنکھیں ڈال کر ہاتھ آگے بڑھا دیتا ہے۔ ایسے موقع پر اس کے ہاتھ پر کچھ نہ کچھ رکھے بغیر جان نہیں چھوٹتی بلکہ اور کچھ سوچتا ہی نہیں۔ اس سے اس قدر زیادہ گھن آتی ہے کہ انسان اسے دھکا دے کر پرے بھی نہیں ہٹا سکتا۔ یہ آنکھوں دیکھی بات ہے کہ ایک مرتبہ وہ کسی شخص کے سامنے حسب عادت دفعتاً ہی جا کھڑا ہوا۔ اس آدمی کو اس کی حرکت پر بہت غصہ آیا۔ اس نے بڑی نفرت سے اسے پرے ہٹ جانے کے لیے کہا اور ساتھ ہی دو چار گالیاں بھی سنائیں۔ اس پر فقیر نے فی الفور اس کے منہ پر تھوک دیا... اور پھر چشم زدن میں بھاگ کر گلی میں غائب ہو گیا۔

وہاں اس قسم کے بھکاری بھی آتے ہیں جو ایک طرف چپ چاپ کھڑے ہو جاتے ہیں۔ وہ کسی قسم کی بے چینی کا اظہار نہیں کرتے۔ کسی کو کسی طریقہ سے بھی دق کرنے کی کوشش نہیں کرتے۔ نہ للچائی ہوئی نظروں سے کسی کے منہ کی طرف دیکھتے ہیں۔ نہ دعائیں دیتے ہیں۔ وہ مزے سے سائے میں کھڑے رہتے ہیں۔ ان کے ہاتھ میں ایک پنکھا ہوتا ہے۔ وہ جانے والے کو پنکھا جھلتے رہتے ہیں۔ اس کی فلاسفی خواہ کچھ بھی ہو لیکن یہ حربہ بھی بہت پُر اثر ہے۔ اگرچہ ان کی آمدنی اِدھر اُدھر مارے مارے پھرنے والے بھکاریوں سے کچھ کم ہی ہوتی ہے لیکن وہ کم از کم ایک مقام پر آرام سے کھڑے تو رہتے ہیں اور نہ انہیں کڑوی کسیلی باتیں ہی سننی پڑتی ہیں۔ ان کی موجودگی کا علم اسی وقت ہوتا ہے جب انسان کو شدید گرمی کے موسم میں سرد ہوا کا احساس ہوتا ہے۔

ان فقیروں نے اپنی قابلیت کے اچھے اچھے ثبوت پیش کیے ہیں۔ اور وہ کسی نہ کسی ڈھنگ سے کچھ بلے کر ہی مرتے ہیں۔ مثلاً ایک اندھا بھکاری آیا کرتا ہے اور نانبائی کی دکان کے قریب بیٹھ جاتا ہے۔ وہ کسی بھی خاص شخص کی طرف متوجہ نہیں ہوتا۔ اس کا رُوئے سخن سبھی کی طرف ہوتا ہے۔ اس کی آواز خوب بلند اور بھرپور ہے۔ وہ بیٹھا پاٹ دار آواز میں ایک ہی فقرہ دہرایا کرتا ہے۔ "ارے بابا پیاسا ہوں، مجھے بھی لسی پلا دو۔ ارے بابا! پیاسا ہوں مجھے بھی لسی پلا دو" وہ بلند آواز میں چلّائے جاتا ہے۔ اس کی

آواز اِدھر اُدھر سب دکانوں تک گونج کر پہنچ جاتی ہے۔ اسے بعض اوقات ایک یا ڈیڑھ گھنٹے تک اسی طرح بیٹھے رہنا پڑتا ہے۔ دھوپ کی گرمی میں اس کے سر اور گردن سے پسینہ چھوٹنے لگتا ہے لیکن وہ ایک ضدی بچے کی طرح چلّائے جاتا ہے۔ یہاں تک کہ کسی شخص کو رحم آ جاتا ہے، وہ اسے ایک گلاس لسی پلا دیتا ہے۔ اگر اس سے کوئی پھر بھی کہے کہ ''بابا اور لسی پیو گے؟'' تو وہ بلا کسی جھجک کے کہہ دے گا۔ ''بھگت! تمہاری ایسی شردھا تو سور بھی پی لیتے ہیں'' اس طرح وہ بھگت کی کامنا پوری کرنے کے لیے ایک گلاس اور چڑھا جاتا ہے۔

جو لوگ وہاں آتے ہیں وہ ان فقیروں کے ہاتھوں بہت تنگ آتے ہیں۔ اِدھر وہ ان فقیروں سے پیچھا چھڑانا چاہتے ہیں۔ یہ گڑ کی مکھی کی طرح ان کے قریب بھنکتے رہتے ہیں اور کئی طرح کی باتیں کہہ کر اپنے دل کی بھڑاس نکالتے ہیں۔

''بابا معاف کرو، مائی معاف کرو'' یہ تو عام جوابات ہیں جو انہیں دیئے جاتے ہیں لیکن ان اختلافات کے باوجود ان کی آپس میں کچھ یگانگی بھی ہوتی ہے۔ مثلاً یہ بھی ہوتا ہے کہ ایک مائی کو کہا گیا کہ مائی معاف کرو تو وہ ناک چڑھا کر اور ہاتھ جھٹک کر کہتی ہے۔ ''معاف کرو۔ معاف کرو۔ اگر ہم سب کو معاف کر دیا کریں تو پھر کھائیں کہاں سے؟''

پھر وہ آدمی کہتا ہے ''اری بڑھیا ساری عمر کھاتی رہی ہو، اب نہ کھاؤ گی تو کیا ہو جائے گا؟ اب دھرتی کا بوجھ کم کرو نا!''

اس پر واقعی بڑھیا کو غصہ آ جاتا ہے اور اگر اسی وقت اس کے ہاتھ پر ایک پیسہ نہ رکھ دیا جائے تو نہ جانے کیا سے کیا بک دے۔

کوئی بھکارن بغل میں ایک بچہ لیے آئے گی۔ ''بابو! گدڑی بنی رہے۔ بچہ بھوکا ہے۔ کچھ کھایا نہیں کل سے''

اب وہ آدمی گھوم کر اس کی طرف بڑے غور سے دیکھے گا۔ ''ہوں، اچھا تو کس کا بچہ ہے یہ...؟؟''

''میرا ہی ہے''

''تیرا ہے؟ ... ایں؟ ... تجھے بچے دینے کے لیے کس نے کہا تھا؟''

بھکارن چپ رہتی ہے۔

''بتاؤ کس نے کہا تھا بچے دینے کو؟ ایں؟'' وہ کچھ جھینپ جاتی ہے۔ ''بابو جی! کسی کے کہنے سے تو بچے پیدا نہیں ہوتے نا؟''

''جی! اچھا تو صاحب پھر کیسے ہو جاتے ہیں یہ بچے۔ ذرا ہم بھی تو جانیں''

بھکارن چپ۔

''میں نے کہا، بچے پیدا کرنے سے پہلے ذرا ہم سے بھی تو آنکھ ملا لیا کرو۔ پھر دیکھو ہم کیا کیا مال کھلاتے ہیں تجھے اور تیرے بچے کو ... ''

بھکارن ان باتوں کی تو عادی ہوتی ہے۔ ''ہٹو بابو جی! آپ تو مزاخ کرتے ہیں اتنے بڑے آدمی ہو کر ... ''

''اجی، مجاخ نہیں کرتا میں ... میں تو سولہ آنے بات کہتا ہوں۔ اب تم ہی بتاؤ بچے پیدا کریں دوسرے اور انہیں کھلائیں ہم۔ ان کے پاس جاؤ نا اور ان سے کہو کہ اب وہ تمہارے بچوں کو بھی کھلائیں''

بعض کمسن لڑکیاں جن کے خد و خال کچھ تیکھے ہوتے ہیں اور جن کی جوانی بالکل ہی ابتدائی منزلوں میں ہوتی ہے اور جنہیں بازار کے پنواڑیوں اور چھابڑی والوں نے عجیب عجیب نظروں سے دیکھ کر بگاڑ دیا ہوتا ہے، کسی شخص کے قریب پہنچتی ہیں اور ہاتھ پھیلا کر کہتی ہے ''ہے بابو ہے کچھ ہے۔ کل سے بھوکی ہوں''

وہ آدمی اپنے دوست کو کہنی مار کر کہتا ہے ''دیکھا استاد! شگوفہ ہے شگوفہ ... کیوں ری کیا نام ہے تیرا؟''

پھر وہ لوگ للچائی ہوئی نظروں سے اس کی پھوٹتی جوانی کے چھوٹے ابھاروں پر نظر گاڑ دیتے ہیں۔

''کیوں ری کوئی لڑکا لڑکی نہیں جنا تو نے۔ کیوں شرماتی ہے؟ تو تو ڈھیر کے ڈھیر بچے دیے گی'' لڑکی

شرما کر ناز و ادا دکھاتی ہوئی کھڑی رہتی ہے۔ ''بابو جوانی بنی رہے...''

اس پر بابو صاحب خوب اینڈھ کر لوفروں کے لہجے میں کہتے ہیں ''اری! میری جوانی بنی رہنے سے تجھے کیا فائدہ ہو گا؟''

پھر وہ پیسہ دیتے وقت لڑکی کے ہاتھ کو چھولیتا ہے۔ ''ادھر آیا کرو نا ہماری دکان کے پچھواڑے... ہماری بات سن کے کہ جو ئی مل گیا استاد ہم سا' تو یاد رکھیو پھر بڑے بڑے سیٹھ روپیوں کی تھیلیاں لیے پھر تیرے پاس آیا کریں گے''

اِدھر اُدھر کے کچھ لوگ یہ باتیں سن کر بہت خوش ہوتے ہیں۔ وہ خوب دانت نکال نکال کر خوب ہنستے ہیں اور بعض منہ بنا کر رخ پھیر لیتے ہیں۔

ان میں کوئی جینٹل مین پتلون کی کریز درست کرتے ہوئے کہتے ہیں ''ارے صاحب! یہ بھکاری بھی عجب لعنت ہیں۔ جہاں دیکھو پلیگ کے چوہوں کی طرح انسان کا پیچھا کرتے دکھائی دیتے ہیں۔ انہیں ذرا شرم نہیں آتی۔ اجی قصور سماج کا ہے جو انہیں درست کرنے کی ضرورت ہی نہیں سمجھتا۔ کسی غیر ملک میں کوئی شخص آپ کو بھیک مانگتا ہوا نہیں دکھائی دے گا وہاں یہ باتیں سرکاری طور پر منع ہیں۔ اگر کوئی اس طرح کرے بھی تو اسے جیل میں ڈال دیا جاتا ہے۔ قانون سخت سے سخت سزا دیتا ہے۔ یہ لوگ انسانیت کے نام پر دھبہ ہیں۔ نہ معلوم چیونٹیوں کی طرح کہاں سے نکل آتے ہیں۔ اگر آپ ابھی یہاں کھانا تقسیم کیجیے تو ہزاروں بھکاری اکٹھا ہو جائیں گے۔ روٹی کی تو انہیں بیس بیس میل سے بو آ جاتی ہے...''

کوئی اور صاحب کہتے ہیں ''اجی آپ کو معلوم نہیں کہ دہلی میں کیا ہو رہا ہے''

سب یہ جاننے کے لیے کہ دہلی میں کیا ہو رہا ہے، ان کے منہ کی طرف دیکھنے لگتے ہیں۔

''جی وہاں سب بھکاریوں کو جمع کر کے ایک خاص جگہ رکھا جاتا ہے۔ ان سے ہر قسم کا کام لیا جاتا ہے۔ چھوٹی موٹی چیزیں بنوائی جاتی ہیں اور پھر انہیں بیچ دیا جاتا ہے۔ اس طرح یہ لوگ خود اپنی کمائی

سے روٹی کھاتے ہیں۔ اگر ان میں سے کوئی بازار میں بھیک مانگتا ہوا دکھائی دے تو اُسے بڑی سخت سزا دی جاتی ہے اور اگر وہ شخص اس سزا کے باوجود بھی بھیک مانگنے سے باز نہ آئے تو پھر اُسے گولی سے اُڑا دیا جاتا ہے'' یہ کہہ کر وہ چاروں طرف داد طلب نظروں سے دیکھتے ہیں ...

اتنے میں ایک اور سادھو وہاں آ نکلتا ہے۔ اس سادھو کو آج تک بھیک مانگتے کسی نے نہیں دیکھا۔ نہ معلوم وہ کہاں سے کھاتا، کیسے گزارا کرتا ہے۔ بس جب دیکھو ہنستا رہتا ہے۔ اس کے سر پر لمبی لمبی چٹائیں ہیں جو پیٹھ پر لٹکتی رہتی ہیں۔ اس نے داڑھی بھی چھوڑ رکھی ہے۔ داڑھی بہت بڑی نہیں۔ اس کا چہرہ اور داڑھی گرد میں اٹے رہتے ہیں۔ اس کے جسم پر صرف کمر سے ایک کپڑا لپٹا ہوا ہوتا ہے۔ پاؤں میں گھنگرو بندھے ہوتے ہیں۔ ایک ہاتھ میں لوہے کی ایک لمبی سلاخ ہوتی ہے جو ایک سرے پر خوب تیز ہوتی ہے اور دوسرے ہاتھ میں آٹھ دس انگل لمبی ایک بنسری۔ وہ اسی بنسری سے صرف ایک ہی سُر نکالتا ہے۔ جب دیکھو وہی ایک دھن بجائی جا رہی ہے۔ وہ چوک میں پہنچتا ہے تو بنسری منہ سے لگا کر ناچنے لگتا ہے۔ بنسری کی دھن بھی بڑی دلکش ہوتی ہے۔ اس کے ساتھ اُس کا سیدھا سادا رقص بھی خوب مزے دے جاتا ہے۔ لوگ تماشہ دیکھنے کے لیے اس کے گرد گھیرا ڈال لیتے ہیں۔ وہ دیر تک رقص کرتا رہتا ہے۔ آخر کار جب وہ تھک جاتا ہے تو ناچ ختم کر دیتا ہے اور جھک جھک کر سب کو آداب عرض کرتا ہے۔ اگر کوئی اسے پیسہ دینا چاہے تو انکار کر دیتا ہے اور ہنس کر کہتا ہے ''نا بابا! ہم بھکیروں کو مایا جال میں مت پھنساؤ''

اس کی یہ بے نیازی دیکھ کر کئی ولگوں کے شر دھا کے مارے سر جھک جاتے ہیں۔ وہ کہتے ہیں کہ اس گھور کلجگ میں بھی ایشور کے اصلی بھگتوں کی کچھ کمی نہیں لیکن کوئی مادہ پرست سوچنے لگتا ہے کہ آخر یہ کھاتا کہاں سے ہے؟ کوئی کچھ کہتا ہے اور کوئی کچھ لیکن بہتوں کا خیال یہ ہے کہ وہ سرکاری جاسوس ہے۔

میں تو ان بھکاریوں کی لیاقت کا قائل ہو چکا ہوں۔ ان میں بعض بڑے بڑے فلاسفر بھی ہوتے

ہیں۔ ایسی دل لگی کہتے ہیں کہ انسان سن کر دنگ رہ جاتا ہے۔ مثلاً ایک دن علی الصبح لسی پینے کے لیے دکان پر گیا اور لوگ بھی کھڑے تھے، اتنے میں ایک بھکاری نے کاسہ گدائی آگے بڑھا دیا۔

ایک صاحب نے چلّا کر کہا ''ابے تم کبھی جان بھی چھوڑ گے۔ اِدھر سورج نکلا اور اِدھر یہ پیالہ لے کر مانگنے چل کھڑے ہوئے۔ آسان کام ہے نا۔ کیوں بے شرم نہیں آتی... مانگنا بھی کوئی کام ہے۔ ایں؟''

سب لوگ بھکاری کی طرف دیکھنے لگے جس کی آنکھوں میں ایک گہری اُداسی جھلک رہی تھی۔ اُس نے کاسہ آگے بڑھا کر بڑی سنجیدہ اور پُر اثر آواز میں جواب دیا ''بابا! اگر یہ کام اتنا ہی آسان ہے تو لو یہ پیالہ ایک دن بھیک مانگ کر دکھاؤ''

بلونت سنگھ

غزل سرا ڈاٹ آرگ (امریکہ) کی کتب

غزل سرا ڈاٹ آرگ اردو کتب کا واحد پبلشنگ ہاؤس ہے جس کی کتب تمام بین الاقوامی سٹورز پر موجود ہیں، اپنی کتاب چھپوانے کے لیے ہم سے نیچے دیئے گئے ای میل پر رابطہ فرمائیں

ghazalsara.org@outlook.com

آئی ایس بی این	فارمیٹ	مصنف		ٹائٹل
9781957756066	ہارڈ کور	علامہ محمد اقبال	علامہ اقبال کا اردو کلام	کلیاتِ علامہ اقبال
9781957756080	پیپر بیک			
9781957756196	ای بک	مرزا اسد اللہ خان غالب	مرزا غالب کی تمام غزلیں	کلیاتِ غزل-مرزا غالب
9781957756813	ہارڈ کور	میر تقی میر	کلیات میر بار دیف۔الف تانون	کلیاتِ میر تقی میر- 1/2
9781957756820	پیپر بیک			
9781957756837	ہارڈ کور	میر تقی میر	کلیات میر بار دیف۔ن تا یے	کلیاتِ میر تقی میر- 2/2
9781957756844	پیپر بیک			
9781957756172	ای بک	میر تقی میر	میر کے تمام چھ دیوان	کلیاتِ میر تقی میر
9781957756479	ہارڈ کور	یاور ماجد	بچوں کی نظم۔ہندی ایڈیشن	آفت کی ضیافت
9781957756998	پیپر بیک			
9781957756097	ہارڈ کور	یاور ماجد	بچوں کی نظم۔اردو ایڈیشن	آفت کی ضیافت
9781957756103	پیپر بیک			
9781957756110	ہارڈ کور	یاور ماجد	شعری مجموعہ	آنکھ بھر آسمان
9781957756059	پیپر بیک			
9781957756035	ای بک			
9781957756486	پیپر بیک	سعادت حسن منٹو	کلیاتِ منٹو 1/9	ایک زاہدہ ایک فاحشہ
9781957756578	ای بک			
9781957756714	ہارڈ کور			

آئی ایس بی این	فارمیٹ	مصنف		ٹائٹل
9781957756493	پیپر بیک			
9781957756585	ای بک	سعادت حسن منٹو	کلیاتِ منٹو 2/9	بلاؤز
9781957756721	ہارڈ کور			
9781957756509	پیپر بیک			
9781957756592	ای بک	سعادت حسن منٹو	کلیاتِ منٹو 3/9	ٹھنڈا گوشت
9781957756738	ہارڈ کور			
9781957756516	پیپر بیک			
9781957756608	ای بک	سعادت حسن منٹو	کلیاتِ منٹو 4/9	دھواں
9781957756790	ہارڈ کور			
9781957756523	پیپر بیک			
9781957756615	ای بک	سعادت حسن منٹو	کلیاتِ منٹو 5/9	سودا بیچنے والی
9781957756745	ہارڈ کور			
9781957756530	پیپر بیک			
9781957756622	ای بک	سعادت حسن منٹو	کلیاتِ منٹو 6/9	شہید ساز
9781957756660	ہارڈ کور			
9781957756462	ہارڈ کور			
9781957756547	پیپر بیک	سعادت حسن منٹو	کلیاتِ منٹو 7/9	کھول دو
9781957756639	ای بک			
9781957756554	پیپر بیک			
9781957756646	ای بک	سعادت حسن منٹو	کلیاتِ منٹو 8/9	موذیل
9781957756776	ہارڈ کور			
9781957756561	پیپر بیک			
9781957756653	ای بک	سعادت حسن منٹو	کلیاتِ منٹو 9/9	ہتک
9781957756783	ہارڈ کور			

ٹائٹل		مصنف	فارمیٹ	آئی ایس بی این
منٹو کے حاشیے	منٹو کے منتخب افسانے	سعادت حسن منٹو	ہارڈ کور	9781957756004
			ای بک	9781957756011
			پیپر بیک	9781957756042
پہلا پتھر	اردو افسانے	بلونت سنگھ	پیپر بیک	9781957756295
تار و پود	اردو افسانے	بلونت سنگھ	پیپر بیک	9781957756318
ایران میں اجنبی	اردو نظمیں	ن م راشد	ای بک	9781957756400
لا=انسان	اردو نظمیں	ن م راشد	ای بک	9781957756417
ماورا	اردو نظمیں	ن م راشد	ای بک	9781957756387
بانگِ درا	علامہ اقبال کی شاعری	ڈاکٹر علامہ محمد اقبال	ای بک	9781957756325
بالِ جبریل	علامہ اقبال کی شاعری	ڈاکٹر علامہ محمد اقبال	ای بک	9781957756332
ارمغانِ حجاز	علامہ اقبال کی شاعری	ڈاکٹر علامہ محمد اقبال	ای بک	9781957756356
ضربِ کلیم	علامہ اقبال کی شاعری	ڈاکٹر علامہ محمد اقبال	ای بک	9781957756349
شبِ رفتہ	مجید امجد کا پہلا شعری مجموعہ	مجید امجد	پیپر بیک	9781957756851
			ہارڈ کور	9781957756875

https://ghazalsara.org/PrintBooks

غزل سرا ڈاٹ آرگ کی تمام کتب ایمازون، بارنز اینڈ نوبل اور دوسری تمام مشہور آن لائن شاپس کے علاوہ، ایپل بُکس، گوگل پلے بُکس، ایمازون کنڈل اور ڈرافٹ ٹو ڈیجیٹل کے پبلیٹ فارمز پر ہر اُس ملک میں موجود ہیں جہاں ان کمپنیوں کے سٹورز ہیں۔ ہماری کتب خریدنے کے لیے نیچے دیئے گئے کیو آر کوڈ کو فون کیمرے سے سکین کریں یا نیچے دیئے گئے لنک کو اپنے کمپیوٹر یا فون کے براؤزر (کروم یا ایج) میں ٹائپ کریں۔ ایمازون یا کسی بھی سٹور کی سائٹ پر کتاب خریدنے کے لیے اس کتاب کا آئی ایس بی این ٹائپ کریں اور سرچ کا بٹن دبائیں۔

https://ghazalsara.org/shop